Mercedes Cab

Sacrificio y Recompensa

Novela

- STOCKCERO -

Cabello de Carbonera, Mercedes
    Sacrificio y recompensa - 1a ed. - Buenos Aires : Stock Cero, 2005.
    268 p. ; 23x15 cm.

    ISBN 987-1136-39-0

    1. Narrativa Peruana. I. Título
    CDD Pe863

Mercedes Cabello de Carbonera

Sacrificio y Recompensa

Novela

*Edición basada en la de Lima,
Imprenta de Torres Aguirre, 1886*

Índice

DEDICATORIA

A Juana Manuela Gorriti

Sin los benévolos aplausos que Vd. mi ilustrada amiga, prodigó a mi primera novela "Los amores de Hortencia", yo no hubiera continuado cultivando este género de literatura que hoy me ha valido el primer premio en el certamen internacional del Ateneo de Lima.

Separarme del realismo, tal cual lo comprende la escuela hoy en boga, y buscar *lo real* en la belleza del sentimiento, copiando los movimientos del alma, no cuando se envilece y degrada, sino cuando se eleva y ennoblece; ha sido el móvil principal que me llevó a escribir "Sacrificio y recompensa."

Si hay en el alma un lado noble, bello, elevado, ¿por qué ir a buscar entre seres envilecidos, los tipos que deben servir de modelo a nuestras creaciones? Llevar el sentimiento del bien hasta sus últimos extremos, hasta tocar con lo irrealizable, será siempre, más útil y provechoso que ir a buscar entre el fango de las pasiones todo lo más odioso y repugnante para exhibirlo a la vista, muchas veces incauta, del lector.

El premio discernido por la comisión del Ateneo, me ha probado que, en "Sacrificio y Recompensan, no he copiado lo absurdo e inverosímil, sino algo que el novelista debe mirar y enaltecer como único medio de llevar a la conciencia del lector lección más útil y benéfica que la que se propone la escuela realista.

Dedicarle esta novela, no es, pues, sino un homenaje a sus principios literarios, y un deber de gratitud que cumple su admiradora y amiga

Mercedes Cabello de Carbonera
Lima, Noviembre de 1886

– I –

Una excursión al Salto del Fraile

Amanecía un hermoso y poético día del mes de Mayo. Los ardorosos meses del verano habían pasado y las ligeras nieblas, que los rayos del sol naciente doran, anunciaban los templados meses del otoño. En estos meses nuestros campos, con su eterna primavera, principian a cubrirse de nuevas flores, y las gotas de rocío osténtanse sobre el reciente brote de las plantas que parecen exhalar savia de sus brillantes hojas.

A favor de templada y dulce temperatura, la vida circula en la naturaleza como la sangre en el organismo; esa vida, que es el alma ignorada y oculta de la naturaleza que se agita, se mueve y palpita, desde el molusco hasta el hombre, desde el alga hasta el cedro; y que parece que habla, suspira, gime, brama, ora con el monótono ruido de la lluvia al caer en el azulado lago, ora con el acompasado rumor de las ondas al estrellarse en las quiebras de las rocas, o bien con las encrespadas olas que levanta la tempestad y arremolina el huracán.

En estos meses nuestra campiña es bellísima: conserva toda la galanura de la primavera embellecida por el frescor de las primeras lluvias del invierno.

Y estos encantos tienen doble atractivo, mayor belleza, cuando se gozan desde una eminencia, cerca del mar, teniendo a la vista las azuladas lontananzas del océano que retrata en sus aguas el trasparente cielo y reproduce en sus ondulaciones la luz del sol, que viene a quebrarse en mil cambiantes colores; cuando se contemplan desde el pintoresco cerro del "Salto del Fraile" de donde se divisa la extensa campiña, que circunda una parte de Chorrillos, de ese, en otro tiempo suntuoso y lindo pueblecillo, a donde vamos a conducir al lector, para, con su venia, presentarle algunos de los personajes que figuran en esta historia.

Las seis de la mañana acababan de sonar en el reloj de la vetusta iglesia de Chorrillos, cuando de uno de los más elegantes y lujosos *ranchos* de la calle de Lima una de las mejores de ese pueblo, salía un grupo de cuatro perso-

nas, que se dirigieron al pintoresco paraje denominado "El Salto del Fraile."
Antes de seguir adelante, abriremos un paréntesis para explicar la palabra *rancho*.

Lima, como ha dicho la eminente novelista J. M Gorriti, es la ciudad de
los contrastes, y nosotros decimos, lo es, no sólo en sus edificios sino también
en el nombre que da a éstos.

En el fondo de la plaza de Lima existía entonces una casa fea, vieja, huraña, que parecía esconderse entre multitud de tiendas que formaban el más
deplorable corrillo arquitectónico. No ha mucho tiempo, que en esas tiendas, que bien podríamos llamar tendejones, vendíanse planchas, jaulas, ollas,
útiles de cocina e instrumentos de labranza; pues bien, esta aglomeración de
todo lo más prosaico y anti–artístico de la vida, formaba el frontis de lo que
enfáticamente llamamos Palacio de Gobierno[1].

En cambio, en Chorrillos, uno de los pueblos de los alrededores de Lima,
que, como otros muchos, es hoy montón de calcinados escombros que manifiestan que por allí pasó la asoladora vorágine de la guerra[2]; en Chorrillos, decimos, había palacios suntuosísimos, que por su grandioso aspecto, diríase re-
presentaban, hiperbólicas piezas heráldicas, símbolo de magnificencia y
riqueza; pues bien, así como a la pobre y vetusta casa de Gobierno llamámos-
la Palacio, del mismo modo llamamos, sin duda por antítesis, ranchos, a los
suntuosos palacios, levantados en Chorrillos.

Hay más: al lado de esos magníficos edificios que se alzaban ostentando
los adelantos del arte, y refinamientos del lujo, sacaba su cabeza pelada y des-
provista de todo adorno, el *ranchito* humilde y sencillo del industrial y también del artesano, asemejándose a muchacho andrajoso y atrevido que se in-
tercalara entre grandes y peripuestos[3] señores.

Estos, que, a primera vista, parecen estupendos e inexplicables contrastes,
tienen, para los que conocen nuestras tradiciones, fundada explicación.

Los nombres de las cosas y personas se derivan muchas veces, más de las
costumbres y tradiciones de un pueblo, que de las reglas impuestas por la Aca-
demia de la Lengua.

Así, pues, la que es hoy pobre y oscura morada del Presidente de la República, fue en otro tiempo la residencia señorial de los fastuosos Virreyes
del Perú, y a pesar de las injurias del tiempo y de la incuria de sus moradores, seguimos llamándola Palacio. Así hemos condenado los lujosos palacios

1   Resulta curioso el hecho de que en Buenos Aires se daba la misma situación frente a la
    casa Rosada. Recién en 1883 Torcuato de Alvear, primer intendente de la ciudad federa-
    lizada, decidió echar abajo la "vieja recova" que dividía a las dos plazas (de la Victoria y
    25 de Mayo) y unificarla en una sola, que llevaría el nombre de Plaza de Mayo.
2   Se refiere a la Guerra del Pacífico (1836-1839) entre Chile y la Confederación Peru-Bo-
    liviana. El 13 de enero de 1881 tuvo lugar la Batalla de Chorrillos, una de las más san-
    grientas de la guerra; el ejército peruano tuvo cerca de 12.000 bajas, y los chilenos unas
    3.300. Terminada la batalla los soldados chilenos al entrar victoriosos al lujoso balneario
    de Chorrillos, cometieron saqueos, abusos, desmanes y violaciones, no respetando las
    banderas neutrales, matando civiles y luego incendiando el lugar pese a los intentos de
    sus propios oficiales de frenar a quienes, borrachos, incluso se mataban en riñas entre
    ellos, produciéndose más de 200 muertos a manos de sus propios compañeros.
3   *Peripuesto*: que se aderaza y viste con demasiada delicadeza y afectación

de Chorrillos a ser *ranchos,* nombre que, entre nosotros, se da a las chozas o cabañas miserables, tejidas con caña silvestre, y con la no menos silvestre *totora*[4]. Lo que demuestra que en otro tiempo no hubo en Chorrillos sino miserables chozas de humildes pescadores.

El lujo y la moda llevaron allá los inmensos caudales que, en aquella época, se derramaban como desbordado torrente, y se formó un pueblo bellísimo, favorecido en las temporadas de baños por lo más opulento y distinguido de la sociedad limeña.

Como hemos dicho, un grupo de cuatro personas, salió de uno de los ranchos y dirigióse hacia el malecón, para seguir de allí el camino que conduce al "Salto del Fraile."

El sol, velado por las primeras brumas del invierno, favorece, en estos meses, este género de excursiones, que, en otro tiempo, no lejano, formaron las delicias de las familias que veraneaban en la aristocrática Villa de Chorrillos.

Aunque el terreno es arenisco y pedregoso, hacíanse estos paseos a pie, como van a hacerlo nuestros cuatro personajes.

Sigámoslos y escuchemos su conversación. Ella daranos a conocer algo que nos interesa, y que es el principio de esta historia.

—¡Qué hermosa mañana! –dijo una linda joven, arrebujándose en una bufanda blanca como el armiño.

—Sí, muy bonita pero algo fría, –agregó un hombre como de sesenta años, que respondía al nombre de Lorenzo.

—Peregrina ocurrencia la de ir al Salto del Fraile a esta hora, –dijo por lo bajo una mujer que frisaba con los cincuenta. Por su aspecto, por su apagada expresión, y su modesto vestido, parecía ser aya de la joven. En sus facciones inmóviles, y en su mirada apacible, se veía a la mujer de tranquilas pasiones, que vive con la vida sosegada de los seres que tienen, no sabremos decir, si como felicidad o desgracia, en lugar de corazón, una válvula sin más destino que arrojar acompasadamente la sangre que sostiene la vida.

Un gallardo joven, de veintiséis años y de varonil aspecto que formaba parte de la comitiva, dirigiéndose a la joven que iba a su lado:

—Dígame usted, señorita Estela, ¿es verdad que el Salto del Fraile es un paraje tan hermoso como me lo han pintado?

—¡Oh! sí, señor Álvaro; es bellísimo, encantador, dijo entusiasmada Estela.

—¿Tardaremos mucho en llegar? –preguntó Álvaro.

—Una hora hasta la orilla del mar, –contestó la joven a quién habían llamado Estela.

—Y ¿a qué debe ese hermoso paraje su significativo nombre? –preguntó el joven, dirigiéndose a don Lorenzo.

—Hay varias versiones; pero la más aceptada es, que un fraile se arrojó al mar desde uno de esos altos picos.

---

4   *Totora* (del quechua *tutura*), *Scirpus californicus*, planta perenne común en esteros y pantanos de América del Sur. El tallo se usa en la construcción de techos y paredes para cobertizos y ranchos, asientos de sillas, alfombras, etc. En el Lago Titicaca y en algunas playas del Perú es tradicional la construcción de embarcaciones de totora

—Iría a buscar, como la desgraciada Safo[5], el remedio de alguna pasión desgraciada, –contestó el joven Álvaro.

—Fáltanos saber, –dijo D. Lorenzo,– si alcanzó su objeto o no hizo más que rendir la vida en aras de ese sexo maldito, que, no en vano, detesto yo tanto, considerándolo como causa de todas nuestras desgracias.

Este anatema, bien extraño en hombre de los años y el aspecto de D. Lorenzo, hubiera, en otra ocasión, excitado la risa del joven; pero al presente parecía preocupado por un triste recuerdo, y con acerba expresión exclamó:

—¡Ah! ¡curarse de un amor desgraciado es casi imposible!

Y después de un momento, como si quisiera dar otro sesgo a la conversación preguntó:

—¿Qué han sabido, del Sr. Guzmán?

—A propósito, –agregó Estela,– es necesario que nos cumpla lo que nos tiene ofrecido, de contarnos cómo y dónde conoció a papá. Por lo que él nos ha escrito, Vd. es un amigo por quien guarda grande estimación, colmándolo de toda suerte de alabanzas.

—¡Oh! El Sr. Guzmán es excesivamente bondadoso para conmigo, por lo que le estoy profundamente agradecido.

—Nos dice, –agregó D. Lorenzo,– que se propone Vd. un viaje de recreo.

—Sí, es verdad, aunque mejor debiera haber dicho un viaje de remedio, en el que busco la curación de males físicos y morales.

—Se curará, no lo dudo, y gozará Vd. mucho, muchísimo, –dijo D. Lorenzo.

—No, amigo mío, –contestó Álvaro,– yo digo como Madame Stael[6], que el viajar es uno de los placeres más tristes de la vida.

—No así cuando es un joven como Vd. el que viaja.

—Pero sí, cuando se viaja proscrito, desterrado, llevando en el alma un pesar que mata, y en el corazón una herida que sangra.

—Vd., Sr. Álvaro, tan joven y tan alegre, ¿lleva penas en el alma y heridas en el corazón? –dijo Estela mirando al joven con investigadora mirada.

—Desgraciadamente, –agregó Álvaro,– la juventud no es valla inexpugnable para el dolor. Muchas veces suele ser imán que lo atrae, y lo que es la alegría del semblante, no siempre es la expresión de lo que el corazón siente.

—Ya había adivinado, –dijo la joven,– que Vd. tenía algún oculto pesar;

5 *Safo de Lesbos*: (aprox. 650 a.C. - 580 a.C.) Poetisa griega, maestra de jóvenes aristócratas. Se cree que para borrar su amor por el marinero Faón se arrojó al mar desde la roca de Leúcade, una isla del mar Jónico, cerca de Corfú, famosa por su promontorio desde el cual se precipitaban al mar los infortunados amantes en un ritual destinado a curar la pasión y borrar el recuerdo de sus penas. El ritual nació de la leyenda de Venus, que añoraba a Adonis y recurrió a Apolo, quien le aconsejó el salto. Obedeció la diosa y salió de las aguas tranquila y consolada. El ritual era reputado como infalible, y la gente acudía desde las más alejadas regiones. Se preparaban por medio de sacrificios y ofrendas, y se comprometían por medio de un acto religioso, persuadiéndose de que con la ayuda de Apolo sobrevivirían al peligroso salto y recobrarían la calma y la felicidad. Consta que no hubo mujer alguna que sobreviviese a la prueba, y solamente algunos hombres pudieron resistirla

6 *Madame de Stäel*: Germaine Necker, baronesa de Staël-Holstein (1766-1817) mujer de letras, su salón al inicio de la revolución francesa se convirtió en un ámbito de gran influencia intelectual

pero no comprendo ni puedo explicarme la causa de sus penas.

—¿En tan pocos días que me conoce, ha podido Vd. ya sondear los secretos de mi alma? —dijo Álvaro sonriendo.

—Cuando se mira con interés, se ve muy lejos, contestó candorosamente la joven.

—Las mujeres miran con interés todo lo que excita su curiosidad, —dijo el joven.

—O también lo que afecta su corazón, —agregó D. Lorenzo.

—¡Y es tan fácil interesar el corazón de una niña! —exclamó Doña Andrea.

—Sí, muy fácil, pero muy peligroso, —agregó el joven.

—Los hombres que viajan, deben huir de ese peligro como de un escollo, —dijo D. Lorenzo con sentencioso tono.

—O también buscarlo como puerto de salvación agregó con tristeza Álvaro.

En este punto de la conversación se encontraban cuando principiaron a subir la cuesta del cerro, tras del cual se descubre el bello panorama que ofrece el agitado mar del Salto del Fraile.

Habían atravesado parte de la calle de Lima, donde se ostentaban los más lujosos ranchos; entraron en el Malecón y siguieron el camino directamente.

Mientras duró la ascensión, ninguno de ellos hallaba sino una que otra palabra referente al pedregoso piso que dificulta la ascensión e impide avanzar con ligero paso.

Cuando llegaron a la cumbre del cerro, D. Lorenzo, después de levantar el cuello de su levita para que le abrigara mejor, y frotándose las manos en señal de contento, exclamó:

—¡Qué hermosa vista!

—¡Grandioso panorama! —dijo Álvaro, paseando su mirada por el vasto horizonte que desde allí se descubre.

—Grande como todo lo que retrata el poder de Dios, —dijo con sentenciosa entonación D\ª. Andrea.

—¡Oh, qué hermoso! Me parece que estuviera en la gloria, —dijo con alborozo Estela.

No eran exageradas las exclamaciones de los paseantes al cerro del "Salto del Fraile."

El panorama que desde la cumbre se divisa, es bellísimo, imponente.

Por un lado la hermosa campiña, que, como una cinta de esmeraldas, rodea la en otro tiempo risueña y elegante villa de Chorrillos; del otro lado, el mar con sus agitadas, turbulentas olas que vienen, con furioso ímpetu, a quebrarse contra los altos y verdinegros picos de las rocas, que, con imponente majestad, parecen desafiar altivos aquel furor. El mar, como infatigable gigante, después de romper con horrísonos [7] bramidos sus encrespadas olas, cae

---

7 *Horrísono:* lo que con su sonido causa horror y espanto

en innumerables cataratas que esparcen blanquísima y menuda lluvia y corre luego con furia por entre las profundas quiebras, las grandes grietas y fragosidades [8] de las rocas.

El aire saturado de sales marinas y del delicioso, balsámico perfume de las retamas [9] del prado, parece traer toda la savia que le prestan las plantas y el mar.

Estela respiró con delicia ese ambiente, y volviéndose a Álvaro mirole con ojos expresivos y dulces. Él, como si aquel paisaje recordara a su corazón algo muy caro, permaneció con la vista fija en el horizonte, y exhaló un doloroso suspiro, sin notar la mirada apasionada de la joven.

8   *Fragosidad*: aspereza y espesura de los montes, o camino lleno de asperezas
9   *Retama*: *Retama monosperma*, planta arbustiva, que puede llegar a alcanzar porte arbóreo, con ramas flexibles verde-grisáceas y con hojas pequeñas, lineares y caducas. Las flores, muy olorosas, son de color blanco

– II –

ÁLVARO GONZÁLEZ

Después de un momento de muda y extática contemplación, principiaron a descender rápidamente, hacia el lado opuesto, hasta llegar a la playa.

Cuando estuvieron abajo, fueron a sentarse en uno de los sitios, más pintorescos y principiaron a departir amistosamente.

Estela aprovechaba todas las ocasiones que se les presentaban para inquirir cuanto pudiera tener relación con el pasado del joven, de seguro deseando disipar algunas dudas, que atormentaban su corazón.

También D. Lorenzo, aunque con diversa intención, investigaba con empeño todo lo que condujera al conocimiento de los antecedentes del joven extranjero, así que, mirándolo atentamente, dijo:

—Cuéntenos Vd. algo de su residencia en Estados Unidos y de su amistad con el Sr. Guzmán, mi protector y amigo.

—Sí, –repuso Estela,– díganos todo lo que sepa de papá. Va a cumplir un año de ausencia y aún no nos habla de su regreso.

Álvaro, con el tono franco y natural del hombre de mundo, dijo:

—Cuando yo venía de Nueva York para el Perú, él se dirigía para Cuba; así es que pude yo darle cartas de recomendación, para mis amigos, como él medió para los suyos. Solamente he lamentado que mi familia no estuviera en Cuba; de otro modo estarla él en mi casa con la misma confianza, que estoy en la suya.

—Nos ha dicho Vd., –agregó Estela,– que a una feliz casualidad, debe el haber conocido a papá, cuéntenos Vd. eso.

Álvaro, como si él también tuviera empeño, en dar a conocer su pasado, con varonil a la par que conmovido acento dijo:

—Ya saben ustedes que soy cubano, y que he tenido, no sé si la dicha o la desgracia, de recibir el primer beso maternal, bajo el hermoso cielo de esa heroica, aunque desgraciada Antilla.

Poco más de un año hace que dejaba yo sus costas, enfermo, casi moribundo, con una herida recibida en los campos de batalla, que me obligó a buscar la salud lejos de los campamentos, donde hacía un año que pasaba la vida en medio de las mayores y más espantosas privaciones.

Este brazo, que ven ustedes tan fuerte, estuve a punto de perderlo; porque cuando recurrí a los cirujanos, creyeron que era demasiado tarde para salvarlo. En el entusiasmo bélico de que me sentía poseído, no había querido abandonar el campamento, sino cuando me sentí sin fuerza y amenazado de muerte. Al fin, fue preciso alejarme del suelo de la patria, y puedo decir que vi perderse en lontananza las altas cúpulas de sus torres, como quien ve disiparse la última esperanza de felicidad. Desde aquel día mi alma ha variado por las floridas costas de Cuba, como la gaviota en torno del amado nido.

¡Ah! los que viven tranquilos y dichosos en una tierra libre y feliz no conocen ni pueden comprender, la pena del que deja a su patria, aherrojada en poder de sus tiranos y se aleja para no volver, tal vez, a respirar su tibio ambiente.

Recostado en la borda del buque miraba con pena aquel pedazo de tierra, que con tanta amargura se deja, cuando queda, como está hoy Cuba, destrozada y amordazada por sus dominadores. De súbito sentí que una mano se posaba en mi hombro, volvime sorprendido, y un hombre de respetable aspecto me dijo:

—Perdone Vd., caballero, que le hable sin conocerlo: pero acabo de saber, que es Vd. entusiasta defensor de la causa de Cuba, y como yo tengo tanta simpatía por los cubanos, me he acercado a hablarle.

Y luego, extendiéndome su mano, agregó: —¿Quiere Vd. ser mi amigo, quiere Vd. estrechar esta mano que, aunque no pertenece a un poderoso, pertenece a un hombre honrado, que le ruega que, al aceptarla, tenga presente que en todo tiempo debe contar con la amistad de Eduardo Guzmán?

—¡Ah, era mi padre! –exclamó Estela dando un grito de alegría.

—¡Siempre generoso y bueno! –exclamó don Lorenzo, juntando las manos con reverente expresión.

—Y ¿cómo llegaron a estrechar esa gran amistad que dice Vd. que los ha unido? –preguntó Estela.

—En Nueva York vivíamos en el mismo hotel, y casi puedo decir en el mismo cuarto; pues yo, en mis largas horas de soledad, no tuve más consuelo que su amable compañía en todo el tiempo que duró mi larga curación. Muchas veces hablábamos de Vd. señorita Estela, y el señor Guzmán me instaba para que viniera a Lima, ofreciéndome generosamente su casa.

—Yo sé que Vd. no quiso venir a Lima, dijo Estela.

—Sí, es verdad: porque, a pisar de mi mal estado, yo sólo deseaba volver al lado de mis compañeros de armas.

Estela, después de un momento de reflexión, dijo:

—Acaba Vd. de decirnos que a papá le dijo que era Vd. víctima de la tiranía española, y Vd. no nos ha referido nada a ese respecto; ¿pertenecen acaso esas desgracias a la historia privada de su vida o puede Vd. referirnoslas ahora?

—Sí, contestó Álvaro, –aunque interesa muy de cerca a mi corazón, les referiré esa historia, tanto para que conozcan hasta qué punto abusan de su poder nuestros dominadores, cuanto para cumplir un deber de amistad. En ella hay algo que, si yo callara ahora y llegaran ustedes a conocer más tarde, tal vez se formarían juicio desfavorable de mí, que pudiera menoscabar la estimación del señor Guzmán y la de ustedes.

Álvaro quedó por un momento pensativo, y como si el resultado de esa corta meditación fuera una resolución que había tomado, dijo:

—Sí, es necesario que ustedes conozcan esa historia, que tanto puede influir en mi porvenir, pues que se presta para servir de arma a la maledicencia de mis enemigos.

Todos callaron, y Álvaro, con simpático y varonil acento, principió su relación, que copiamos al pie de la letra, en el siguiente capítulo.

– III –

Donde se ve algo que interesa conocer

Tendría yo apenas doce años, cuando, en una tarde que triscaba[10] alegre y feliz, bajo los emparrados del huerto de la casa de mis padres, tuve la temeridad de arrebatar, de manos de una hermosa niña, que era la compañera de mis infantiles juegos, un nido de avecillas que ella llevaba loca de contento a donde sus amigas. La niña, que se vio tan brusca y temerariamente privada de tan preciosa adquisición, prorrumpió en amargo lloro y me dijo: –"Ya no seré más tu novia." Mi madre que acertó a pasar por allí acercóse a mí, y con tono severo a la par que dulce, me dijo: –Mira, Álvaro, no disgustes a tu compañera, que es para ti tan buena y que tanto te quiere, ¿no vez que es mucho más pequeña que tú? ¿cómo abusas de tu fuerza para arrebatarla lo que ella tanto estima? Y con tono algo burlesco agregó: — —¿No dices tú que la quieres tanto, que cuando seas grande no te casarás con otra sino con ella? Devuélvele su nido de golondrinas, y cuidado que vuelvas a disgustarla jamás.

Desde entonces la más estrecha unión, el cariño más fraternal me unió a la candorosa niña, a quien yo seguí llamando mi novia y ella considerándome como a su futuro esposo.

Si Bernardino de Saint Pièrre[11] hubiera copiado nuestros tiernos amores, poco hubiera tenido que cambiar a su linda novela de Pablo y Virginia.

Yo puedo decir que amaba antes de comprender lo que era el amor; amé desde la edad de diez años. Esta precocidad en las pasiones, no es rara en mi país, donde la naturaleza se muestra tan exuberante de vida, en medio de su pomposa vegetación.

Yo tenía para mi bella novia, todas las delicadas atenciones, todos los dulces halagos de un joven de veinte años; pero todo esto mezclado a los juegos infantiles, con la loca inconciencia de la niñez.

Mi bella novia, que era tan precoz como yo, retornaba mi amor y mis halagos. Bien pronto el inocente amor del niño convirtióse, con los años, en la ar-

10 *Triscar*: (fig.) retozar
11 *Bernardino de Saint-Pierre*: (1737-1814) Escritor francés autor de la novela *Pablo y Virginia* (1788) que cuenta el amor de dos niños educados en plena naturaleza, en una isla lejana.

diente pasión del hombre, y la ruidosa y cándida charla infantil, fue reemplazada por los apasionados y ardientes coloquios de dos amantes.

Todo esto sucedía sin darme yo cuenta, sin que jamás pensara que las cosas pudieran suceder de otra suerte. La angelical niña a quien yo arrebataba nidos de golondrinas, fue la adorada mujer que embelleció con su casto amor, la florida senda de mi juventud.

Yo la amaba con todo el fuego de la pasión primera, como sólo puede amarse a los veinte años.

¡Qué bella era para mi entonces la vida! La música, las flores, las aves, toda la naturaleza tenía armonías, perfumes, encantos que jamás he vuelto a sentir...

Cuando Álvaro llegó a este punto, Estela lanzó un profundo y doloroso suspiro, e inclinó la cabeza, queriendo ocultar una lágrima que corría por sus frescas mejillas, Álvaro miró a Estela y quedó, por un momento, pensativo. Después, como si no diera asentimiento a una idea que acababa de cruzar por su mente, hizo un ligero movimiento de cabeza y continuó diciendo:

—El plazo fijado para nuestra boda se acercaba, y ambos, cada día más enamorados, contábamos los días y hasta las horas que nos faltaban, con el vehemente anhelo de nuestros corazones. Pero un día, ¡día fatal! que cubrió de luto a toda una familia, y abrió un abismo infranqueable en medio de dos corazones; sucedió un hecho horrible, inaudito, que no tiene explicación, sino conociendo al hombre infame que lo realizó.

Álvaro calló por un momento y todos los circunstantes permanecieron suspensos sin atreverse a decir una sola palabra.

Después de un momento el joven continuó diciendo:

—Preciso es que ustedes conozcan las circunstancias que dan alguna explicación a hechos, que, por lo mismo que han sido de grandes trascendencias, necesito manifestar las causas que los motivaron.

Agitábase Cuba, con las convulsiones de un herido que intenta romper sus horribles ligaduras.

Las palabras *patria, libertad, independencia,* se escuchaban, acompañadas del sordo rumor que presagia la tempestad.

Los hijos de Cuba, de toda clase y condición, apercibíanse a la lucha, y acariciaban con secreto encono el arma que había de libertar a la patria oprimida y tiranizada por sus dominadores europeos.

Bien pronto un abismo inmenso vino a dividir y separar para siempre a cubanos y españoles.

El juramento hecho por un puñado de patriotas en la Desmajagua[12] tuvo por coronamiento Yara[13], primera batalla en que hicimos sentir a España el coraje de nuestra diminuta y mal organizada fuerza.

Desde ese momento, aunque por nuestra parte hubo conmiseración para con los vencidos; de su parte sólo quisieron emplear saña y crueldad.

12 *La Demajagua*: Ingenio en la provincia de Oriente (Cuba) donde se inició el levantamiento de Carlos Manuel de Céspedes
13 *Yara*: 11 de octubre de 1868, primer combate por la independencia de Cuba

Desde ese fatal momento no fue ya posible la reconciliación.

Mi padre era cubano, y como buen cubano, exaltado patriota.

El padre de mi prometida era español y, como buen español, realista e intransigente.

Para colmo de males, el padre de mi novia desempeñaba a la sazón el cargo de Gobernador de Cuba, y en su desempeño se manifestó terriblemente cruel y sanguinario, llegando su tiranía hasta la ferocidad.

Pocos fueron los cubanos que escaparon a sus tropelías; por su carácter violentísimo, llegó a ser odiado y temido por todos.

Desde el primer momento en que estalló la sublevación; mi padre se retiró, con prudencia, de la casa de todos los españoles, Pero un día, fuele preciso ir, por asuntos de familia, a casa del padre de mi prometida. Éste le habló de política con la acritud y la temeridad que. acostumbraba.

Ambos se exaltaron, hasta el extremo de olvidar toda consideración.

El español llamó traidor a mi padre porque era desafecto a la causa de España, y trabajaba oculta pero activamente en favor de los insurgentes.

Una ruidosa bofetada fue la contestación que mi padre dio a tamaño insulto.

El español corrió furioso, desalado [14] y terrible, a su cuarto de armas y, tomando un revólver, volvió a salir con la mirada extraviada, pálido de cólera y con los labios cubiertos de espuma.

—Se ha atrevido Vd. a tocarme el rostro y pagará Vd. caro su insolencia, –dijo amartillando el revólver.

—Nos batiremos,–dijo mi padre con energía,– deme Vd. ahora mismo otra arma, la que Vd. guste, y no necesito de testigos.

—Tampoco quiero testigos para matarlo a Vd. –exclamó, descargando su revólver sobre el pecho de mi padre.

Dos horas después espiraba en mis brazos haciéndome jurarle sobre mi honor que vengaría su muerte y que jamás la hija de su asesino sería mi esposa.

La bala que atravesó el corazón de mi padre mató mi felicidad, abriendo un abismo insuperable entre ambas familias.

Después que lo vi espirar corrí desesperado donde su asesino y tirando a sus pies una arena díjele: ¡Miserable! defiéndete; que quiero vengar la muerte del hombre más leal y honrado que tú has conocido.

Pero él, sin duda previniendo este trance, había apostado algunos gendarmes en la casa, y antes que pudiera herirlo apoderáronse de mí, y fui conducido a la cárcel preso y maniatado como un criminal:

—¡Oh, qué infamia! –exclamó Estela enjugando una lágrima que rodó por su mejilla y que Álvaro miró correr con oculta satisfacción.

Al siguiente día se me inició un juicio criminal por homicidio frustrado.

Entonces comprendí que el cadalso o la deportación seria el resultado de ese juicio.

14 *Desalado*: de "desalarse", andar o correr con suma aceleración, arrojarse con ansia a alguna persona

Un día, sin que yo comprendiera a quien debía esté beneficio, se me dio la libertad; a condición de que dejara el país antes de veinticuatro horas.

—Entonces, en vez de salir proscrito salí armado y fui a engrosar las filas de los soldados de la patria.

Allí, unido a esos abnegados combatientes, he peleado con la desesperación del hombre que busca la muerte, como el único bien que le queda en la vida.

Luché hasta que caí gravemente herido.

Esta herida fue la que me llevó a los Estados Unidos, y en el viaje conocí al señor Guzmán.

Álvaro guardó silencio.

Estela parecía absorta en profundos pensamientos y miraba al joven con dulces, expresivos ojos; como si quisiera decirle: —Mi amor podría hacerte olvidar todas tus desgracias.

Doña Andrea permanecía, muda; parecía haberse conmovido muy poco con la relación de Álvaro: a su edad no se comprenden muy bien los infortunios del amor.

Estela, por el contrario, escuchó la historia del joven con vivo interés, sintiéndose profundamente conmovida.

Hubiera querido interrogarlo y conocer menudamente los pormenores de un amor, que sin saber por qué la entristecía. Álvaro guardóse de decir el nombre de su novia, lo mismo que el del asesino de su padre; reserva nacida, más que de previsión, del poco interés que ellos podían tener en saber el nombre de personas completamente desconocidas.

Guardó también silencio de todo lo que pudiera enaltecer su persona, cosa que un hombre delicado y de buen juicio no debe decir jamás.

Calló todos los sucesos que podían revelar su valor e intrepidez en los campos de batalla, donde buscó la muerte con ese temerario empeño que sólo es dado manifestar, cuando el ardor de la juventud nos lleva a juzgar como irremediables las desgracias del amor.

Más de una vez, en el curso de esta historia, Estela tuvo que hacer supremos esfuerzos para no dejar correr el llanto que la ahogaba, y sólo, alguna que otra furtiva lágrima rodó imprudente por su sonrosada mejilla.

Al siguiente día, tomó por pretexto el que sus gusanos de seda habían amanecido muertos, para pasar el día llorando.

– IV –

EL PRIMER AMOR

Estela era bella, sus blondos cabellos caían en abundantes rizos, sus grandes ojos azules tenían reflejos que sólo dan la pureza del alma, la virginidad del corazón, la inmaculada conciencia que no ha sido por negras sombras oscurecida, y solamente ve el porvenir iluminado por la sonrosada luz de las ilusiones.

Aunque su belleza no era de las que impresionan vivamente, y excitan borrascosas pasiones, era de esas de suave pero irresistible atractivo.

Tenía la expresión tranquila, apacible de la mujer afectuosa y sensible que consagra su vida, su alma toda a un solo amor.

Fácilmente se comprende que Álvaro era la causa de las lágrimas de Estela.

Dirijamos una retrospectiva mirada, para conocer lo que en el corazón del joven ha pasado.

Álvaro vino al Perú en pos de distracciones, de amigos que le hicieran olvidar la pena que le devoraba el corazón.

Aprovechó la permanencia en Chorrillos de la familia del señor Guzmán para instalarse también allí.

Todos los días iba a pasar algunas horas al lado de Estela y sus tutores.

Estela notábalo triste, preocupado; meditaba todas sus palabras y observaba todos sus movimientos con el interés que inspira un gallardo joven a una niña de dieciocho años.

Un día, mirando el cielo iluminado por rojizos resplandores dijo Álvaro:

—¡Qué bello está el cielo! ¡Paréceme ver el cielo de mi hermosa Cuba!

—Si Vd. mirara de otro modo el cielo del Perú tal vez le parecería bello como el de Cuba –contestó Estela.

—¡Ah si Vd. conociera Cuba!, si viera Vd. sus espléndidas alboradas, sus hermosos vergeles, lujosamente vestidos de exuberante vegetación ¡oh! Estela, sería preciso que yo tuviera la maña del poeta o el poder extraordinario de la palabra que pinta y describe, con la perfección del pincel, para describirle lo que es Cuba, lo que son las cubanas!...

—¡Ah! –exclamó Estela– sin duda son las cubanas a las que echa Vd. de menos en Lima y ¿las que embellecen ese cielo de espléndidas alboradas?

—Puede ser –contestó él con imprudente indiferencia.

Estela ahogó un tristísimo suspiro.

¿Sería acaso que Álvaro era insensible a las seducciones del amor?

Esto no es creíble, y su insensibilidad parece más bien el resultado de una situación que nos lleva a suponer, que sus recuerdos y su pasado amor embargaban su corazón.

Álvaro era un bello joven de apuesta y gallarda figura.

Su voz varonil vibraba con dulce acento.

Su rostro tenía la viveza de los tipos meridionales; mezcla de pasión y sentimientos, de fuerza y de carácter. Sus morenas mejillas, acostumbradas a un sol más ardiente que el nuestro, estaban coloreadas por ligero sonrosado, y las acentuadas facciones de su rostro, revelaban uno de esos caracteres enérgicos y resueltos, que no se doblegan a pesar de ser azotados por las pasiones y el infortunio.

No tenía ni demasiado talento para que le faltase la sensibilidad del hombre de corazón, ni demasiada sensibilidad; para que le faltase el buen juicio del hombre inteligente.

Dicen que las mujeres manifiestan gran predilección por esta clase de hombres, y que con indiferencia igual, miran al hombre de talento y saber, que al tonto e ignorante.

No juzgamos verdadera esta afirmación.

La mujer se apasiona del talento como el hombre de la belleza.

No creemos, por esto, que esos sabios misántropos que se revisten de indolente indiferentismo, y se manifiestan con un descuido personal muy próximo al desaseo y que, entregados a profundas lucubraciones parecen haber hecho abstracción del mundo y sus seducciones, sean el tipo que pueda cautivar a la mujer. Pero aquel talento sociable, que seduce con el prestigio de su palabra y fascina con el dominio de su mirada, ha sido y será siempre, el eterno dominador del corazón de la mujer.

No negamos que las mujeres gustan de ciertos homenajes, que no saben rendirles ni los sabios ni los tontos: sin duda porque los primeros róbanle tiempo al amor y a la amada, para consagrarlo a los libros y al estudio, y los segundos se lo roban también, para darlo a las vulgares ocupaciones que absorben su vida.

Para ser amante perfecto, será pues preciso no ser un genio ni un zote[15], un sabio, ni un paleto[16].

Desde el primer momento que Estela conoció a Álvaro sintióse atraída por aquellos ojos que tenían para ella la atracción, la belleza de los astros:

---

15 *Zote*: ignorante, torpe y muy tardo en aprender
16 *Paleto*: hombre rústico, zafio

sintióse seducida por su simpática voz, que sonaba dulcemente en su oído y resonaba hondamente en su alma.

Por primera vez miróse al espejo interrogándolo ansiosa para saber si le decía que era hermosa. ¡Ser hermosa!, esta palabra no la comprende ni la valoriza una mujer, sino el primer día que el amor hace latir su corazón.

Hasta entonces, diríase que viviera en tinieblas, cual si el alma durmiera el sueño profundo del no ser. Pero llega un día en que unos ojos le revelan un cielo en una mirada que busca algo en su alma.

Hay miradas que son para el corazón como el *fiat*[17] misterioso que crea luz e ilumina el alma con desconocidos, deliciosos resplandores.

La mujer sabe lo que la niña ni aun sospecha. Sabe por qué se desvela, por qué llora, por qué suspira, por qué sus amadas muñecas han perdido, sin saber cómo ni por qué, todo su delicioso atractivo, todo su poderoso encanto.

Estela estaba en esa edad en que todavía se posee toda la alegría de la niña acompañada ya de todas las ilusiones de la joven. Entraba a la juventud por la florida senda de la adolescencia. La rosa que empieza a abrirse teniendo aún la frescura del botón, y ya el perfume de la flor, era su verdadero, su fiel retrato. Hasta esa edad se ha soñado; casi puede decirse, no se ha sentido. El hervor de la juventud, con todas las dulzuras de la pubertad; la realización de todos sueños, la vaguedad de todo el idealismo encarnado en un solo ser, esto debía ser para Estela el amor. Eso es, para todas las mujeres de gran corazón, el primer amor.

Lo bello, lo ideal, lo sentido, lo soñado, todo lo que, en su mente, flotaba en las regiones de lo imaginario, iba a concretarse en un ser viviente. El sentimiento y la pasión acariciaban en su alma a un ser abstracto, a un ser hermoso y perfecto, aunque vagamente dibujado, sin forma, sin nombre, como una aspiración indeterminada, como un sueño misterioso y vago, que sólo esperaba una palabra, una mirada, para convertirse en una encarnación, en una *realidad viviente*.

Lo primero que experimentó Estela fue una melancolía dulce, pero profunda. Parecíale que desde que conoció a Álvaro su alma se había ensanchado, dilatado, como si de súbito perdiera la timidez de la infancia.

Sentía, cuando estaba lejos del joven, todas las angustias, todas las inquietudes de la ausencia, y luego que estaba cerca de él, como lo encontraba frío, indiferente, sentía toda la amargura, todo el tormento de la duda y de la inquietud.

Álvaro con aquella mirada indiferente, acostumbrada a mirar más los abismos de su alma que los de las personas que lo rodeaban, no fijó la atención desde el primer momento en las emociones que se retrataban en el semblante de la joven, harto perceptibles para los que no estuvieran, como él, absortos en la contemplación de sus propias penas.

Pero, a la edad de Álvaro, es imposible permanecer por mucho tiempo in-

---

17 *Fiat*: (lat.) hágase (*fiat lux*, hágase la luz)

diferente a unos ojos que tan dulcemente miran, a una voz que tan cariñosamente interroga.

Lentamente, como quien resbala por suave pendiente, fue cayendo él en la cuenta, de que Estela lo amaba y, como ella, sintióse conmovido por el preludio de un nuevo amor.

Nunca el corazón está tan accesible al amor, como cuando busca en él el bálsamo que debe curar sus heridas.

Por eso, sin duda, se dice que el amor, como la lanza de Aquiles, hiere y cura al mismo tiempo.

Pero muchas veces sucede, que la herida cierra en falso y el enfermo encuentra que su mal es incurable, precisamente cuando más sano se consideraba.

¿Le sucederá así a Álvaro? Ya lo veremos...

– V –

Las lágrimas se cambian en risas

Un mes había trascurrido desde el día en que Álvaro refiriera la historia de sus pasadas desgracias.

Eran las cinco de la tarde de uno de esos días apacibles y serenos de los primeros meses del invierno. Una brisa fresca y húmeda mecía suavemente las flores, como si sólo quisiera saturarse de su perfume o quizá también llevar en sus alas el fecundante polen, germen de nuevas flores.

Estela se paseaba sola en una avenida del jardín que rodeaba el rancho. De cuando en cuando se detenía como si estuviera impaciente o esperara algo; luego volvía a pasearse tan absorta en sus pensamientos que no sentía que las ramas frotaban su rostro y su cuello. Otras veces se acercaba a la verja y miraba a la calle.

Fácil es comprender lo que esperaba. Era la hora en que Álvaro acostumbraba salir a respirar el aire puro de la tarde, paseando en el hermoso malecón que se alza dominando el mar.

El rancho del señor Guzmán era, como la mayor parte de los de la calle de Lima, rodeado de jardines y cerrado con una alta reja de hierro.

Por aquella época esta calle no tenía sino unos cuantos ranchos, no habiendo alcanzado todavía la belleza que después llegó a tener.

Estela eligió para sus paseos una avenida formada de acacias y madreselvas: allí estuvo hasta que, fatigada de pasearse, se sentó en un banco de mármol apoyando su hermosa y rubia cabeza en el tronco de un árbol.

De pronto sintió esa indefinible sensación que se experimenta cuando se tiene cerca a una persona, aunque no se la vea; especie de influencia magnética que sienten con más viveza las personas nerviosas.

Volvió la cabeza: era él, era Álvaro que con mirada ardiente, profunda y apasionada la contemplaba.

El crepúsculo, con sus débiles y poéticos resplandores, derramaba sobre él su claridad, dando mayor brillo a sus ojos de penetrante mirar.

Aquella tarde Álvaro habló a Estela de su amor con la delicadeza del hombre que comprende que el corazón de una niña es como la sensitiva[18] que al menor contacto plega sus delicadas hojas.

Estela recibió sus palabras como recibe la flor, abrasada por los ardorosos rayos del sol de enero, la fresca y vivificante brisa de la tarde.

Desde aquel día Estela amaba y reía, comprendiendo que la tristeza no está en el amor sino en las circunstancias que lo acompañan. Álvaro concluyó por amar a Estela, y aunque siempre el recuerdo de su primer amor aparecíasele como pretendiendo embargar de nuevo su corazón; desechábalo y sólo miraba la amorosa y cándida sonrisa de Estela que revelábale un mundo de felicidades o cuando menos de consuelos.

El amor llegó, pues, como una celeste aurora y acreciéndose gradualmente, en luz que irradia felicidad, iluminó el alma de Estela, y apaciguó los dolores del corazón de Álvaro.

El amor, ese sentimiento exquisito que hace vibrar al ser que ama en relación con el sentimiento que inspira en el ser amado, nació, creció y transfiguró esas dos almas constituyendo en ellas la identidad de dos seres.

Aquella unión de dos espíritus aspiró a la unión completa de sus destinos, de sus aspiraciones, de su porvenir, y pensaron en el matrimonio. El matrimonio que, cuando lo forma el amor verdadero, es la fusión de dos almas.

Es el paraíso en que una sola alma goza y sufre, con la alegría y la tristeza, con la felicidad o el dolor, con la enfermedad o la salud de dos seres, que se han constituido en uno solo. ¡Sublime transfiguración que duplica la vida y agranda el sentimiento! Y así como la vid, al calor del sol, se llena de racimos que cuelgan de sus ramas; así el corazón, al calor del amor, se llena de afectos, que cada uno de ellos alimenta un ser, un hijo, que es, en lo porvenir, un cielo de esperanzas y consuelos.

Álvaro y Estela necesitaban del matrimonio para completar su felicidad.

Un día Álvaro dijo a su amada:

—En este vapor escribiré a su padre para que nos dé su consentimiento, y podamos casarnos antes que él llegue.

Estela púsose pálida, bajó los ojos, después enrojeció como la flor del granado: miró a su amante, con expresión de suprema alegría, de indecible felicidad, de inmensa dicha y con voz temblorosa, agitada por vivísima emoción exclamó:

—¿Vd. le escribirá a papá?

—Sí, hoy mismo lo haré –contestó resueltamente Álvaro.

Media hora después, estaba sentado delante de su escritorio, escribiendo una afectuosa y suplicatoria carta en la que pedía al Sr. Guzmán la mano de su hija.

A vuelta de vapor recibió la contestación en que le concedía la mano de Estela, pero rogábale que esperara su regreso para efectuar el matrimonio.

---

18 *Sensitiva*: o "Mimosa Sensitiva" (*Mimosa pudica*) también llamada "Vergonzosa" o "Planta de la vergüenza". Planta tropical de la familia *Fabaceae*

– VI –

DON LORENZO

Dejemos por un momento a Estela y Álvaro para ocuparnos de las otras personas que formaban parte de la familia del Sr. Guzmán.

D. Lorenzo frisaba[19] con los sesenta y cinco años: su aspecto era severo, huraño, casi áspero, y ¡cosa rara! esa fisonomía ocultaba un carácter manso, dulce, de los que llamamos bonachón.

Los que se precian de fisonomistas[20] y frenólogos[21] llevan estupendos desengaños y amargas decepciones con esos rostros dulces, de mirada apacible que parecen ser la expresión de una alma serena y de un carácter bondadoso. ¡Cuánta perfidia suelen abrigar esas almas!.

D. Lorenzo pertenecía al número de los que, teniendo en su alma tesoros de bondad y de abnegación, pretenden aparecer como hombres de carácter áspero, por lo que siempre llevaba la expresión hosca y se andaba gruñendo, figurándose que estaba encolerizado.

Su aspecto era siniestro y su alma luminosa, al revés de los que tienen el semblante cariñoso y el alma feroz: especie de plagio que los malos hacen a los buenos, copiándoles el rostro ya que no pueden copiarles el alma.

Dialogaba consigo mismo, principalmente cuando se trataba de prepararse a dar pábulo[22] a lo que él llamaba su terrible carácter.

Ya veremos que, lejos de ser terrible era manso, bueno y, tal vez, demasiado bondadoso.

Diríase que *en la lucha por la vida,* que, según los naturalistas, sostienen todos los seres, el hombre, para alcanzar levantarse y vencer necesitara la astucia y el valor del gladiador o la fuerza y fiereza del animal.

¿No es, acaso, la sociedad, un circo en el que todos, poco o mucho, lucha-

19 *Frisaba:* se acercaba, hablando de edad
20 *Fisonomista:* quien se dedica a la *fisiognomía,* el arte de determinar la personalidad por las formas del rostro y la cabeza
21 *Frenólogo:* quien se dedica a la *Frenología* (del gr. frine, inteligencia, y logos, tratado): ciencia que se basa en la teoría de Gall (1758-1828) que considera el cerebro como una agregación de órganos, correspondiendo a cada uno de ellos diversa facultad intelectual, instinto o afecto, y gozando estos instintos, afectos, o facultades mayor energía, según el mayor desarrollo de la parte cerebral que les corresponde
22 *Pábulo:* pasto, comida o alimento

mos, ya sea con un cruel destino o ya con adversarios desapiadados y terribles? Por eso, sin duda, los hombres que tienen el corazón, de paloma y la mansedumbre del cordero, van casi siempre seguidos de un triste y mísero destino. Para esos hombres vivir es sufrir, es obedecer e inclinar la cabeza ante los que los subyugan y dominan.

Tal era D. Lorenzo, cuyo tipo, si tiene mucho de bueno, es la bondad pasiva que poco da de sí misma.

Desde su juventud consagróse al estudio y siempre vivió contento con los escasos rendimientos del profesorado: carrera que desempeñó con asidua constancia y recto juicio.

Jamás había pensado en contraer matrimonio, y por consiguiente, fueron sus días tristes y solitarios, reflejándose en su carácter este género de vida.

Tenía excentricidades inexplicables e ideas inexcusables en hombre de sus años y su juicio.

Entre otras particularidades, tenía la de ser enemigo de las mujeres, alardeando de ello siempre que se ofrecía. Cuando le hacían objeciones, manifestándole sus errores, ensartaba citas históricas y textos latinos con los que pretendía sostener impertérrito sus extravagantes ideas. Decía que las mujeres tenían tan escaso juicio que el hombre que, como él, no había hallado una que lo amase debía vanagloriarse y envanecerse, pues era prueba de que ese feliz mortal tenía verdadero mérito.

¿Cuáles son, –agregaba, los hombres que han logrado cautivar a las mujeres? casi siempre mentecatos que cuidan más de que la bota de charol esté brillante y bien ceñida al pie que de ilustrar su inteligencia. Un pollo acicalado y a la moda que lleve en su cuerpo toda la perfumería de Atkinson[23] y se esmalte las uñas, y se retuerza los bigotes, tiene más probabilidades indudablemente, de vencer en las lides del amor, que el hombre de verdadero mérito, que cuida más de su inteligencia que de su traje.

Todos los Lovelace[24] y los Tenorios, ¿qué han sido, sino pobres diablos cuyo principal talento se reducía a saber mirar con pasión y a hilvanar una letanía amorosa que siempre suena deliciosamente en los oídos de las livianas hijas de Eva?

Éstas y otras muchas observaciones presentaba cuando alguno pretendía hacerle objeciones a sus extravagantes ideas, concluyendo por dar al traste con todas las mujeres, y bendiciendo la buena suerte de haber llegado a madura edad, sin cometer el imperdonable extravío de dejarse dominar, por una pérfida mujer.

¿Cuál era la causa de la implacable y temeraria aversión de D. Lorenzo al sexo llamado bello?

Vamos a decirlo:

El buen hombre, allá en sus mocedades, cometió un desliz, muy excusable ciertamente, atendida su vida de soltero, pero que él, como hombre ti-

---

23 *Atkinson*: J & E Atkinsons prestigiosa casa perfumista inglesa fundada en 1799
24 *Lovelace*: Richard (1618-1658) poeta inglés conocido por sus versos cortesanos

morato, calificó de grave falta y como tal quiso ocultarla.

Un día, ¡día fatal! vióse notificado judicialmente para contestar una demanda sobre *alimentos de una menor*.

Lejos de consultar el asunto con persona entendida y dar los pasos conducentes al logro de sus intenciones, tiró el papelucho y dijo:

—¡Quién va a hacer caso de esa mujer! Mientras tanto, ¡que gaste un poco de dinero esa pícara felona, y así podré reírme a mis anchas, cuando se quede con un palmo de narices viendo que sus planes de colgarme un sambenito con una hija que no es mía, quedan frustrados!

D. Lorenzo, como hombre verídico y timorato, declaró haber mantenido relaciones *amistosas* con aquella mujer, pero apoyado en los mismos hechos que justificaban sus acentos, negó haber tenido hija alguna, manifestando con testimonios irrecusables que él sólo conoció a esa mujer tres meses antes que tuviera esta hija. Sin embargo, *la prueba llegó tarde*, así que fue él quién se quedó con un palmo de narices cuando quiso probar la justicia que lo asistía, y lo absurda que era la sentencia que, a dar alimentos a una niña que no era su hija, lo condenaba.

La sentencia está ejecutoria, –díjole el abogado– y ya nada puede hacerse, por más que presente toda clase de pruebas.

—¡Cómo! –exclamó D. Lorenzo, en el colmo del asombro– ¿la injusticia, el dolo y el fraude pueden quedar ejecutoriados por día más o día menos que trascurra?– Imposible revocar la sentencia, –dijo el letrado,– está ejecutoriada, y no hay remedio.

D. Lorenzo salió desolado, y en vez de declararse enemigo de jueces, escribanos y legisladores, que eran los verdaderos autores de su desgracia; o mejor, maldecir de su incuria[25] y cándida confianza, declaróse enemigo de las mujeres, porque una habíale jugado tan pérfida pasada.

El buen hombre cumplió fielmente la orden que le condenaba a dar alimentos a una hija que mal de su grado debía ser suya.

Tal vez, más que el respeto a la justicia fue el temor a la madre de la niña, que, airada y terrible, amenazóle con embargo de las mesadas que como profesor ganaba, lo que a ello lo obligó, y preciso es confesarlo: con tan terrible amenaza, tembló ante la idea del escándalo.

Cuando la niña estuvo algo crecida llevóla a su lado y con admirable abnegación se consagró a su educación, sintiéndose atraído hacia ella sin duda por el afecto que cobramos a todo aquel a quien hacemos bien.

Es lo cierto, que Elisa, (tal era el nombre de la niña) pasó al lado de su padre putativo[26] sin que su madre opusiera a esta medida ninguna resistencia, y manifestando más bien insultante alegría, que al bueno de D. Lorenzo, no hizo más que afianzarlo en sus ideas respecto a la perversión del corazón femenino.

Sin duda la madre: de Elisa no vió en todo esto sino la conveniencia que

---

25   *Incuria*: negligencia, falta de cuidado
26   *Putativo*: se aplica al que es reputado o tenido por padre, hermano, etc., no siéndolo

resultaba de alejar de su lado una hija cuya presencia debía serle pesada y embarazosa, pues que debía presenciar sus faltas y desvíos, y más tarde juzgar su conducta, la que sería pernicioso ejemplo.

Con estas consideraciones no volvió a pensar más ni a preocuparse de la suerte de su hija y trasfirió todos sus deberes y derechos en el bueno de D. Lorenzo que, con santa y ejemplar resignación, desempeñó su delicado papel de padre y fiel guardián de la niña.

Hay desgracias que sólo acontecen a los hombres como D. Lorenzo.

¡Bienaventurados los pobres de espíritu porque de ellos es el reino de los cielos!

– VII –

LO QUE ERA ELISA PARA D. LORENZO

Elisa era una limeña muy limeña, aunque, dicho sea en honor de la verdad, tenía todos los defectos, sin las grandes cualidades de la mujer nacida en estas afortunadas regiones.

Aunque D. Lorenzo con sus buenos consejos y sabias enseñanzas, habíala querido conducir por el camino de la virtud, Elisa no paró mientes en tales consejos ni sacó provecho de tales enseñanzas.

Algunas veces el buen hombre, en sus angustiosos monólogos, mirando a Elisa solía decir: —Desgraciada criatura, tienes todas las condiciones para el mal, la belleza, la perfidia, el sexo, este sexo maldito, del que con razón dice El Eclesiastés que así como de los vestidos nace la polilla, así también de la mujer procede la iniquidad.

Y el pobre D. Lorenzo afligíase pensando en la adversa suerte de la joven que tantos cuidados y sinsabores le costara.

Otras veces decía: —Es retrato de la madre; esta criatura no puede concluir bien. Los vicios como las virtudes se trasmiten por herencia; de allí sin duda viene aquel principio injusto en su base, pero que muchas veces se realiza: los hijos pagan las culpas de los padres, no por castigo divino sino porque, al fin, tarde o temprano, se cumple aquella ley que castiga a todo el que altera las leyes naturales o sociales. ¿Cómo es, –agregaba,– que con ejemplos sólo de virtud Elisa se inclina siempre al mal? ¿Será más contagioso el mal, que purificadora la virtud? Una joven pura no puede estar en un lupanar sin inficionarse, sin mancharse con el inmundo lodo del vicio; y una joven mala, mal organizada, mal inclinada, puede estar en medio de la virtud, sin sentirse edificada, ¡sin que llegue una vislumbre de bien a su corazón! Así como las emanaciones de las plantas purifican la atmósfera, así las de la virtud debieran purificar la atmósfera del vicio. Pero no: todo sucede en el mundo de una manera fatal: heredamos las inclinaciones y las ideas como heredamos, el cuerpo y la cara de nuestros padres. Elisa no será más que la reproducción de su madre, por más que yo haya conducido con ahínco por el camino del bien. El organismo da el fruto que le es propio como dan las plantas, como dan los climas frutos que les son propios y adecuados. Yo no podré impedir que Elisa sea mala, como no puedo impedir que ciertas plantas sean venenosas, y ciertas flores tengan aroma y perfumen la atmósfera o produzcan deliciosos frutos. El hombre no es más que una planta, un animal, que se parece más al molde en que lo vació la naturaleza que al que el estudio, la razón o la virtud quieran darle. Fatalidad, ¡tú eres el único dios que dirige el mundo!...

Como se ve D. Lorenzo era fatalista y también tenía sus puntillos de ateo y mucho de filósofo; pero sin que este ateísmo alterara en nada sus buenas costumbres y sus nobles sentimientos.

—¡Cuánto diera, –decía algunas veces,– porque Elisa, ya que tuve la desgracia de traerla a mi lado como hija, cuánto diera, porque hubiese sido una joven juiciosa, moderada e inteligente! Mientras tanto, ¡cuántas amarguras se me esperan con esta criatura que tiene alma de basilisco!²⁷

Muchas noches pasó de claro en claro meditando sobre el carácter y las malas tendencias de Elisa; muchas también maldijo su negra estrella por haberle dado esta hija, que, lejos de ser el consuelo de su vejez, temía que fuera la vergüenza de sus canas.

Sin embargo, justo es que digamos que los temores de D. Lorenzo eran demasiado exagerados, y que la bella Elisa no era, ni con mucho, tan de mal corazón ni tan pervertida como la juzgara su padre putativo.

Elisa no era más que una muchacha vivaracha, de activa imaginación, de clara inteligencia y de una precoz y desmedida ambición, ambición puramente femenil de lucir, de ascender, de figurar y de salir de su humilde condición.

Su aspecto dejaba conocer desde luego estos defectos, si defectos pueden llamarse a la ambición y al deseo elevarse. Tenía los ojos chispeantes, decidores y de una movilidad asombrosa; a su mirada penetrante y rápida, pocas veces escapaban los pormenores de un acontecimiento.

La nariz era pequeña y algo levantada, lo que le daba un aire picaresco e insolente.

Era locuaz, con esa bulliciosa locuacidad de la juventud, que la hacía rayar algunas veces en parlanchina sempiterna; pero no siempre insustancial y muchas veces epigramática y maliciosa.

Desde niña había desplegado asombrosa precocidad intelectual; por más que en estos climas tropicales, este precoz desarrollo sea muy frecuente.

Cuando niña era el embeleso de D. Lorenzo y la consideraba un portento de inteligencia; pero más tarde temió que aquella inteligencia, demasiado fogosa, inclinara al mal y llevóla desde temprana edad a un convento, donde pensaba que tendría más sujeción.

Llamado por el Sr. Guzmán para desempeñar el cargo de tutor al lado de su hija Estela, D. Lorenzo recibió como un servicio el que se le admitiera

---

27 *Basilisco*: animal fabuloso con cuernos de serpiente, patas de gallo, alas espinosas y cola en forma de lanza. Se le atribuía la propiedad de matar con la mirada.

en compañía de su hija adoptiva. Elisa pasó a ser la compañera de la joven Estela, a quien ya conocemos.

Tales eran las dos personas que, en compañía de la inofensiva Andrea, quedaron al cuidado de la hija del Sr. Guzmán, el que, como ya hemos visto, encontrábase en viaje.

No faltará quien extrañe la arriesgada situación en que había colocado el Sr. Guzmán a los ayos[28] de su hija. Ambos solterones y teniendo que vivir bajo el mismo techo. Diremos, empero, en honor de la verdad y en homenaje a su virtud, que jamás la más leve tentación pecaminosa turbó el sueño de estos dos seres que vivían tranquila y sosegadamente, pensando tan sólo en el cumplimiento del deber.

28   *Ayo*: persona encargada de la crianza y/o educación de algún niño

– VIII –

Lo que pasaba era el corazón de Álvaro

Desde que Estela comprendió que era amada, todas sus penas, todas sus tristezas desaparecieron, y reía y corría como criatura que ha conseguido codiciado y hermoso objeto.

¿A qué más podía aspirar, qué más necesitaba para su completa felicidad? El amor de Álvaro fue pues, el complemento de sus felicidades.

Algunas veces, estrechando entre sus brazos a Elisa preguntábale con cariñoso tono:

—Dime, ¿te parece que Álvaro me ama tanto como yo lo amo?

—Tal vez más. ¿No lo ves cómo te mira con tan tiernos ojos y se queda contemplándote horas enteras?

—¿Te has fijado en eso? –preguntaba alegremente Estela.

—¿En qué no me fijaré yo? Mira, he observado también que algunas veces que te mira cierra los ojos, se pasa la mano por la frente, y lanza prolongado y doloroso suspiro. Otras veces, cuando está más contento, parece que de súbito le viniera alguna idea siniestra, se pone caviloso, triste, y muchas veces deja de hablar en los momentos que parece interesarle más la conversación: ¿No has notado esto?

—Sí, sí, –dijo Estela con tristeza,– es indudable que el recuerdo de esa joven cubana, a la que dice que tanto amó, cruza aún por su mente.

—¿Por qué no le hablas sobre estos temores? Muchas veces, por las escusas que se dan, se infiere lo que se debe esperar.

—Tienes razón, la primera vez que le hable le diré mis temores, y veremos qué me dice.

No andaban muy desatinadas las dos jóvenes, en temer que Álvaro llevaba aún en su corazón la imagen de la primera mujer que había amado y las observaciones de la vivaracha Elisa tenían gran fondo de verdad.

Álvaro, sin atreverse a confesarlo ni aun a sí mismo, seguía amando a la mujer que por primera ver cautivó su corazón, así que no tardó en asaltarle una duda, y se preguntaba a sí mismo si verdaderamente amaba a Estela.

—Sí, –se decía contestando a su pregunta,– si yo no la amara no sentiría a su lado ese bienestar, esa calma deliciosa que endulza mis penas y alivia mis pesares. Yo amo a Estela y debo unirme a ella: ¿cuál otra mujer podría darme un afecto tan puro y desinteresado? Estela será mi ángel de consuelo, mi áncora de salvación: yo le consagraré mi vida toda, y su alma será el refugio de la mía cuando me atormente el recuerdo de aquel amor, que sin cesar embarga mi corazón.

El amor alimentábase en el corazón de Álvaro como el fuego de una grande hoguera que se cubre de cenizas y en apariencia de calma.

Desgraciado del que, llevado por esa engañosa apariencia, se atreve a posar su planta en las profundidades donde se ha reconcentrado el fuego.

Así el corazón se cubre de una capa de olvido y ¡ay! del que fía su felicidad en su aparente calma.

El olvido de una pasión suele no ser más que un poco de ceniza que la memoria ha dejado caer sobre la imagen del ser amado.

Una mirada, un suspiro, el eco lejano de su voz, son un soplo que hace aparecer de nuevo aquella imagen, eternamente grabada en el corazón.

Álvaro sondeaba el suyo y aunque encontrábalo lleno de recuerdos y esperanzas, creía que no debía dar gran importancia a esto. Algunas veces exhalando un hondo suspiro acompañado de amarga sonrisa, solía decir: Dicen que un amor se cura con otro; todo pasará pronto. Estela es un ángel de bondad, su corazón es para mí un inmenso piélago[29] de ternura. Es imposible que, a su lado no olvide para siempre este recuerdo que hoy, a mi pesar, me domina.

Muy lejos de ser el amor de Estela, el remedio, era más bien un punto de partida que le llevaba a recordar lo que tanto quería olvidar. Sucedíale que sentía no sé que entraña necesidad de pensar en *ella*, necesidad complicada con la idea de que *ella* era algo que se le había escapado hasta las regiones de lo imposible.

Álvaro reflexionaba con disgusto y extrañeza, cuando, al despertarse: en la mañana, acudía a su mente, no el recuerdo de Estela, sino el de aquella otra mujer que tanto deseaba olvidar.

Alguna vez, pensando con amargura en lo que le sucedía, solía decir: No sé por qué pienso siempre en *ella*, cuando *tan olvidada* la tengo.

Y estas palabras, de tan ilógica forma, son, en ciertas circunstancias, de espantosa realidad.

Álvaro quería persuadirse a sí mismo que su memoria acariciaba el recuerdo de una *olvidada*, sin pensar que la memoria no es más que espejo del corazón.

Ninguna imagen se reproduce en ella con tanta viveza y exactitud como la que el amor grabó en el corazón. Cuando la memoria reproduce otras imá-

---

29   *Piélago*: (fig.) lo que por copioso o abundante es difícil de enumerar

genes y otros objetos, es ¡ay! porque entonces el corazón no tiene, sino como los desiertos, las reverberaciones y el vacío.

A pesar suyo veíala junto a su amante, bella, pura, desgraciada, llorosa, pero inaccesible, como si estuviere rodeada del siniestro resplandor de un crimen.

Entonces, para alejar de sí ese recuerdo, pensaba que era la hija de un asesino, del asesino de su padre; que unirse a ella sería como echar en olvido lo que un hombre de honor no debe olvidar jamás; cuando se ha obligado con un juramento pronunciado sobre la frente de un moribundo.

Por una inexplicable asociación de ideas, Álvaro veía a su amada joven, bella, fresca, amante, unida a un cadáver, al cadáver de su padre; —¡Como si ella fuera culpable!...– se decía a sí mismo, reprochándose esta injusta unidad que, a su pesar, había formado en su mente.

Mas, no por esto dejaba de amarla. Diríase que su razón le presentaba al mismo tiempo a la hija del asesino de su padre, y a la mujer, que con su primera mirada despertó su alma a las sublimes inspiraciones del amor.

Dejar de amar cuando el desencanto no lea empañado, con su aliento de muerte, el prisma seductor al través del cual se mira al objeto amado; dejar de amar cuando la ilusión y la esperanza viven a la par en el corazón, es imposible, es irrealizable. El amor no muere sino cuando el desengaño le quita la vida.

El tiempo mismo, con sus formidables armas, casi siempre es impotente para concluirlo, para aniquilarlo.

– IX –

Proyectos para el porvenir

La Villa de Chorrillos ofrecía grandes atractivos para los que allí vera-neaban los cuatro meses de la temporada de baños. Ya partidas de cam-po, que aunque desprovisto de la frondosidad de los árboles frutales, brinda siempre el atractivo del puro y vivificador ambiente de las plantas. Ya los paseos al malecón donde los jóvenes de ambos sexos iban a darse cita y principiar alguna pasión amorosa o a continuarla, soñando a luz de la luna.

Chorrillos era un lugar de lujo y de moda con todos los encantos y place-res propios de esos lugares.

En casa de los ayos de Estela se jugaba, como en la mayor parte de las ca-sas de Chorrillos, el muy conocido juego del *rocambor*[30], el que siempre esta-ba amenizado con largas discusiones sobre política, o con acalorados comen-tarios sobre algún lance de actualidad. Pero nosotros, que no nos proponemos escribir una novela de costumbres, sino más bien algo que se relaciona con el corazón y las pasiones; dejaremos a los que razonan y discuten por los que poetizan y aman; a los que viven en las heladas regiones de la vida, por los que moran en las ardorosas esferas del sentimiento.

Sigamos a Estela y a Álvaro que, asidos del brazo, se pasean alegres y fe-lices bajo las umbrosas enredaderas del jardín.

De buen grado renunciaríamos a trascribir sus palabras. Los que inten-tan grabar en el papel, todo el encanto que tiene un diálogo amoroso para los que lo sostienen, nos han parecido tan temerarios como los que pretenden po-ner en música el canto del ruiseñor.

El lenguaje de los enamorados se forma de mutuas vibraciones del alma, que la palabra escrita no puede reproducir.

¿Cuál es su elocuencia? diréis, ¿qué lenguaje han inventado? ¿qué se di-cen?

Lo que se dicen es todo y nada: nada si se examinan las palabras: todo pa-ra ellos, nada para los demás.

30 *Rocambor*: juego de naipes parecido al tresillo

Renunciaríamos, hemos dicho, a trascribir sus palabras, pero hay en ellas algo que se relaciona con los sucesos que se realizarán en el trascurso de esta historia, y nos vemos precisadas a quebrantar este propósito.

Álvaro miraba a Estela, diciéndole:

—¡Qué bella noche, Estela mía!

—Sí, bellísima: paréceme estar en el cielo.

—A la luz de la luna, tus ojos se me imaginan dos luceros que iluminan mi alma.

—Yo miro mi pasado, y todo lo que no es tu amor se me figura triste y tenebroso.

—También para mí ha desaparecido el pasado, y sin exageración, Estela mía, puedo asegurarte que hasta el recuerdo de esa joven que llenó de alegría mi infancia y encantó mis juveniles años, va ocultándose como si se perdiera entre las lejanas brumas de un pasado triste y oscuro.

—¡Enloquezco de felicidad al oírte hablar así! –exclamó Estela.

—Sí, adorada mía, diríase, que a la luz radiante de tu amor, van desapareciendo las negras sombras que oscurecían mi alma.

—¿Es verdad lo que me dices?

—Sí, vida mía, no hago más que descubrirte lo que hay de más oculto en mi alma.

Al hablar así Álvaro creía ser sincero. ¿Acaso no era verdad que el recuerdo de aquella otra mujer iba borrándose de su memoria, como se borran los celajes[31] del cielo en una tarde primaveral?

Mas ¡ay! que el arrogante y valeroso joven no comprendía, que en la memoria, como en el cielo, desaparece un celaje, pero queda allí siempre la nube que volverá, a colorearse tan pronto como el sol del amor la vuelva a iluminar.

Preciso es que digamos que Álvaro estaba persuadido de que verdaderamente amaba a Estela.

Por lo que hace a Estela, ni aun le ocurría pensar que aquél no fuera, como ella creía, el más grande y puro amor que podía esperar.

Algunas veces le venía a la mente el recuerdo de aquella historia en que figuraba, seductora, bellísima, a mujer a quien Álvaro había amado; pero aunque este recuerdo la atormentaba, desechábalo y se decía: ¡Qué importa que él la haya amado, cuando no me conocía a mí, y, además ella está tan lejos, que bien puedo considerarla como si hubiese muerto.

A pesar de estas reflexiones, Estela veía siempre como una sombra fatídica a aquella desconocida de la que ni aun el nombre conocía, pero que se le aparecía como temible fantasma, tanto más temible cuanto que la imaginaba hermosa.

No es extraño, pues, que al hablarle Álvaro diciéndole, que hasta el recuerdo de esa joven iba desapareciendo de su memoria, ella aprovechara la

31 *Celaje*: aspecto que presenta el cielo surcado de nubes de varios matices

ocasión para decirle con tono ingenuo:

—Ya que hablas de esa mujer, que nunca quisiera recordar, te haré una confesión: voy a revelarte algo que me hace sufrir y me atormenta a todas horas.

—Habla, ángel mío; tú sufres ¿y yo lo ignoro y no me lo has dicho? ¡ah! si no conociera tu bello y noble corazón me enfadaría por tu reserva.

—Oyeme: desde que me referiste la historia de tus amores con la hija del asesino de tu padre, y comprendí por tus mismas palabras la inmensa pasión que abrazó el corazón de ambos, y que les fue forzoso ahogar, apagarla, sin que ni uno ni otro pudiera reprocharse ninguna falta que les diera lugar al olvido o al desprecio, y desde que tú me hablaste de un amor grande, inmenso, como yo no creía que existiera, ¡ah! desde entonces esa mujer hermosa, hermosísima como dices que era...

—¡Ah! –dijo riendo Álvaro,– ¿tienes celos?...

—No lo sé; pero desde entonces ella preséntaseme como un fantasma, como una visión que me persigue y atormenta: me figuro verla como una sombra que viene a oscurecer nuestra dicha; es como un punto negro, sombrío, que diviso allá en las lontananzas de nuestro porvenir.

—No temas nada, mi bella Estela, –contestó él con acento cariñoso.

—Es que, a pesar mío, veo siempre, aun en mis sueños, la figura de esa que tú te empeñas en llamar bella.

—Aleja, te lo ruego, esas ideas, –contestó Álvaro, algo turbado.

—Bien quisiera alejarlas. Tú no sabes cuánto me atormentan. Figúraseme verla amándote siempre como dices que te amaba entonces, y demandándote su felicidad... ¡Ah! no te imaginas cuánto me tortura el alma este recuerdo.

—Querida Estela, bello ángel de mi vida ¿qué podré decirte para disipar esas funestas ideas que te atormentan? No pienses en ello: si supieras cuán olvidada tengo a esa desgraciada joven, no te volverías a preocupar más de ella. Escúchame, créeme lo que voy a decirte, porque es la expresión de la verdad: toda la distancia que separa al Perú de Cuba, es nada, es un punto, un átomo imperceptible comparada con la inmensa distancia, que separa mi alma de la suya. Sí, si tú pudieras ver mi corazón te asombrarías al encontrar que no quedan vestigios de aquel amor.

—Tus palabras me reaniman y verdaderamente, cuando me hablas así, me río de mí misma, y hago propósito de no volver a pensar más en tan infundados temores.

—Sí, querida mía, hablemos de otra cosa, sí, de otra cosa, que no nos atormente a los dos, como nos atormenta este recuerdo. ¡Oh! no te imaginas cuánto me disgusta, hasta el evocar su recuerdo.

—Querido Álvaro, si esto te disgusta yo te prometo no volverte a hablar más de ella.

—Espero que no solamente no volverás a hablarme, sino también que no volverás a pensar más en ella.

—Sí, te lo juro: hablemos de papá...

—Que llega dentro de ocho días a más tardar, agregó Álvaro, –y que inmediatamente se realizará nuestro matrimonio ¿no es verdad?

—Si tú lo deseas.

—¿Me lo preguntas, amada mía?, lo anhelo con vehemencia. He contado hasta las horas que nos faltan. ¡Ah! no sabes cuán feliz me ha hecho tu amor.

—¿Y viviremos siempre al lado de papá?

—Como tú desees. Yo, hace tiempo que no tengo más voluntad que la de la hermosa cuya imagen llevo en el corazón, cuyo nombre llevo en la mente, y de la que sólo anhelo no separarme jamás.

—Poco falta para que alcancemos esa felicidad.

—Yo quisiera mejor que viviéramos solos en una casita que yo convertiría en un nido de amor.

—Pero papá, que viene después de tantos meses de ausencia, deseará tenernos a su lado: Es preciso no ser tan egoístas.

—Si tú quieres, viviremos aquí, en Chorrillos; compraremos uno de esos ranchos rodeados de jardines, y que tienen, además, una huerta con árboles frutales.

—Sí: ¡qué hermosos días podríamos pasar! –dijo Estela con candorosa alegría.

—Nos instalaremos en nuestro domicilio, sin más compañía que una mujer que será tu ama de llaves, un mayordomo y un cocinero, ¿te parece bien?

—Por las mañanas nos levantaremos temprano...

—Perdona que te diga que antes de las nueve...

—Está bien, nos levantaremos a la hora que tú desees.

—Me parece que en todo estamos acordes, menos en mi deseo de vivir al lado de papá.

—Si, querida mía, tú comprendes que en ello está mi dignidad, y tú no querrás sacrificar a un efímero deseo, lo que para mí vale tanto.

—Está bien. Te prometo que, si papá no se opone, realizaré tus deseos y viviremos, sea aquí o en Lima, solos, sí solos, como tú deseas, sin más compañía que nuestra servidumbre.

—Gracias, mi bella Estela, –exclamó con expresiva efusión Álvaro.

—Nada tienes que agradecerme: en complacerte yo no hago ningún sacrificio.

Estos y otros coloquios amenizaban las dulces horas de los dos amantes que veían correr la vida embriagados de amor y felicidad.

–X–

Una nueva inesperada

Algunos días después de las escenas que acabamos de referir, D. Lorenzo y Andrea encontrábanse solos y hablaban del Sr. Guzmán y de su hija, con el interés que esas buenas gentes consagraban a todo lo que se relacionaba con su bienhechor y amigo.

Finalizaba el mes de junio y las brumas del invierno nublaban el sol oscureciendo la límpida claridad del cielo.

—Tiempo es ya, –decía D. Lorenzo,– de pensar en dejar nuestro querido Chorrillos: el friecito[32] comienza a dejarse sentir y aunque en Lima no es menos crudo, preciso es ir a principiar las reparaciones que necesita la casa.

—Dice Estela, que Álvaro quiere, a todo trance, vivir solo, –dijo Andrea.

—Imposible que lo permita el Sr. Guzmán. Él que idolatra a su hija, y que tan largas temporadas ha pasado lejos de ella, no consentirá en separarse, ahora que viene con el propósito de no pensar más en viajes.

—Álvaro tendrá que ceder, –dijo Andrea sonriendo– cuando una joven desea algo pocas veces deja de alcanzarlo.

—Es natural que así sea, replicó D. Lorenzo, Álvaro ama tanto a Estela que está embobado con ella como un niño.

—Me recrea ver cuánto se aman. El Sr. Guzmán va a mirar con ojos complacidos estos amores.

—Todo se ha hecho conforme a sus instrucciones, así no tenemos más mérito, si este matrimonio sale bien, como no tendríamos más culpa, si sale mal, que ser fieles cumplidores de sus órdenes.

En este momento apareció Estela con una carta en la mano.

—¡Cartas de papá!, exclamó saltando de alegría y agitando las manos con el mayor entusiasmo.

D. Lorenzo tome la carta, cuyo sobre escrito estaba dirigido a él, después de romper el sobre, dijo:

—Aquí hay dos más, una para ti y otra para Álvaro, –y entregó ambas

---

32 *Friecito*: (modismo) frío

cartas a Estela.

—¿Y la de Álvaro me la manda abierta? exclamó Estela.

D. Lorenzo, después de colocarse, con pausados movimientos, las antiparras, principió a leer la carta del Sr. Guzmán.

Estela, que ya había leído el primer párrafo de la suya, exclamó:

—¡Qué felicidad! ¡papá llega dentro de ocho días!...

—Veamos lo que me dice a mí –dijo D. Lorenzo y leyó en voz alta lo qué a continuación trascribimos.

"Querido amigo:

Antes de ahora le he hablado de mi próximo regreso a Lima: hoy tengo el gusto de anunciarle que saldré de aquí dentro de cuatro días. Pero lo que aún no le he anunciado, por circunstancias ajenas a mi voluntad, es mi matrimonio con la Srta. Catalina de Montiel, que se realizó ayer a las diez del día. Mi silencio debe extrañarle tanto más, cuanto que lo considero a Vd. no sólo como el ayo de mi querida Estela sino también como mi mejor amigo.

Mucho temo que Vd. desapruebe este enlace, cuando sepa que mi bella Catalina no tiene más que veintidós años, es decir, que puede ser mi hija tanto como mi esposa.

Todo juicio que formule Vd. antes de conocerla será injusto y aventurado: lo que le puedo asegurar es, que abrigo la convicción de haber encontrado la esposa que será un ángel para mi hogar, una cariñosa hermana para mi hija, y para Vd. y mi buena Andrea una afectuosa amiga.

Con un fuerte abrazo se despide hasta dentro de pocos días, su amigo

Guzmán."

———————

D. Lorenzo guardó silencio un momento. Luego con tono sentencioso y enjugando una lágrima que humedecía sus empañadas pupilas, dijo:

—Cuando el Sr. Guzmán ha resuelto llamar esposa a esa joven, debe ser verdaderamente un ángel.

—¡Ay, Dios mío! no sé por qué me he impresionado tan profundamente con esta inesperada noticia –dijo Estela con tristeza.

—Al contrario, dijo la buena Andrea, debemos alegramos por tan buena noticia. El Sr. Guzmán es un abogado de quien todos dicen que no hay otro que le iguale en Lima, y con estos malditos viajes, tiene abandonada su numerosa clientela y deja de ganar mucho dinero, y esto es una lástima.

—Y a Vd. Srta. Estela, ¿que le dice el Sr. Guzmán?

Estela, por toda contestación dio la carta a D. Lorenzo, el que, con el semblante contraído por la emoción y la voz ligeramente agitada, leyó lo siguiente.

"Hija mía, mi adorada Estela.

Te escribo pudiendo decirte que soy feliz, felicísimo. Muy pronto te estrecharé sobre mi corazón. Esta sola esperanza sería suficiente a mi felicidad; pero hay más todavía y con esto veo colmadas todas mis aspiraciones.

¡Hija querida del alma! cuando estreches a tu padre, te ruego que en el mismo abrazo, reunas a la que desde ayer es tu madre, y mi adorada esposa: ella en realidad será para ti cariñosa hermana y verdadera amiga; su edad y su carácter me hacen esperar esta nueva felicidad.

Quiero hablarte, hija mía, con la sinceridad del hombre honrado que jamás ha faltado a sus deberes, de padre, y con la franqueza con que se debe hablar a una joven de tu juicio y de tu bello carácter.

Pocos años contabas apenas cuando tuve la horrible desgracia de perder a tu buena madre; desde entonces no tuve más consuelo que tus caricias, ni más alegría que tu felicidad. Te he amado tanto que el temor de nublar tus infantiles y alegres días, dábame fuerza para soportar mi larga viudedad y mi triste y solitario vivir. La idea de darte una madrastra me horrorizaba, y sacrifiqué mi felicidad a la tuya; pero hoy, hija mía, todo ha cambiado, y puedo eximirme de ese sacrificio. Tu matrimonio se efectuará pocos días después de mi arribo a esa, conforme a lo que tenemos arreglado con mi amigo tu futuro esposo.

No he olvidado, mi querida Estela, las palabras llenas de cariño que me dijiste pocos días antes de separarnos: ¿te acuerdas? Me aseguraste que, por duro que te fuera el que yo eligiera una segunda esposa, tú quedarías contenta si esta traía a mi corazón la felicidad; que tú, con tu buen juicio, comprendías que había perdido, junto con la mujer que la muerte me arrebatara. Gracias, querida hija mía: sólo de tu noble y bello corazón podían brotar palabras que son la expresión del más grande y desinteresado afecto que puede esperar un padre.

Estoy contento de tu acertada elección y envanézcome de la participación que he tenido en este enlace. Ya comprenderás que mi recomendación fue premeditada e intencional. Álvaro es un joven de bellas cualidades y caballerosa conducta. ¿Qué más puede apetecer un padre para su hija? ¿qué más necesita una joven rica, modesta y virtuosa para asegurar su porvenir? Así que, espero, hija mía, que no te extrañará que, al ver asegurada tu felicidad, haya pensado en la mía, seguro de que ya no podría perjudicarte. Tú ya no te perteneces; y si tu esposo quiere llevarte lejos de este pobre viejo, que aunque con todo el vigor de la juventud, sufre todas las tristezas de la vejez, tendrás que abandonarme, dejándome sin consuelo y sin compañía, en la época que más necesito de estos beneficios. Pensando en todo esto, busqué una mujer, que fuera apropiada a mi edad y a mis condiciones, sin otra aspiración que hallar la virtud unida a la bondad; pero Dios, que sin duda ha querido premiar mis sacrificios, me ha presentado en el camino de mi vida un ángel radiante de belleza y bondad. ¿No es verdad, mi buena Estela, que tu ya la amas como a tu madre?... No: mejor como a tu hermana; si así fuera quedarían colmadas todas las aspiraciones de tu amoroso padre.

EDUARDO GUZMÁN."

———————————

Estela, que durante la lectura había permanecido llorando silenciosamente, prorrumpió en amargo llanto cuando D. Lorenzo terminó la carta. Éste y Andrea quedaron silenciosos, como si no hallarán palabras adecuadas para consolarla.

D. Lorenzo, absorto en profunda meditación, se daba a cavilar cómo era posible que hombre, de juicio y de edad madura pudiera cometer locuras del calibre de la que acababa de consumar su amigo: –Joven, hermosa y tal vez loca y fantástica[33], como todas las mujeres, ¡cuántos peligros para la felicidad de un hombre!, pensaba angustiado el buen hombre.

Estela no se daba cuenta de lo que pasaba por su espíritu. Entristecerse y llorar, cuando su padre, a quien ella tanto amaba, la decía: —Soy feliz, felicísimo, parecíale injusto y hasta criminal, y sin embargo, aquella felicidad la entristecía, sí, la entristecía, a ella que no conocía ni jamás había sentido el egoísmo. —¿Seré yo una niña mala? –pensaba con desesperación– Yo que siempre he deseado la felicidad de papá más que la mía propia ¿cómo es que, al verla realizarse, al leerla como una confesión, escrita por su propia mano, cómo es que no me enloquece la alegría y no doy gracias a Dios por haber alcanzado lo que yo tanto deseaba? ¡Dios mío yo no soy egoísta, yo creo que no soy tampoco mala! ¿por qué es que lloro al saber que papá es feliz!...

Y Estela se perdía en un cúmulo de conjeturas, sin poderse explicar las impresiones que agitaban su espíritu. En su candorosa inocencia, no podía comprender, que el corazón, aun en sus más puros y elevados sentimientos guarda gran dosis de egoísmo, si egoísmo puede llamarse al sentimiento que nos impulsa anhelar un bien.

La felicidad de los seres más caros a nuestro corazón no nos alegra ni nos satisface tanto como cuando, en ella tenemos alguna participación. Noble anhelo que nos lleva a vivir en otros seres más que en nosotros mismos!...

Larga y profunda fue la meditación de Estela. D. Lorenzo no estaba menos absorto en sus pensamientos. Por lo que respecta a Andrea, pocas veces meditaba sobre ninguna cuestión, aunque ella interesara su suerte; mucho menos meditaría ahora, que no veía en el matrimonio del Sr. Guzmán sino un hecho aislado, y por ningún punto relacionado con su propio bienestar. Apenas si se había preocupado con el matrimonio de Estela; pero pensó que ésta habíale prometido llevarla a su lado, cualquiera que fuera la condición que ocupara. Esto bastaba a las estrechas y limitadas aspiraciones de Andrea:

———————————

33 *Fantástica*: presuntuosa

así que miraba sin comprender la triste meditación de D. Lorenzo y las amargas lágrimas de Estela. Andrea, en toda circunstancia, disfrutaba de la serena felicidad del que no comprende o no piensa, que es como la felicidad del que nada ve.

– XI –

Complicación imprevista

E ran las siete cuando Álvaro, siguiendo su costumbre fue a pasar la noche al lado de Estela. A recibir una mirada que iluminara su tenebroso espíritu o escuchar una palabra que alegrara su entristecido corazón. Esa noche más que nunca sentía necesidad de estos consuelos que eran para su alma como la brisa para la delicada flor marchita por el sol abrasador de enero.

Lejos de disiparse su amor habíase encendido, llegando a ser algo que le asustaba. *Ella* poseía para él el maléfico imán de lo imposible, y la atracción de lo irresistible. Era como el abismo que al mismo tiempo atrae y horroriza.

Ella había llegado a ser un punto sombrío que surgía de su pasado y agrandándose tomaba las proporciones colosales de un fantasma, que oscurecía el radioso cielo de su felicidad presente.

Huir de lo que atrae con superiores fuerzas, es lo que intenta realizar el que pretende olvidar, como Álvaro, aquello que el amor ha refundido, diluido, unificado, a nuestro propio ser, llegando a formar un todo, que embarga la voluntad y acalla la razón.

Tres días hacía que un peso enorme oprimíale el corazón. Su sueño era intranquilo y poblado de lúgubres ensueños y horribles pesadillas.

Muchas veces habíase dicho: —Sospecho que el aire de esta habitación es pesado y tal vez la falta de ventilación contribuye a mi mal dormir; quizá la atmósfera, que en ciertos días parece cargada de electricidad, es la causa de este fenómeno.

En este día sintióse, tan contrariado, que suprimió su salida después de almorzar.

Leyó varios libros y los halló todos cansados, insípidos e insuficientes a fijar su pensamiento, rebelde en esos momentos, a todo lo que no fuera aquel recuerdo que atormentaba su corazón y trastornaba su razón llevándolo hasta la desesperación.

Las siete de la noche eran, como ya hemos dicho, cuando Álvaro corrió al lado de Estela para beber en su apacible mirar la calma apetecida.

Encontró a todos reunidos en el salón, pero tristes y silenciosos cual si de duelo estuviesen.

—¡Bah! –pensaba,– parece que la negrura de mis pensamientos, hubiéraseles contagiado a estas buenas gentes.

Hasta Elisa, la bulliciosa y parlanchina Elisa, estaba mustia y cavilosa.

—Parece que alguien hubiese muerto: tan tristes y silenciosos los encuentro, –dijo Álvaro, rompiendo el prolongado silencio que guardaban.

—No es sólo la muerte de las personas queridas lo que más nos aflige; a veces es lo que ellas llaman su felicidad, –repuso D. Lorenzo con doloroso acento.

—No comprendo las palabras de Vd.: ¿ha sucedido alguna imprevista desgracia? ¿qué es lo que pasa? No en vano he pasado todo el día tan triste y contrariado.

—Sí, ha sucedido algo que es una verdadera desgracia, contestó D. Lorenzo.

—Hable Vd., se lo ruego ¿qué hay?

—Los hombres cometen faltas que parecen increíbles: no lo va Vd. a creer Sr. Álvaro.

—Explíquese Vd., ¿es acaso que el Sr. Guzmán se opone a mi matrimonio con su hija?

—No: al contrario, querrá precipitarlo ahora...

—Pero... y bien ¿qué sucede?

—Que el Sr. D. Eduardo Guzmán, de la edad de sesenta años, ¡se ha casado con una joven de veintidós...!

—¡Bah!...¡bah...! –contestó Álvaro soltando una alegre y franca risotada, y acercándose a D. Lorenzo tocole el hombro y palmeándole suavemente agregó– Sr. D. Lorenzo, ¿es envidia o caridad? Dígame Vd., ¿el que el Sr. Guzmán se case con una joven de veintidós años, y que sin duda será bella y graciosa, es motivo de lamentación y duelo? Vaya, amigo mío, no lo creía tan egoísta.

—¡Una mujer de veintidós años con un hombre de sesenta! –exclamó D. Lorenzo, con acerba entonación.

Álvaro volvió a reírse con más expansión de D. Lorenzo, y con tono jovial, dijo:

—Pues, precisamente, los veintidós años, es lo que merece alegría y felicitaciones ¡cómo! ¿quería, acaso, Vd. que se casara con alguna solterona desengañada, que le llevara un séquito de antiguos enamorados, que sólo esperasen el momento propicio para volver a tomar posesión de sus antiguos dominios? ¡Ah! Sr. D. Lorenzo, permítame Vd. que le diga que, en achaques amorosos, no conoce Vd. de la misa la media[34].

---

34 *No entender de la misa la media*: (metáf.) carecer de conocimiento cabal de un tema

—Vd. no comprende, amigo mío, hasta donde llevo yo, mi previsión.
¡Mujer! ¡y de veintidós años! –exclamó D. Lorenzo.

—¡Acabáramos! –dijo Álvaro, riendo a todo reír– Vd., el sempiterno enemigo de las mujeres, no ve en esta unión, sino una joven que se ha apoderado del corazón de su amigo, y ya se ha dado Vd. a cavilar y a prever abismos y desgracias donde no hay más que un dichoso mortal que ha alcanzado, a la edad de las tristezas y decepciones, la felicidad, que sólo es dado gozar a la edad de las ilusiones y alegrías.

—¡Pluguiera el cielo que no las mías sino las previsiones de Vd. se realizaran en este matrimonio! –repuso D. Lorenzo con tono sentencioso.

—No, amigo mío, es preciso no ser tan pesimista, y además, Vd. no puede ser voto porque está cegado por su odio al bello sexo.

—Odio que cada día afiánzase más en mi espíritu, con la observación y la experiencia.

—En fin, amigo, espero que no se enfadará Vd. por la libertad y franqueza con que he reído de sus inocentes temores; no creí que hubiera nada que me hiciera reír; a mí, ¡que tan sombrío y apesadumbrado he estado todo el día!

—A su edad, Sr. Álvaro, se ríe, de todo, y mientras un viejo llora, un joven ríe, –dijo D. Lorenzo con desconsolada expresión.

—Supongo que el Sr. Guzmán, les dé algunos otros pormenores de su nueva esposa. Cuénteme: Vd. Estela –dijo Álvaro dirigiéndose a la joven– que otros detalles les da nuestro querido amigo. Supongo que no se haya contentado con decirles sencillamente que se ha casado, sino que les dirá también, ¿a qué familia pertenece? ¿qué nombre tiene? ¿de dónde és? en fin, dígame todo lo que sepa, ya puede Vd. calcular cuánto me interesa todo lo que se relaciona con la felicidad de mi futuro padre, y buen amigo.

—Aquí tiene Vd. una carta para Vd. –dijo Estela, sacando la carta de Álvaro del bolsillo de su chaqueta de cachemira con bolsillos de terciopelo.

Álvaro tomó la carta de manos de Estela, la abrió, y principió a leerla con la sonrisa gozosa y tranquila que la festiva conversación que acababa de tener, había impreso en sus labios.

Estela que conversaba con Elisa y D. Lorenzo que seguía ensimismado en luctuosas y tétricas meditaciones, no vieron que de súbito el semblante de Álvaro se cubrió de mortal palidez, y que la carta principió a moverse ligeramente, como si siguiera él temblor de sus manos. Antes de concluir la lectura, Álvaro miró a todos lados y al ver que no habían notado su turbación, suspendió la lectura, dobló la carta, después, tosió como si temiera tener embargada la voz; pasóse repetidas veces el pañuelo por la frente, humedecida por frío sudor, y con voz serena aunque algo opaca, dirigióse a Estela y la preguntó.

¿Ha leído Vd. esta carta?

—Sí, –contestó candorosamente la joven,– hablaba con Elisa de esto. Ella ha hecho una observación, de algo que para mí había pasado desadvertido: papá sólo a Vd. le habla del amor de su esposa la Sra. Catalina Montiel y del que él le tributa a ella; sin duda papá teme despertar en mí, celos o emulaciones de afectos, lo que espero no sucederá jamás.

—Sin embargo, has llorado amargamente con la noticia del matrimonio del Sr. Guzmán. ¡Quién sabe si tus lágrimas sean un mal presagio! –exclamó Elisa queriendo dar a sus palabras tono de seriedad que en sus labios siempre risueños sentaba mal.

—Es natural llorar cuando un padre tan amoroso como el mío, se casa con una joven de la que no conozco más que el nombre. ¿No le parece a Vd. así, Álvaro? –dijo Estela dirigiéndose al joven.

—Sí, es natural –contestó él distraídamente.

Poco después llegaron algunos amigos y contertulios de D. Lorenzo; todos, a una, adujeron mil comentarios y trajeron a cuento otras tantas conjeturas, y como sucede en estos casos; cada cual quería que su opinión prevaleciera. Cada uno expuso su *acertada* opinión sobre las causas que habrían podido influir para obligar a la Srta. Catalina a contraer matrimonio con hombre de tan respetable edad como la del Sr. Guzmán.

El uno creía que fuese alguna muchachuela de tres al cuarto[35], que, por darse humos[36] de gran señora, sacrificaba su corazón y su juventud.

D. Lorenzo, recordando su aventura de marras[37], creía fue sería tal vez algún diablillo, dejado de la mano de Dios y entregada a las del diablo, para causar la desventura de un crédulo y confiado caballero, como era su amigo.

El Sr. cura, que se hallaba presente, no cejaba en su idea de que allí había algún padre arruinado, o algún hermano ambicioso, que, como en los dramas de capa y espada, había intervenido con tiránica autoridad para obligar a la joven a tan desigual unión.

Solamente Álvaro permanecía mudo y silencioso, abstraído en profunda meditación.

---

35 *De tres al cuarto*: (fam.) de poco valor

36 *Darse humos*: comportarse con altivez, vanidad, presunción o engreimiento desmesurados. Proviene de la antigua Roma, donde las familias solían colocar en el atrio de la casa los retratos o bustos tallados en piedra de sus antepasados. Con el paso del tiempo las imágenes más antiguas adquirían un color oscuro por efecto del polvo y el humo. Los atrios con más imágenes renegridas, (con "más humos") simbolizaban una mayor antigüedad del poderío familiar y un cierto tono aristocrático del que se alardeaba con frecuencia. (Joaquín Bastús "*La sabiduria de las naciones ó Los evangelios abreviados : probable orígen, etimología y razón histórica de muchos proverbios, refranes y modismos usados en España*" - 1862)

37 *De marras*: (fam.) lo que se dijo anteriormente

– XII –

Carta del señor Guzmán

Cuando Álvaro se vio solo, un mundo de sombrías y tumultuosas ideas se agolparon a su mente. Parecíale estar al borde de un abismo: sentía su cerebro como el que acaba de recibir un violento golpe que le ocasiona atolondramiento y confusión de ideas. Una, sin embargo, se le presentaba clara y distintamente. Catalina, la mujer que a su pesar embargaba su pensamiento, y ocupaba su corazón, la hermosa niña purificada con las adoraciones de la infancia e idealizada con los arrobamientos de sus juveniles amores, Catalina iba a unirse, con los indisolubles lazos del matrimonio, con el señor Guzmán, con el padre de su novia, de la que pronto sería su esposa.

Ante esta idea, su alma se estremecía, y su pensamiento se perdía en un caos de dudas y temores.

Acaso también los celos, con sus torcedores tormentos y crueles angustias, complicaban su terrible situación.

Una hora entera trascurrió desde que se separó de Estela, una hora hacía que estaba solo y aún no había pensado en concluir de leer la carta del señor Guzmán.

¡Para qué quería saber más! ¡sabía lo suficiente para que su corazón se quebrara de dolor!

Cuando se separó de Estela dirigióse a su casa, encendió una bujía y principió a pasearse en la estancia, con fuertes y agitados pasos. Algunas veces se detenía pasándose la mano por los ojos, cual si temiera estar soñando.

Al fin tomó una silla, la acercó a ta mesa en que ardía la luz y después de sentarse, reclinando su frente en una mano, sacó la carta del señor Guzmán, miró la firma, como si aún dudara de su autenticidad, y principió a leer, con la respiración angustiosa y la frente contraída por dolorosa expresión.

La carta decía así:

Querido hijo y mi buen amigo:

"Comprendo que debe Vd. esperarme como al nuncio[38] de su felicidad;

---

38 *Nuncio*: quien lleva aviso o noticia por encargo

es natural, mi querida hija también me espera de este modo, y ¿cómo no esperarme así, cuando mi presencia será precursora de la felicidad de Vds. la que se afianzará con los vínculos indisolubles del matrimonio? Este suceso que no ha muchos días llenaba mi alma de angustias y congojas, puedo hoy mirarlo con serenidad, sí, amigo mío, hoy puedo medir su felicidad por la mía, y cuando Vd. se lleve y me arrebate a mi cara Estela me quedará el consuelo de tener a mi lado a mi adorada esposa, a la virtuosa joven Catalina Montiel que me consolará y será la compañera de mis tristes días.

¡Qué lejos estábamos, cuando nos separamos en Nueva York, Vd. para dirigirse al Perú y yo para ir a Cuba, de que la felicidad nos esperaba al término de estos viajes!

Sí, amigo mío, soy feliz, felicísimo, como lo será Vd. pronto, muy pronto, cuando goce Vd. de la compañía de una mujer amada.

Regresaba yo de Cuba para Nueva York cuando conocí a bordo a la señorita Catalina Montiel; iba acompañada de su padre y ambos se alejaban huyendo de Cuba, donde se había descubierto un complot, para asesinar al señor Montiel, que últimamente desempeñaba el cargo de Gobernador de la Isla.

Los insurgentes, en el corto espacio de cuatro días, habían incendiado todas las posesiones de este rico propietario, y después de dejarlo en la miseria intentaron asesinarlo. No trato de hacer comentarios sobre estos hechos. Parece, según he alcanzado a saber, que éste era justo castigo de algunos abusos de autoridad cometidos por el señor Montiel, y también terribles represalias de otras atrocidades cometidas por orden del Gobernador.

La señorita Catalina iba desesperada y llorosa a ocultar sus penas en la populosa ciudad de Nueva York.

A bordo estuvimos con esa intimidad que siempre se establece entre pasajeros que hablan un mismo idioma o tienen costumbres idénticas. Así tuve lugar de conocer y apreciar el bello carácter y las relevantes cualidades de la joven.

Bien pronto, la mas íntima amistad nos unía. Le referí, cómo una hija mía, tan buena y linda como ella, debía casarse con un joven compatriota suyo: me aseguró que no lo conocía a Vd. ni aun de vista, pero sabía pertenecía Vd. a una distinguida familia de Cuba.

También ella me refirió la historia de su vida; la infeliz ha sufrido mucho, muchísimo, pues según me dejó comprender, había pagado muy caro la alta posición política que su padre ocupara. Este es hombre vehemente, de exaltado carácter, de ésos que son tan buenos amigos como terribles enemigos. También él, como su hija, me dijo que no tenía el gusto de conocerlo a Vd. personalmente, pero que algunas noticias habían llegado hasta él de la reputación de caballero que Vd. traía.

Complázcome, mi querido amigo, en participarle estos pormenores, que no dudo halagarán su vanidad, mucho más viniendo de un hombre como mi suegro, que odia entrañablemente a todos los cubanos.

Cuando lo conozca Vd. espero le perdonará este odio que es, como siempre, el resultado inevitable de una lucha política en la que le ha tocado la peor parte.

Naturalmente, estos odios han engendrado otros que han herido a la hija, al mismo tiempo que al padre: Ambos han tenido que salir de Cuba cargando con las maldiciones de toda la sociedad. Ya puede Vd. comprender, cuán amarga impresión hará esta horrible situación en el alma noble, generosa y bella de la joven Catalina.

¡Ah! ¡si yo pudiera darle toda la felicidad que ella merece, vería cumplida la mayor ambición que abrigo!...

Ella anhela ir a Lima; continuamente hablamos de Estela y de Vd. y espero que el hermoso cielo del Perú, su patria natal la haga olvidar sus desgracias, y alivie la inmensa pena que la abruma.

Nos preparamos para partir en el próximo vapor, y no dudo que Vd. y Estela nos esperen impacientes para realizar su matrimonio.

Con el alma llena de júbilo, bendeciré esta hermosa unión, y Catalina, como representante y digna sucesora de la madre de Estela, la bendecirá también. ¡Quiera el cielo colmarlos con todas las prosperidades que mi corazón ambiciona para ustedes!...

Catalina se complace con la idea de llegar a tiempo para celebrar el matrimonio de su nueva hija, desde que sabe que es Vd. digno de ser el esposo de una joven virtuosa y buena.

Sí, amigo mío paréceme haber rejuvenecido, de cuerpo y de alma, y si no temiera faltar a la circunspección que debo a mis canas, le hablaría de mi felicidad como un joven que por primera vez siente las alegrías del amor.

Adiós: muy pronto lo estrechará entre sus brazos su padre y amigo

EDUARDO GUZMÁN.

– XIII –

La Carta de Catalina

Álvaro leyó esta carta devorando ansioso los caracteres de la escritura, sin darse cuenta de lo que por él pasaba.

Su corazón latía con desusada violencia y sentíase invadido, alternativamente, por el fuego de la calentura y por el hielo de la muerte.

Como si en ese momento se despertara su corazón, por largo tiempo reprimido, sintió que la que él había llamado una *olvidada* estaba más que nunca presente en su corazón.

Largo tiempo permaneció sumido en profunda meditación.

—¿Qué misteriosa fatalidad –decíase a sí mismo– es la que me persigue? Catalina se alza entre Estela y yo, como un fantasma, para interponerse ante mi felicidad; es una sombra que viene a eclipsar mis esperanzas. Viene hacia mí, cuando yo más deseaba huir de ella, cuando acariciaba la esperanza de que el amor de Estela, podría borrar su imagen, grabada por el primer amor.

Viene, dice su esposo, a bendecir nuestra unión, a presenciar nuestro matrimonio... ¡Oh sarcasmo del destino!... y yo la amo aún, la amo hoy más que nunca...

Después, como si rememorara alguna cosa que tuviera relación con su situación presente, dirigióse a su escritorio y de un lugar oculto y separado de todos los demás papeles, sacó una carta. Los dobleces del papel estaban raídos, como cuando se usan por la frecuencia con que se ha desdoblado para leerlos. Álvaro había leído muchísimo esa carta.

Era de Catalina. Desde que pensó que podía amar a Estela no había vuelto a leerla más. Ahora que sabía que Catalina venía, y venía donde él (así lo creía en ese momento ya veremos más tarde si juzgó acertadamente) fue a sacar la carta, la llevó a sus labios, la besó con ardoroso anhelo, y principió a leerla con delicioso éxtasis.

Antes de transcribir lo que contiene, diremos algo que Álvaro, calló aquel día que refirió su historia en el "Salto del Fraile".

Después que Álvaro, en presencia del cadáver de su padre y de las lágrimas de su madre hubo repetido su juramento de romper su matrimonio, y vengar la alevosa muerte de su padre, escribió a Catalina estas cortas líneas.

> Señorita Catalina:
> Desde este momento es Vd. completamente libre: un juramento y una tumba nos separan para siempre. Yo no puedo casarme jamás con la hija del asesino de mi padre.

Cuando Catalina leyó esta carta dio un grito y cayó como herida del rayo. Hay gritos que son la síntesis de un gran dolor. Muchas palabras no pueden expresar lo que dice un grito.

Si el corazón no tuviera el grito hay dolores que lo harían estallar.

El lenguaje humano no tiene palabras para las grandes emociones, ya sean de dolor o de alegría: por eso el grito llega siempre que faltan aquellas.

Catalina no pudo articular una sola palabra después de leer la carta de Álvaro; aquella carta que compendiaba su horrible situación.

Cuando volvió en sí tuvo fiebre, delirio, se temió que la muerte quebrara su bella existencia, demasiado delicada para soportar tan inmenso pesar.

Loca, delirante y anegada en lágrimas pedíale a su padre que le devolviera a su Álvaro, a su amado, al dueño de su corazón, o que moriría de dolor y desesperación.

El señor Montiel, aunque hombre cruel e iracundo, sintióse conmovido, por aquel llanto que caía sobre su corazón, y enardecía sus pesares. En el primer momento creyó que todo pasaría, como pasan las penas en los corazones jóvenes, más inclinados siempre a la alegría que a la pena; pero después de ocho días, vio agravarse el estado de su hija, y comprendió que aquel golpe podría llevarla al sepulcro: —¿Y sería yo la causa –decía,– de la muerte de mi hija, del único ser que amo en el mundo?

Las puertas de la prisión de Álvaro se abrieron, y un amigo del señor Montiel fue a proponerle que se casara con Catalina y saliera inmediatamente del país.

Álvaro sintió flaquear su voluntad, y estaba a punto de faltar al juramento que hiciera a su moribundo padre. Quería correr a echarse a los pies de su amada y pedirle perdón por haber pensado, en un momento de extravío, romper los indisolubles lazos del amor: —Los juramentos, –decía,– arrancados a la obediencia filial, en un momento de supremo dolor, no pueden ni deben ser válidos, ni decidir del porvenir de dos individuos.

Pero, desgraciadamente, el asesinato alevoso de su padre había herido y sublevado toda la sociedad cubana.

La cuestión política que en esos momentos exacerbaba extraordinariamente los ánimos, y el sentimiento patrio, exaltado por los primeros sucesos de la guerra, que acababa de estallar, apoderáronse del hecho, y vieron en él un ultraje inferido a la justicia, al derecho y a la patria.

Un español había muerto a un cubano traidora y alevosamente, sin concederle el derecho de defenderse, y este crimen había quedado impune, y el hijo del cubano era encarcelado, por haber buscado al asesino de su padre, para desafiarlo en lucha leal y caballerosa.

Los amigos de Álvaro, rodeáronle con acalorada exaltación: cada cual se sentía herido por tamaño ultraje.

El uno fue de parecer, que, puesto que era imposible batirse con él, como con un caballero, debía castigársele como a un villano, y hacerle aplicar una tremenda paliza, que lo llevara a la otra vida.

Otro creía que este proceder era indigno de un cubano, que sabe castigar por sí mismo las ofensas y aconsejaba a Álvaro que fuera a casa del señor Montiel, que lo escupiera y lo abofeteara, para obligarlo a tomar un arma y defenderse.

En cuanto al matrimonio de Álvaro con Catalina, nadie se atrevió ni a recordarlo, manifestando así que aquello era cosa concluida, un hecho impasible del que nadie debía hablar, ni hacer mención.

Álvaro sintiose, pues, envuelto y arrastrado por una tempestad de exaltadísimas pasiones, que se arremolinaron en torno suyo.

En medio de todo aquel cuadro él sólo veía a Catalina, a aquella bella joven a quien amaba con delirio y cuya imagen llevaba en el corazón.

Ella destacábase ocultando a su vista todos los acontecimientos, todas las personas, todos los afectos.

Sobre el cadáver de su padre, sobre la injusticia y la impunidad de esa muerte, que sus amigos veían como un ultraje a su patria, sobre su madre misma, viuda y desesperada, él no atinaba ni alcanzaba a ver sino a Catalina.

A Catalina bella, amante, loca, tal vez moribunda.

Para mayor desventura, para más cruel tormento, ella habíale escrito una carta que fue como un grito de amor, como un ¡ay! desgarrador, salido del alma de la enamorada joven.

Esta carta es la misma que acabamos de ver sacar a Álvaro de la secreta de su escritorio, para llevarla a sus labios con reverente amor.

Después de haberla leído, Álvaro continúa mirándola, apoyados los codos en la mesa, y oprimiéndose la cabeza entre ambas manos, como si temiera que su cerebro fuera a estallar por la fuerza del pensamiento.

Más que una carta era un pliego escrito con letra desigual y algunas veces ininteligible.

Por la incoherencia y el desorden de las ideas, se conocía que había sido dictada por una razón enferma y extraviada por el dolor.

Se veía también que, al principiar, su intención no fue escribir una carta

sino más bien un diario en que dar expansión a su destrozado corazón.
Decía así:

"Hoy es 21 de Noviembre: Era el 4 el día en que él me dijo que ¡ya no me amaba!...
¿Qué es lo que ha pasado por mí?...
¡Ay! ya comprendo. He dejado de vivir porque él dejó de amarme.
¿Por qué no he muerto? ¡Cuánto sufro! Si siempre llorara se aliviaría mi dolor, pero algunas veces en lugar de llorar, río, y río tanto que el corazón quiere reventárseme y algo como un manto de plomo cae sobre mi razón.
El médico dice que cuando deje de reír estaré curada. ¡Cuánto se equivoca!
Si hubiera dicho que cuando lo vea a él me habré salvado, hubiera acertado.
Desde ayer, que supe que él venía, he podido comer. Ya no río.
¡Qué dulce es llorar de esperanza!
Son las 4 de la tarde. Álvaro vendrá a las 8 de la noche. Dentro de tres horas y treinta minutos estará aquí. Así me lo dicen todos.
¿Por qué no vendrá ahora mismo?
Dice mi padre que viene a arreglar mi matrimonio. ¡Gracias Álvaro mío! ¡gracias mi bien amado!
Comprendo tu sacrificio. La vida de tu Catalina vale para ti más que todo lo del mundo.
¿Cómo podré yo retornarte este bien?
¡Y yo que creía que él me odiaba! No, su corazón no ha sido formado para el odio.
Él es bueno, justo, noble. ¿Cómo había de querer que yo no viera en el autor de mis días sino al autor de mi desgracia?.
Él no podía vengar en la hija, el crimen del padre.
¿Acaso soy yo culpable? ¡Ah! Sí; tengo una sola culpa, la de amarlo a él más que a nadie en el mundo...

————————

Aquí parecía que había suspendido la escritura.
Todo lo que a continuación copiamos estaba escrito con un pulso nervioso y agitado...
El papel estaba manchado como si gruesas lágrimas hubieran borrado la escritura. Después decía:

————————

"Todos menos él. Anoche le esperé en vano.

Álvaro, amor mío: ¿Es verdad que te alejas de mí? No puedo creerlo y sin embargo me lo dicen el silencio de mi padre y las lágrimas de mis amigas.

¡Me siento morir!...

Si al menos te viera venir a decirme adiós... moriría tranquila sin maldecir el cruel destino que de ti me separa.

¡Separarnos! ¡imposible!

Mi alma está más unida a tu alma que a mi cuerpo.

Tu lo sabes bien: cuando ella se abrió a la luz de la razón, abrióse también a la luz de tu amor.

No, no puede separarse de ti. Ella te seguirá por todas partes, como una acusación, como un remordimiento.

Yo iré siempre tras de ti. Te seguiré donde quiera que vayas, y cuando tú ¡ingrato! intentes unirte a otra mujer, yo iré a interponerme a tu destino. Iré a pedirte cuenta de tus juramentos.

No me importan ya la vida, el honor; todo lo sacrificaré, todo, a trueque de vivir a tu lado.

¡Álvaro, ten piedad de mí, no te alejes, no huyas de mí!... tú serás responsable ante Dios y los hombres, del destino de esta infeliz que te ama como una insensata.

No quieras abrir un nuevo abismo que el amor salvará porque no conoce imposibles.

¡Ingrato! sacrificas mi felicidad a tu amor propio.

Demasiado tarde conocerás cómo sabe amar tu

CATALINA."

– XIV –

Los proyectos de Álvaro

Al siguiente día volvió Álvaro a casa de Estela pero esta vez no iba, como antes, ansioso de ver aquellos ojos color de cielo cuya dulce mirada parecíale que iluminaban su alma, y de escuchar el apasionado acento que calmaba las amarguras de su vida; iba abstraído de todo lo que le rodeaba, taciturno y meditabundo, cual si el encanto que en otro tiempo saboreaba al lado de la candorosa joven, hubiera para siempre desaparecido.

Algo muy grande, y profundo se operaba en su corazón.

El pálido semblante y los enrojecidos ojos dejaban adivinar fácilmente que el insomnio, y la angustia habían agitado todo su organismo. Propio es de la luz del día calmar las angustias que en la noche nos atormentan y el dulce calor del sol, diríase que amaina el recio vendaval que aviva los pesares.

Álvaro iba, pues, a casa de Estela, algo menos conturbado que lo estuvo en la noche. Aunque sin esperanza de aliviar sus penas al lado de la hermosa joven, esperaba, cuando menos, hallar alguna luz en medio de la tenebrosa noche que rodeaba su espíritu.

—Ya sabe Vd. –díjole Estela,– que dentro de pocos días nos iremos a Lima. Papá llegará pronto y es preciso recibirlo allá.

—También yo iré hoy a Lima a preparar nuestro domicilio –dijo Álvaro con voz triste y algo distraído – Insiste Vd. –dijo Estela– en que vivamos separados de papá.

—Sí, Estela, se lo ruego, se lo pido como un gran servicio, mi dignidad y mi decoro están de por medio y no querrá obligarme a hacer un triste papel.

—¡Ah! no sabe Vd. Álvaro, qué sacrificio hago a alejarme aunque: no sea más que por un momento, de lado de papá y más, ahora que tendría en la Srta. Catalina una amiga y una compañera, –repuso Estela con triste acento.

—Gracias, mi bella Estela, gracias, yo sabré recompensar ese sacrificio y espero que no notará la falta que le haga la compañía de la Srta. Catalina, su nueva mamá, –agregó Álvaro con amarga sonrisa.

¿Por qué insistía Álvaro en vivir lejos de la Sra. Guzmán o más bien, diremos, de su antigua novia?

Es que al sondear su corazón encontró que la imagen de Catalina estaba más que nunca en él grabada y creyó que alejarse de ella era alejarse del peligro.

Proceder de otra suerte, discurrió sería lo mismo que pensar en una perfidia, sería pensar en traicionar a un amigo, a un hombre generoso que con ciega confianza habíalo llevado al seno de su familia, abriéndole su corazón y entregándole su hija.

Después de hacer estas reflexiones, Álvaro que era un joven de elevados sentimientos, resolvió huir de Catalina y unirse a Estela, como el único medio de salvarse de aquel peligro, que, como un abismo, tenía para él la fascinación y también la atracción.

– XV –

La vuelta a Lima

Tres días después, la familia del Sr. Guzmán, inclusive los gatos y loros, que como buena solterona, criaba Andrea, dejaron el poético Chorrillos, para trasladarse a Lima y ocuparse, como hemos dicho, en los arreglos de la casa.

Poco tiempo fue suficiente para que la suntuosa y magnífica morada del padre de Estela quedara lujosamente amueblada y artísticamente decorada.

Como la mayor parte de las casas de Lima, ésta era compuesta de grandes habitaciones, espaciosos patios y anchurosos peristilos, que rodeaban la parte alta del edificio.

El salón principal era extenso, magnífico. El costado que daba a la calle, estaba dividido por tres puertas de balcón, entre las cuales había cinco consolas de mosaico, con grandes jarrones del Japón, donde se ostentaban gigantescos ramos de flores artificiales: en la testera de la sala había dos grandes espejos, de cristal de Venecia, que bajaban hasta cerca del piso, rematando por una especie de canastillo de primorosas flores. Las puertas estaban cubiertas de cortinas y tapices de raso del mismo color de los muebles. El color que dominaba entonces era el azul celeste. Sobre la rica y muelle alfombra que tapizaba el suelo, brillaban bellos sillones dorados y al centro se levantaba un ancho diván de dos asientos, coronado con ramos de flores.

La parte baja de la casa que nunca se ocupaba, permanecía reservada sólo para el caso de hospedar algún amigo.

Los departamentos altos, eran espaciosos y de suficiente extensión para alojar más de una familia. Dividíanse en dos alas, quedando la escalera al fondo del patio y en medio de las habitaciones altas.

D. Lorenzo ocupó para el arreglo de la casa al más afamado ebanista de Lima. Esto no impidió que Elisa encontrara demasiado vulgar el gusto de su padre, eligiendo modificaciones, que manifestaban sus grandes cualidades y sus tendencias a ser gran Señora.

Dirigido por ella, todo quedó, al fin, lujosamente arreglado, y artísticamente decorado.

El día señalado para el arribo a Lima del Sr. Guzmán y de su esposa, la casa, habitada por su hija y por las demás personas que ya conocemos, presentaba animado y brillante aspecto; expresión del regocijo y el contento de sus moradores.

Amigos y relacionados, se habían congregado para esperar a los esposos. Todos charlaban y reían, mirando el reloj con impaciente alegría.

Uno, entre todos, sin embargo, parecía caviloso y meditabundo, y aunque en su jovial palabra y expresiva sonrisa aparentaba participar del contento de los demás, el observador que atento hubiérale visto permanecer largo rato con la mirada fija, la respiración angustiosa y de vez en cuando, con cierto nervioso temblor, como de quien está agitado e intranquilo, hubiera adivinado lo que por su espíritu pasaba. Este era Álvaro González.

Estela estaba radiante de alegría y de belleza. Llevaba un vestido propio de la estación, de seda blanca adornado con terciopelo guinda, que realzaba la belleza de su nacarado cutis y el brillo de sus rubios cabellos.

Doña Andrea, también aconsejada: por el buen gusto de Elisa, había estrenado un rico vestido de raso negro que, en la opinión de Estela, la rejuvenecía y le venía muy bien.

Las doce del día acababan de sonar, cuando dos coches de lujo y con cocheros de librea se detuvieron en la puerta de calle. El primero que bajó del coche fue D. Lorenzo que, con otros muchos amigos del señor Guzmán, se había instalado desde la víspera en el Callao para poder llegar de los primeros a bordo.

Tan pronto como Estela oyó el ruido de los carruajes que se detuvieron a la puerta, descendió precipitadamente las escaleras y corrió a colgarse del cuello de su padre.

Mientras éste colmaba de besos y caricias a su hija, D. Lorenzo daba respetuosamente la mano a una hermosa joven que bajaba con agilidad del coche.

Así que entraron al gran vestíbulo de la casa, el Sr. Guzmán, atrayendo cariñosamente a su hija hacia la recién llegada, díjola:

—Estela, ¿cómo es que no te acercas a tu nueva mamá? —y dirigiéndose a su esposa agregó: —Te presento a mi hija Estela, que espero lo sea también tuya. Ambas se abrazaron y el Sr. Guzmán miró complacido el grupo que presentaban las dos jóvenes, hermosas y alegres como la imagen de la felicidad.

Estela y su padre subieron las escaleras enlazados estrechamente, dirigiéndose afectuosas palabras.

Luego que entraron al anchuroso peristilo que formaba la parte interior del edificio, salieron a recibirlos los numerosos amigos allí congregados,

El señor Guzmán abrazaba alternativamente a todos con emoción y júbilo.

Álvaro no fue de los primeros en acercarse a su antiguo amigo y futuro padre. Cuando éste lo vio díjole:

—Álvaro, hijo mío, parece que se estuviera Vd. ocultando de mí, cuando yo le busco ansioso.

Después de abrazarlo con paternal ternura miróle a la cara con ese ansioso interés con que se mira a una persona amada, Álvaro bajó los ojos y sus mejillas se enrojecieron. El señor Guzmán con dulce sonrisa agregó:

—Yo esperé verle en el Callao, ¡ah perezoso! ¿se dormiría Vd. esta mañana? y el vapor fondeó tan temprano que, aunque hubiera Vd. partido por el primer tren, ya me hubiera encontrado en tierra. Venga Vd. lo presentaré a mi esposa.

Y acercándose a Catalina, que no lejos de allí estaba, le dijo:

—Catalina, te presento a Álvaro González mi antiguo amigo, y futuro hijo.

Álvaro, estrechó la mano que, con ademán natural y tranquila mirada le extendió la joven, y sin atreverse a mirarla se retiró de su lado cual si huyera de ella.

Catalina parecía tranquila, completamente tranquila. Nadie en esa seductora sonrisa, en esa cariñosa mirada, hubiera podido adivinar que en su pecho ardía pasión más ardiente y devoradora que la de Álvaro, que tan turbado y meditabundo se mostraba.

Después de las presentaciones, y de los saludos de estilo, se entabló la conversación, formándose grupos de tres o cuatro personas en los que se hablaba de diversos asuntos, pero, de preferencia, sirvió de tema la belleza y juventud de la esposa del señor Guzmán.

Un viejo solterón, de aquéllos que para ocultar las causas verdaderas de su inmoral soltería, recurren al vulgar y ridículo pretexto de no haber hallado una mujer que los ame, o quiera aceptarlos por esposos, decía:

—Amigos míos, será preciso que los desgraciados, que no tenemos una hermosa que nos ame, nos dirijamos a Cuba, en pos de una mujercita como aquélla.

—Se conoce que la maldita guerra con España, ha puesto en Cuba a los hombres como el oro, subido de precio; de otro modo no se explica, que nuestro amigo con sus setenta subidos de punto, haya atrapado una *moza real* como ésta.

—No sea Vd. temerario. Le echa Vd. años al señor Guzmán como echar agua, que nada cuesta.

—No exagero; mire Vd. por los años de 1823... él y yo entramos a formar las primeras Cortes que se instalaron en Lima después de la jura de la independencia; con que, ya puede Vd. hacer sus cuentas... y él era mucho mayor que yo...

—Pues, amigo, él parece mucho menor que Vd. Se conoce que la castalia fuente de Juvencio en que ha bebido el amor, ha fortalecido su espíritu y rejuvenecido su cuerpo.

—La suerte, de un viejo, casado con muchacha bonita, no es muy envidiable; yo, al menos, no las tendría todas conmigo.

—En Lima no más tenemos algunos ejemplos que horripilan el cuerpo.

—Calle Vd.... por allí está el señor...

Un nuevo interlocutor vino a dar nuevo sesgo a la conversación.

—Como un deber de justicia diremos, que los setenta años, subidos de punto, que le echaban al señor Guzmán, eran una exageración, que se realiza con frecuencia siempre que, un matrimonio, se encuentra en presencia de la espantosa cifra que uno de los cónyuges lleva al otro, la que, cuando pasa de más de quince años, es como un abismo que todos ahondan quitándole guarismos al más joven para echárselos desapiadadamente al más viejo.

El señor Guzmán no tenía más que sesenta años. Si se hubiera presentado al lado de una mujer de cuarenta, sus crueles amigos no le habrían acusado del crimen de ancianidad.

¡Ah! el término de comparación tiene su lado fatal, horrible para el que ofrece el contraste de unir, la vejez con la juventud, la fealdad con la belleza, la muerte con la vida.

El señor Guzmán, con esa sublime inocencia de los buenos, con esa sencillez de las almas nobles, no comprendió, no adivinó, a pesar de su clara inteligencia, que aquel contraste, aquella interposición, de la vejez con la juventud, de la muerte con la vida, cuando no vierte deshonra, dolor, amargura, derrama sobre el que la afronta, ridículo, risa, burla.

Sus amigos, a pesar de lo mucho que lo estimaban, y del afecto que le guardaban, no le escasearon las sátiras, ni respetaron sus canas que fueron objeto de murmurantes cuchicheos.

—Pasto para el diablo, –decía alguno mirando la deslumbradora belleza de Catalina.

—Mujer de viejo, manjar de pícaros, –decía otro con sarcástica risa.

Y mirando la erguida y altiva cabeza del feliz sexagenario, agregó un tercero:

—¡Qué despejada tiene hoy la frente! muy pronto la inclinará como cierto viejo que yo me sé.

—El *peso* de la desgracia, –contestó otro riendo y recalcando la palabra que hemos subrayado.

Después de este odioso e insultante diálogo, los que lo sostuvieron no faltaron a las felicitaciones que todos prodigaban al recién llegado.

Tan habituados estamos a las perfidias sociales, que las cometemos tranquilamente, sin remordimiento y muchas veces inconscientemente.

El señor Guzmán estaba radiante de felicidad, ebrio de gozo. Aquel rostro rugoso, aquellos ojos ligeramente hundidos, aquellos cabellos completamente canos, que dejaban ver los ultrajes del tiempo y el peso de los años, parecían iluminados por los celestes resplandores de la juventud.

El señor Guzmán, por lo demás, era un viejo hermoso. Tenía porte arrogante, apostura altiva y semblante expresivo y afable como el de un joven de treinta años. Su aspecto era noble a la par que dulce y simpático. Sus ojos no habían perdido el brillo de la juventud, que los hombres de sanas costumbres y tranquilas pasiones conservan hasta una avanzada edad y que tan temprano se extingue, en medio de los desórdenes y las orgías del vicio. Su robusta complexión se manifestaba en el color ligeramente sonrosado de su cutis, y a besar de los surcos que el tiempo había impreso en él, tenía aspecto de salud y lozanía.

Todos los que, con el nombre de amigos del recién llenado, hicieron tan injuriosos comentarios, y aventuraron, tan temerarios juicios, convinieron en afirmar, (y esta era concederle mucho), que el ambiente juvenil que había respirado al lado de su hermosa Catalina, habíalo rejuvenecido visiblemente.

En un ángulo de la sala, un alto magistrado y un no menos alto funcionario público entablaron el siguiente diálogo:

—¿Qué dice Vd. pues, de nuestro compañero y amigo y de esta linda muchacha que nos ha echado?

—Bellísima en verdad, y yo creo que es menor que su hija, al menos, lo parece así.

Ya hemos dicho que Estela tenia dieciséis años y Catalina veinte y dos, pero aunque ésta hubiera tenido diez más, estos buenos amigos, hubieran hecho la misma observación.

—Sí, yo aseguraría que es menor, –agregó otro de los interlocutores.

—¡Qué ojos tiene tan seductores! Parece que lanzaran rayos de fuego; se conoce que posee un enérgico carácter y una alma bien templada.

—Allá se las avenga el infeliz, que lo que es yo, pronostícole, que navegará eternamente en un mar bravío y tempestuoso.

—O tal vez no. Muchas veces, en estos grandes caracteres se encuentra la fidelidad que falta en las mujeres vulgares. No me dé Vd. mujeres de almas de cántaro; allí no se encuentra nada, ni para el bien ni para el mal.

—No, amigo, no me hable de grandes espíritus, porque con su grandeza, lo engañan a Vd. muy bonitamente.

—En cambio, una tonta lo engaña a Vd. de la manera más tonta y estúpida.

—Ya veremos qué dice nuestro amigo cuando le llegue la vez de hablar por experiencia propia.

—Dicen que el matrimonio de la señorita Estela con el joven cubano se realizará en breve; parece que sólo aguardaban la llegada del padre.

—¿U. conoce al novio? Me han referido algo muy deshonroso para él.

—He oído decir que está proscrito de su patria y enjuiciado criminalmente, por el delito de homicidio frustrado contra un alto funcionario de su patria.

—Algo debe haber porque el padre del joven murió a manos de un español, hombre influyente pero perverso y temible.

—Bien se conoce que el señor Guzmán le mandó novio a la hija, con la intención de casarse él luego. Dicen que la causa por la cual no volvió a contraer antes nuevas nupcias, era el temor de dar a su hija una madrastra.

—Quien sabe lo que haya en esto –contestó el otro con malicia.

Dejemos a estos dos interlocutores hacer aventurados comentarios y temerarios juicios. Vamos a buscar algo que nos interese más.

La sociedad es un grande océano. Tras su tranquila superficie se agitan monstruos que se devoran unos a otros encarnizadamente. En la sociedad, como en el océano, los grandes devoran a los chicos.

Dejemos a los que se agitan para hacer el mal y que no pudiendo devorarse las entrañas, se devoran la honra. Dejémoslos.

En la sociedad, como en el océano, se ven aves de bello plumaje y melodioso canto, que cruzan el espacio mirando las lontananzas celestes como el fin de su vuelo.

Estela y Catalina se habían sentado juntas en lujoso canapé y departían amigablemente.

Nadie, al verlas, diría que estas dos jóvenes, que el destino ha colocado frente a frente, tienen de por medio un abismo; el abismo más insalvable, cual es el que abre el amor, entre dos seres que deben mirarse como rivales. ¡Quizá si hoy mismo va a resolverse el destino de ambas!

¡Cuántas veces el porvenir de una persona depende del rumbo, del sesgo o de la caprichosa corriente que toma una conversación!

Antes de acercarnos a escuchar su animado diálogo, preciso es que demos a conocer a Catalina.

– XVI –

CATALINA

La joven esposa del señor Guzmán era verdaderamente hermosa, como acabamos de oírlo repetir a sus buenos amigos.

Catalina era peruana, nacida en Lima. Fue llevada a Cuba cuando aún no tenía cuatro años. Su madre también peruana, murió en Lima a causa, no tanto de una hipertrofia al corazón, cuanto de los pesares sufridos en su desgraciado matrimonio con Montiel. La hija heredó todas las cualidades de la madre, sin sacar ninguno de los defectos del padre.

Su tipo tenía algo del tipo andaluz, pero realzado en esa expresión dulce y suave de la mujer peruana.

Catalina miraba con tristeza y sonreía con dulzura. Diríase que las lágrimas habían impreso lúgubre huella sobre su risueño y juvenil semblante y que el dolor habíase extendido como velo de tristeza sobre un rostro en otro tiempo resplandeciente de alegría. Por eso en ella, veíase lo que puede llamarse alegría triste; esto que parece contrasentido, lo hemos visto siempre en esas personas que, a fuerza de llorar, pierden la costumbre de reír y en quienes parece que la risa estuviera cargada de lágrimas.

¡Llorar de amor!...; ¡suprema dicha, cuando la ausencia o el olvido, no amargan ese llanto!

¡Llorar por un ausente que olvida es más cruel que llorar a un ausente que muere!

Al menos, queda para éste, un culto, una memoria que la muerte diviniza, y a la que el corazón se apega con reverente amor.

Catalina había llorado por un ausente que la olvidaba. Había llorado con las lágrimas que queman, que aniquilan el alma y marchitan la tez. Lágrimas de hiel que jamás enjuga ni endulza la esperanza porque aquel ausente, llega a amar a otra mujer, y se convierte en un imposible.

¡Un imposible! ¡cuando un corazón enamorado comprende el sentido de esta palabra, llega al paroxismo[39] del dolor!

¡Ausencia y olvido! Vosotros los que amáis ¿comprendéis mayor suplicio? En Catalina la tristeza era como un ambiente que la rodeaba. Era el suave perfume de su alma, que, como el de la violeta, se percibe, sin saberse de qué lado viene. Su tristeza no se mostraba ni en sus palabras ni en sus ojos ni en su semblante; era más bien, el misterioso y vago destello de su espíritu, que realzaba su hermoso semblante, esparciendo en torno suyo indecible y seductor encanto.

Tenía todos los movimientos y los ademanes lentos, pausados, pero agraciados: sin la desgarbada lentitud de la mujer de temperamento linfático[40]. En ella todo era gracia, dulzura, sentimiento.

Catalina había sufrido muchísimo, y el sufrimiento que trae un sentimiento noble como es el amor, aunque marchita el rostro, embellece la expresión; sin duda porque, como el fuego, purifica y fortalece el alma. No así el sufrimiento del odio, que, como ennegrece el alma, afea la expresión y desfigura el rostro.

Más que linda era Catalina hermosa. Tenía esa palidez mate, opaca y densa del semblante que revela la constitución nerviosa, impresionable, vehemente de la mujer de grandes y acentuadas pasiones. Parecía una estatua animada con el fuego de un grande espíritu; la perfecta armonía de sus formas, constituían su excepcional hermosura y por su expresión, diríase que en ella se disputaban, en constante lucha, la voluptuosidad y el espiritualismo, el ardiente amor de la mujer con el misterioso anhelo de la púdica virgen.

Los ojos dulces al par que serenos, orlados de espesas, largas y arqueadas pestañas; las cejas pronunciadas y negrísimas y los labios frescos, levemente sonrosados, dábanle un aspecto interesante y encantador. Cuando miraba algún objeto distante, entornaba los ojos, con gracia tal, que parecía mas bien que pretendiera lucir las negras pestañas que como un velo cubrían sus ojos, que usar de este recurso propio de las personas cuya vista está algo afectada de miopía.

Tenía las manos finas y el cuello, levantado, se destacaba sobre unos hombros torneados y mórbidos.

Catalina era una de esas mujeres de constitución nerviosa, impresionable, vehemente, que por una de las tantas contradicciones inexplicables de la naturaleza humana, están, por dulce y bondadoso carácter templadas, o más bien diremos, contrabalanceadas, retenidas, encadenadas, por más que con frecuencia su impetuoso corazón las arrastre por la senda donde sin saberlo, sin pensarlo ni preverlo, encuéntranse con la para ellas, espantable sombra del mal.

Esta manera de ser había impreso en ella un sello de indefinible expresión.

Tal era, física y moralmente, la mujer que Álvaro había amado y que hoy, por una inexplicable coincidencia de la casualidad, se le presentaba casada con el padre de la que bien pronto debía ser su esposa.

---

39 *Paroxismo*: exacerbación o acceso violento de un mal

40 *Temperamento linfático*: o flemático, caracterizado por la calma y constancia. Uno de los cuatro temperamentos que la medicina antigua asociaba a los humores (líquidos) corporales. Los otros son sanguíneo, colérico y melancólico

– XVII –

UN DIÁLOGO INTERESANTE

Como hemos dicho ya, Catalina y Estela se colocaron junto al canapé.

En el primer momento, Catalina sintió repulsión, celos, al lado de la hija de su esposo, de la novia de Álvaro; pero pocos momentos después de conocerla y descubrir su bello carácter y el alma cándida e inocente que la joven puso de manifiesto con encantadora sencillez, sintióse conmovida y casi atraída hacia ella.

Después de larga y muda observación por la que se dejaba comprender que ninguna de las dos se atrevía a iniciar la conversación, Catalina dijo:

—¿Esperaba Vd. con gran anhelo a su padre?

—¡Ah! Sí lo esperaba contando hasta las horas que faltaban –contestó Estela ruborizándose,– lo esperaba para casarme.

—¿Y el día de la boda está ya fijado? –preguntó Catalina con marcada ansiedad.

—No, yo he querido esperar a que Vd. y papá lo fijen.

—¡Ah! – exclamó Catalina, sin poder ocultar la expresión, mezclada de gozo y de angustia que se pintó en su semblante.

Estela, sin notar nada, acercóse a Catalina y tomando una de sus manos entre las suyas con efusiva ternura, dijo:

—Usted y papá nos fijarán el día y Álvaro y yo, nos someteremos a la voluntad de ustedes.

—Ya hablaremos de esto, –dijo Catalina,– como si las palabras de la joven torturaran su corazón.

—Sí, –contestó con alegría Estela,– ya hablaremos: papá me ha dicho que Vd. será para mí una hermana, lo será Vd. ¿no es verdad?

—Sí, sí, seré su hermana, –apresuróse a contestar Catalina como movida por un sentimiento que se despertaba en su corazón.

Estela miró a la esposa de su padre con una mirada dulce, llena de cariñosa gratitud y después, estrechándole nuevamente la mano agregó:

—Gracias, señora, mi corazón me dice que es Vd. buena y creo que debo esperar de Vd. el verdadero afecto de una hermana.

Catalina bajó la vista, y una ligera palidez cubrió su rostro, Estela continuó diciendo:

—Yo perdí muy temprano a mi madre. ¡Ah! si Vd. no fuera tan joven yo la llamaría a Vd. mi madre; pero a nuestra edad, viene mejor ser hermanas, ser amigas del alma; ¿no es verdad?

—Sí, sí,–contestó Catalina con voz ahogada.

—Cuánto debe amarse a una hermana,–dijo Estela con dulce expresión, –yo he tenido la desgracia de no conocer el amor de una madre ni tampoco el de una hermana, será sin duda por esto que me parece que en Vd. reconcentraré estos dos grandes afectos.

—Gracias, hija mía, –dijo con tristeza Catalina y después de un momento agregó,– yo procuraré hacerme merecedora de esos bellos sentimientos.

—Vd. los merece sin hacer nada de su parte, me parece que es Vd. muy amable.

—Imposible no serlo con Vd. señorita Estela, –contestó Catalina con dulce sonrisa.

Estela parecía inspirarse con la ingenua expresión de su interlocutora, y después de un corto silencio dijo:

—Mire Vd. papá acaba de decir y me lo ha repetido siempre, que él no pensaba casarse, temeroso de traer, con la mujer que eligiera, la desgracia, la discordia y tal vez el infortunio a esta casa donde él y yo tan felices hemos sido.

Catalina se inmutó visiblemente al escuchar estas palabras, y Estela, temiendo haber dicho algo que la ofendiera, apresuróse a agregar:

—Como se conoce que papá no la había conocido a Vd. que lejos de traernos la desgracia, presiento va a ser la portadora de todas mis felicidades.

—¿Lo cree Vd. así? –preguntó Catalina con gran ansiedad.

—Sí, así lo creo, –dijo Estela y con candorosa expresión agregó: ¿por qué habíamos de ser desgraciadas ni Vd. ni yo?

—¡Oh! no, ni deberíamos hablar de tal cosa, –contestó Catalina.

Y Estela, como si deseara decir todo lo que en ese momento sentía, movida, sin duda, por uno de esos impulsos inexplicables que se llaman presentimientos, dijo:

—Yo sacrificaría mi felicidad, sacrificaría todo antes que darle un pesar a Vd. o a papá.

—Gracias, gracias, –dijo con ternura Catalina estrechando entre las suyas las manos de la joven.

—Yo siempre le he prometido a papá que sería muy buena con la mujer con quien él se casara, y ahora veo que esto me será, no sólo fácil sino muy agradable: sí, yo no dudo que seré muy feliz con la grata compañía de Vd.

—Quiera el cielo se cumplan sus deseos que son los míos, –contestó Catalina con dulce y triste acento.

Después de un momento de silencio, Estela, llevada de esa necesidad que tienen las jóvenes de hablar siempre del hombre que aman, dijo:

—Con Álvaro hemos hablado mucho de papá y de Vd. En nuestros largos paseos por el malecón de Chorrillos ¿sabe Vd. de qué hablábamos?

—¿De qué, diga Vd.? –contestó Catalina con imprudente y gozosa ansiedad.

—Va Vd. a reírse de nosotros, pues vea Vd. nos entreteníamos en disputar, ¿cómo sería Vd.? ¿cuál sería su talla? ¿de qué color tendría Vd. los ojos, el pelo, si sería Vd. morena o blanca, y en estas disputas nos pasábamos horas enteras.

—¡Es posible! –exclamó Catalina con la fisonomía radiante de gozo.

—Sí, y sucedía que pocas veces estábamos de acuerdo: yo la creía a Vd. blanca, rubia, de ojos azules, y él me decía que no debía Vd. ser así, porque este tipo era raro en Cuba, y luego me hacía la descripción de la manera como se la imaginaba él a Vd. y ¡cosa rara! parece que la hubiera conocido, tan parecida es Vd. a la mujer que él me describía.

—Es que mi tipo es vulgar en Cuba y generalmente se dice que las peruanas, somos parecidas a las cubanas.

—¿Es Vd. peruana? –preguntó Estela con extrañeza.

—Sí: muy niña dejé este delicioso suelo, y aunque guardaba muy vagos recuerdos, mi corazón se volvía siempre con cariñoso empeño hacia la hermosa Lima donde vi la luz primera y donde reposan las cenizas de mi madre.

Después de un corto silencio, como si temiera algún peligro en continuar esta conversación, cambiando de tono dijo:

—Cuénteme Vd. cómo conoció a su novio.

Estela quedó por un momento pensativa y luego, con tranquila y candorosa expresión:

—Lo conocí, –dijo,– porque vino con cartas de recomendación de papá. Cuando llegó a Lima estaba enfermo, triste, abatido. ¡Pobre Álvaro! si supiera Vd. ¡cuán desgraciado ha sido!

—¿Y cuál es la causa de esa desgracia? –preguntó Catalina, mirando con fijeza a su interlocutora.

—Es una historia muy larga para poderla contar, ahora, pero le diré, en resumen, que cuando llegó acababa de perder a su padre y también a su novia.

—Y de qué manera perdió al mismo tiempo a su padre y a su novia?

—El padre de Álvaro murió a manos de un español, que lo asesinó villana y cobardemente; este español era el padre de su novia y él resolvió no casarse con la hija del asesino de su padre.

—¿Y él le ha referido a Vd. esta historia? —preguntó Catalina, con semblante angustiado.

—Sí, la refirió a varias personas una hermosa mañana que fuimos de paseo al Salto del Fraile.

—¡Imprudente! —murmuró Catalina arrugando sus lindas cejas y sin dejarse oír por Estela.

—¿Qué decía Vd.?

—Decía, —repuso Catalina procurando serenarse, que era una verdadera desgracia la del joven Álvaro.

—Sí, una desgracia de las de que no puede uno consolarse en mucho tiempo.

—Y ahora ¿cree Vd. que está completamente consolado?

—¡Ah! sí, no sólo se ha consolado sino que ni aun se acuerda para nada de su antigua novia y hasta me ha prohibido el que le hable de ella.

Catalina exhaló un largo y doloroso suspiro.

—Se conoce que el amor de Vd. ha borrado por completo en él todos los recuerdos, —dijo Catalina.

—¡Qué feliz sería yo si así fuera! —exclamó Estela.

—¿Lo ama Vd. mucho?

—Con toda mi alma: sin él la vida sería para mí un horrible suplicio.

Al escuchar estas palabras, Catalina sintió algo como si un dardo la atravesara el corazón; luego con tono festivo dijo:

—¿Y qué noticias ha tenido de esa pobre novia?

—Como él no se acuerda de ella y como, además, me prohibió que le hablara de esto, no he vuelto a preguntarle nada.

—¿Su novia era cubana o española?

—No lo sé a punto fijo; pero supongo que sea cubana, pues esos amores dice que principiaron cuando él tenía once años y ella siete.

—Eso parece inverosímil, —dijo Catalina con festiva sonrisa y agregó: —¿no será ésta una historieta inventada paró amenizar un día de paseo?

—¡Ah! no, Álvaro nos refirió esa historia porque dijo que quería que supiéramos la causa porque había estado preso y enjuiciado como un criminal.

Catalina guardó silencio y quedó abismada en un cúmulo de ideas que se agolparon en su mente.

Algunos amigos que llegaron interrumpieron la conversación.

– XVIII –

Las ambiciones de Elisa

A las siete de la noche retiráronse todos los concurrentes y sólo quedaron, para acompañar a comer a los recién llegados, Álvaro y algunos amigos de la casa.

Entre éstos estaba un coronel peruano, el cual, aunque desempeña papel muy secundario en esta historia, nos ocuparemos de él declarando que no tiene otro derecho a nuestra atención, que ser, por el momento, el objeto de las ambiciones de la despabilada Elisa, la hija de D. Lorenzo.

Parece que la foja de servicios del coronel estaba manchada con algunos pecados gordos que él, sin embargo, miraba con indiferencia. Mas esto no impedía que Elisa, con su carácter práctico y calculador, viendo el buen círculo que lo rodeaba y los muchos amigos que en la alta sociedad poseía, lo mirara como un buen partido que la elevaría a la alta posición social, que ella ambicionaba ocupar.

El coronel Garras era, pues, para la oscura hija de D. Lorenzo, conquista codiciable que más de una ver se había ella propuesto alcanzar.

En distintas ocasiones había desempeñado con maestría y delicadeza el puesto de edecán, cerca de varios Presidentes de la República; cumpliendo admirablemente todo aquél ceremonial que tan bien cuadraba a sus gustos e inclinaciones. Sus émulos y compañeros, aquéllos que, faltos de *círculo y de buenos empeños*, habíanse quedado rezagados en clase inferior, sin duda esperando ascender por medio del cumplimiento del deber y de la estricta adhesión a su causa o partido; tenían la osadía de decir que el coronel Garras era solicitado y ascendido por todos los Gobiernos por tener carácter servil y adulador. Aunque más de una vez llegaron hasta él estos ofensivos conceptos, él se alzaba de hombros y decía: —¡Pobres diablos ellos están muy abajo para que sus insultos puedan llegar hasta mí!

Tal vez se juzgará inverosímil la amistad de un hombre, severo, honrado como el Sr. Guzmán con otro desposeído de todas esas cualidades, como era el coronel.

Es que en la sociedad, como en la naturaleza, hay ciertos avechuchos que, como el búho, gustan de anidar en los edificios más elevados, y, a nuestro pesar, se constituyen en vecinos y amigos, sin que sea parte a alejarlos nuestro disgusto y desazón.

Sin embargo, diremos en justicia, que el coronel era bien recibido y agasajarlo en casa del Sr. Guzmán. No nos entrañe que así sucediera. El coronel era de esos hombres que hacen de la amistad una profesión y de la adulación un medio, que ponen en juego con tal maestría, que alcanzan a seducir aun a los más insensibles a sus pérfidos y engañosos halagos.

Todos de acuerdo convenían en afirmar que si el coronel Garras tenía grandes defectos que afeaban su personalidad moral, en cambio poseía una bella cualidad que lo hacía sumamente simpático: la de ser muy amigo de sus amigos. Jamás el coronel faltaba a los convites de entierros o funerales, ni mucho menos a los de matrimonios o cumpleaños. Tanto era así, que si alguno daba una fiesta y olvidaba invitarlo, dirigíase a la casa del olvidadizo amigo a felicitarlo por la feliz idea de reunir a sus numerosos amigos y permitirles que gozaran de las delicias incomparables que sólo él sabía proporcionar a sus invitados. Fácil es deducir que el resultado de esta felicitación era la inmediata reparación del olvido que lo eliminara del número de los convidados.

De más parece decir que el coronel era soltero, o mejor dicho, solterón; la familia, decía él, es carga pesada, que sólo deben llevar los tontos, y luego, de este modo, un hombre está siempre expedito para desempeñar el regalado papel de enamorado perpetuo que tantas ventajas suele proporcionar cerca de las chicas que lo miran con ojos tiernos.

De más también parece decir, que encontrándose en casa del Sr. Guzmán una muchacha linda, ambiciosa y vivaracha, como Elisa, el coronel cumpliría la consigna, galanteándola con ardoroso empeño.

Elisa admitía risueña los *piquineos*[41] del coronel, pensando que si algún día alcanzaba ser coronela, entraría de lleno a formar parte de la alta clase que tantos atractivos tenía para ella. Más de una vez solía decir en sus adentros mirando al coronel con ojos tiernos: —Si este avispón que me moscardonea a la oreja, me hablara de matrimonio yo realizaría todos mis sueños y ambiciones.

Y Elisa murmuraba estas palabras con toda la amargura de una pobre muchacha que, en su modesta oscuridad, siente la más desmedida ambición.

Más de una vez intentó conducirlo, hasta colocarlo en un punto donde esperaba que, al fin, le hablaría de matrimonio; pero el astuto hijo de Marte esquivaba, como buen zorro, las mañosas emboscadas que le tendía la joven. Esta situación traía a Elisa desesperada y aquel día, en que más que nunca sintió la pequeñez de su posición social, resolvió realizar una última tentativa resuelta a *finiquitar* sus platónicos amores con tan avieso enamorado. Eli-

---

41 *Piquineo*: (peruanismo, en desuso) cortejo; de *piquín*, galán, novio

sa no podía conformarse a que la presentaran sólo como a la hija de D. Lorenzo. —¿Quién es don Lorenzo? –decía,– apenas si alguno sabrá que es el ayo de la señorita de la casa. Diremos, sin embargo, en honor de su buen corazón, que sentía gratitud, para Estela quien ese día la había presentado repetidas veces como a su amiga querida, y predilecta compañera.

Elisa dirigiose, pues, al coronel, como lo haría la zorra si pudiera atacar al león.

Con sus largos mostachos *retroussés* a lo Napoleón III, con sus áureas charreteras, gallardamente llevadas y su flamante tahalí de charol, del que colgaba la rica espada toledana, el coronel estaba ese día a los ojos de Elisa mucho más *buen mozo* que otras veces.

Poco antes de pasar al comedor y aprovechando de no ser en ese momento observada, por hallarse ambos en el alféizar de una ventana, Elisa acercóse a él y con esa sonrisa entre burlona y cariñosa que siempre le prodigaba, díjole:

—¿Usted también se queda a comer con nosotros?

—Sí, contando con tu permiso.

—Qué tengo yo que hacer con Vd.? ¿es Vd. acaso mi novio? –dijo Elisa mirando con intención provocativa al coronel.

—Siempre cruel con el que tanto te ama –dijo el coronel queriendo estrecharle la mano.

Elisa se le acercó más y colocándose a su lado, con gracia y lisura[42], con cariñoso tono dijo:

—¡Qué bien luciría Vd. si pudiera llevar al brazo una mujer joven y linda que todos admiraran!

—Sí, joven y linda como tú.

—Sí, como yo, –dijo Elisa, con fingida modestia.

—Pero, como tú no me amas.

—Pero si Vd. no me habla de matrimonio.

—Es que tú has sido siempre tan adusta conmigo que no he podido decirte.

—¿Qué cosa? dijo con ansiedad Elisa.

—Cuánto te amaba.

—Pues bien hable Vd. esta noche mismo a papá Lorenzo y pídale Vd. mi mano.

—No puedo, sin estar seguro de que tú me amas.

—El amor viene después.

—No, hijita, yo quiero que venga antes.

—Pues bien, sepa Vd. que yo lo amo.

—¿Y me darás pruebas de ese amor?

—¿Pruebas? –repuso Elisa con dignidad.

—Es claro; yo necesito pruebas de ese amor.

—Ya comprendo: lo que Vd. quiere es perderme y después abandonarme, –dijo Elisa indignada.

42 *Lisura*: picardía y gracia

—Perderte, no tal; abandonarte, mucho menos.

—Si esta noche mismo no le habla Vd. a papá Lorenzo, pidiéndole mi mano, no espere Vd. nada de mí.

El coronel sonrió maliciosamente y Elisa con tono colérico exclamó:

—¡Ah! se ríe Vd. porque no soy una tonta que da crédito a sus palabras. Bien comprendo que ustedes, los que se tienen por caballeros, sólo quieren perder a las jóvenes como yo: pero se equivoca Vd. señor coronel. Y Elisa, con aire resuelto, dio media vuelta, girando sobre los altos tacones de sus diminutas botas.

—Ven acá linda mía, dijo el coronel sujetando a Elisa por el vestido.

—¿Qué tiene Vd. que decirme? —replicó ella, resuelta a no dejar de la mano al que podía darle, si no todo, algo de lo que ella ambicionaba.

—Eres tú la que debes tener algo que decirme.

—Yo no tengo más que decirle, si no es, el asegurarle que tengo hecho propósito de no creer en el amor de Vd. si no me habla de matrimonio.

—¿Tanto deseas casarte?

—¡Casarme! —replicó con desdén Elisa,— no tal, pero sí deseo elevarme como tantas otras que, tan oscuras como yo se han hecho grandes señoras.

—Pues, hijita, esas grandes señoras han principiado por ser nada más que la querida del que más tarde puede llegar a ser su esposo, y no de otra suerte puede elevarse una muchacha oscura a una gran posición.

—¡Guá! ¿qué quiere Vd. decirme con eso?

—Que eres una pobre muchacha que no tienes más camino para elevarte que el que han tenido muchas otras como tú, que han subido muy alto.

—¿Y Vd. está muy alto para mí? —dijo Elisa con tono de dignidad ofendida.

—Ciertamente, tu oscuridad y mi alta posición social, sólo pueden confundirse por un camino ¿quieres que lo señale? —dijo el coronel, queriendo enlazar el talle de la joven: la que deshaciéndose de él enojada:

—Pues bien, quédese Vd. en sus alturas y déjeme a mí en mi oscuridad; dijo furiosa y retiróse moviendo la cabeza con aire amenazador.

Elisa se fue trinando contra el coronel. No era de las que soportan, impasibles, insultos como el que acababa de recibir echándole en cara su oscuridad.

Principió a meditar de qué manera vengaría estas ofensas y después de un momento, cuando todos estaban reunidos, dirigióse al coronel y acercándose a él con gracia y desenfado dijo:

—Qué rica empuñadura tiene su espada coronel, lástima grande que todos digan que su hoja *es de mala ley* y que sólo ha brillado en las antesalas de palacio, y en otros lugares que le hacen menos honor.

El coronel se mordió los labios con rabia y queriendo esquivar la lanzada que le dirigió la joven, con tono arrogante y llevando la mano a la empuñadura dijo:

—Con esta espada he derrocado a muchos malos mandatarios de mi patria.

—Malos para Vd.; quizá tal vez muy buenos para los que no miran a su patria como un patrimonio que deben explotar en favor propio.

El tono con que Elisa pronunció estas palabras llamó la atención de todos los circunstantes, que miraban al coronel sonriendo maliciosamente: ella comprendió que era el momento de aprovechar y con colérica expresión agregó:

—No es derrocar Presidentes lo que debe enorgullecer a un militar, sino haber peleado en alguna guerra con el extranjero.

Todos los que conocían la hoja de servicios del coronel Garras, rieron y festejaron la agudeza de la joven. Por su parte, Elisa quedó satisfecha de haberse vengado de su desdeñoso y mal intencionado pretendiente.

– XIX –

La copa de champaña

Las siete de la noche eran, cuando, por indicación del Sr. Guzmán, que oyó sonar la campanilla del comedor, pasaron todos a ese lugar.

Estela y Catalina colocáronse cada cual al centro de la misa quedando la una frente a la otra.

El Sr. Guzmán, ocupó el asiento que quedaba al lado de su esposa, e hizo colocar a Álvaro junto a Estela, con lo que vino a quedar Catalina al frente de Álvaro.

La comida fue magnífica, la conversación animada, y todo parecía revelar el contento de los comensales.

D. Lorenzo, de ordinario, era hombre de pocas palabras, y esta vez, el gozo de ver a su querido amigo y protector tan feliz y contento, lo llevaba alborozado y se contentaba con el papel de mero espectador.

Sin embargo, no por esto dejó de darse cavilar, cómo era que los hombres, aun los más sesudos, daban en el débil de entregar su suerte en manos de una mujer. —¡Un ser tan frágil y liviano!– exclamaba en sus adentros el buen hombre.

No por esto dejó de reconocer que, si algo podía hacer disculpables estas tristes debilidades, era el cometerlas por una mujer tan bella como la encantadora Catalina.

Y cuidado que, para que un hombre del temperamento, de los años y más que todo de las ideas de D. Lorenzo declarara, aunque no fuera más que para sí mismo, que Catalina era encantadora, necesario era que aquélla fuese una beldad superior.

Aquí, mejor que en otra circunstancia, podría exclamarse con el poeta: ¡Supremo poder de la belleza!

Concluida la comida, el Sr. Guzmán pidió una copa de champaña que, como es sabido, es el vino de las expansiones y los brindis. Después que el criado hubo llenado todas las copas, el Sr. Guzmán, tomando en alto la suya y dirigiéndose a Álvaro y a Estela, dijo:

—Tomemos porque la felicidad de ustedes sea grande y duradera como espero que sea la mía.

—Y porque se realice y consolide pronto por medio del matrimonio, agregó uno de los que se hallaban presentes.

Álvaro, al ir a tomar la copa para levantarla en alto, chocó con ella y volcóla derramando todo el contenido.

—¡Magnífico! –exclamó riendo el Sr. Guzmán– las verdaderas libaciones en honor de Venus deben hacerse así, vertiendo todo el vino.

—¡Ay Dios mío! ¡si será éste un mal augurio! –dijo Estela con voz angustiada, y mirando a su padre.

Catalina y Álvaro palidecieron al mismo tiempo: El Sr. Guzmán, con tono tranquilo y cariñoso, dijo:

—No, hija mía, al contrario, es presagio de felicidad y completa alegría.

—Sin embargo no sé por qué, –dijo Estela,– me ha causado mal efecto este vino que debíamos tomar por mi felicidad, y que Álvaro ha derramado.

—No temas, querida Estela; recuerda que antiguamente se hacían libaciones en honor de los dioses tutelares, para lo que la copa era coronada de rosas, imagen de la brevedad de la vida. Creíase que la luna, el sol y las ninfas preferían las libaciones de miel mezclada con agua; y hasta la edad media los escribanos y notarios de esa época terminaban los negocios o contratos con sus clientes, chocando una copa de vino, y pronunciando con gran solemnidad las palabras latinas *rata fiat* que quiere decir: que sea ratificada. Ya ves, hija mía, refiero estos pormenores, para disipar tus temores, para que veas, al contrario, que lejos de ser mal augurio el vino vertido por Álvaro, es indicio tradicional de ventura, y de seguridad para el porvenir.

Tranquilízate, pues, mi querida Estela, tu felicidad está ya tan asegurada, que aunque, sucedieran los sucesos más significativos, aunque el salero se volcara y se apagaran las luces, que para los agoreros, es malísimo y fatal presagio; yo no me alarmaría, ni temería por tu felicidad, y si Álvaro no estuviera presente, y no temiera herir su modestia, te enumeraría todas las prendas de seguridad que tengo para estar completamente tranquilo, y mirar complacido tu porvenir.

—Señor –dijo Álvaro, confuso y turbado,– Vd. me colma de bondades y obliga mi gratitud...

—No hago más que hacerte justicia –contestó con afable sonrisa el Sr. Guzmán.

—¡Gracias! –repuso Álvaro y volvió a llenar la copa, apoyando con sumo cuidado el cuello de la botella, para que el ligero temblor de su pulso no revelara su profunda emoción; después hizo una venia a Catalina, a su esposo y a Estela, que esperaban con la copa en la mano, y apuró su contenido, al mismo tiempo que los demás.

—Sí, hijos míos, –dijo el Sr. Guzmán con tono dulce y afectuoso,– el matrimonio es en la vida la base de la felicidad, no hay dicha comparable a la que se disfruta al lado de una esposa amada, bella y virtuosa. Los que se casan tarde, lloran el tiempo perdido, para el matrimonio, como perdido para la felicidad, así lo lloré yo cuando me casé con la madre de Estela, que fue para mí un ángel de bondad y de ternura: después que la perdí hubiérame vuelto a casar, esperando hallar en un nuevo afecto, el bálsamo que mitigara el dolor que su recuerdo había dejado en mi alma, pero ese recuerdo, unido al amor que yo tenía por mi Estela fueron como una valla que preservó mi corazón de todo otro afecto: temía dar a mi hija una madrastra que la hiciera sufrir, y que no supiera llenar cerca de ella los deberes de madre...

—¡Gracias, papá!, –exclamó Estela con los ojos arrasados en lágrimas, ¿cómo podré pagarte esos sacrificios?

—Diciéndome siempre, –repuso su padre,– que eres feliz y manifestándome continuamente que esa felicidad no se ha turbado ni un sólo momento.

—¿Qué puede turbar mi felicidad? –dijo sonriendo y con los ojos llenos de lágrimas la inocente joven.

—Parece, –repuso Catalina con amable sonrisa,– que te refirieras a los disgustos que pueden surgir entre la madrastra y la nuera. ¿Qué le parecen a Vd. Estela, estos temores?

—¡Ah! –exclamó Estela,– es que papá no sabe cuánto hemos simpatizado, y cómo nos amamos ya.

—Ya lo haremos arrepentirse de sus malos juicios, –contestó sonriendo Catalina.

—Tanta simpatía y todavía se hablan de Vd. –dijo el Sr. Guzmán.

—Pues nos hablaremos desde este momento de tú, –se apresuró a contestar Catalina.

—Una segunda copa de champaña, –dijo el Sr. Guzmán,– en celebración de ese feliz tratamiento.

Un criado sirvió una segunda copa y Estela, adelantó la copa de Álvaro, diciendo:

—También Vd. nos acompañará.

Álvaro hizo una venia de asentimiento y acompañó a tomar la segunda copa.

—No sé si me equivoco, –dijo el Sr. Guzmán, mirando a Álvaro,– paréceme que estuviera Vd. algo triste, contrariado, ¿le aqueja algún pesar? ¿tiene Vd. alguna contrariedad?

—No, no, –se apresuró a contestar Álvaro– estoy contentísimo, pero tengo desde ayer una jaqueca,... no sé por qué hace días que no me siento bien de salud.

—¡Jaqueca! –exclamó el Sr. Guzmán– ese es mal de muchachas bonitas; ¡bah! parece que la influencia de nuestro debilitante clima lo estuviera afeminando a Vd. que es tan hombre.

—Son males pasajeros, mañana es seguro que estaré bien.

—Creo que no necesito decirle que nos acompañará Vd. todos los días a comer, no le pido que sea también a almorzar, porque esto sería esclavizarlo demasiado, y en la mañana gusta estar completamente libre.

—Gracias, –contestó Álvaro,– procuraré no faltar, ya que tiene Vd. la amabilidad de hacerme tan halagüeña invitación.

Estela miró a su padre con una mirada de ternura infinita, como agradeciéndole con toda su alma el que se adelantara a sus deseos.

Después de una larga sobremesa se retiraron del comedor y pasaron a la sala.

Todas conversaron largamente, y el coronel, que en la mesa había aprovechado de la circunstancia de estar al lado de Elisa para decirle toda suerte de galanterías, estaba radiante de alegría y loco de esperanzas.

La noche se pasó agradablemente en sabrosa plática, entre el coronel, el Sr. Guzmán y las jóvenes.

A ruego de su esposo, Catalina cantó, acompañándose en el piano, una canción cubana que tenía, todo el sentimiento y la dulce melodía del *yaraví*[43] peruano.

Esa música sentimental, dolorida que parece el ¡ay! de un enamorado corazón, conmovió profundamente a Álvaro que miraba a Catalina con ojos apasionados.

Estela, aunque sorprendió algunas de estas miradas, no les dio importancia, pensó que Álvaro miraba a Catalina como ella misma la miraba, como se mira a una persona que por primera vez se conoce.

A las doce de la noche se despidieron todos para dejar a los recién llegados descansar de las fatigas del viaje.

El Sr. Guzmán se acercó a su hija y la besó en la frente, diciéndola:

—Buenas noches.

---

43 *Yaraví*: (loc.) canción poética popular de origen precolombino. Nacida como aires para ser tocados con la quena, en las regiones andinas del Perú, Ecuador, Chile, Argentina e inclusive Paraguay. Durante el período de la colonia se le agregaron textos

– XX –

Los esposos

Cuando el señor Guzmán quedó solo con su esposa, acercóse a ella, y enlazándola, con la más delicada ternura que el corazón puede sentir, díjole.

—Ven, querida mía, te pondré en posesión de tu nuevo alojamiento y se dirigieron al departamento, que ocupaba toda el ala derecha, compuesto de diez habitaciones que comunicaban las unas con las otras, teniendo además una puerta de salida al gran peristilo que circundaba las habitaciones.

Después de pasar minuciosa revista de su nueva morada, Catalina dijo complacida y con tono de sincera gratitud.

—Todo está muy bien, te agradezco esta nueva prueba de tu cariño, amigo mío.

—¿Te parece bien, querida Catalina? –díjole mirándola con interrogadora mirada.

—¡Oh! sí todo está muy bien; encuentro comodidades, lujo y sencillez.

—Temía que esto dejara conocer el gusto mezquino de un solterón, como D. Lorenzo, que ha sido el que ha corrido con el arreglo de todo.

—¿Qué no es su hija Elisa la que lo ha comprado y dirigido todo? Ella acaba de decírmelo así.

—Sí, con el concurso del mejor tapicero de Lima.

Después que hubieron recorrido todas las piezas Catalina dejóse caer en un diván exclamando:

—¡Cuán fatigada estoy!

—También yo me siento algo cansado de las impresiones del día; pero no te dejaré sin preguntarte ¿que te ha parecido mi hija?

—Encantadora, –dijo Catalina con sincero acento; es superior a cuantos encomios me habías hecho, espero que seremos verdaderas hermanas.

—Sí, querida Catalina, mi felicidad dependerá de allí; deseo que tú y Estela sean, si no madre e hija, al menos dos afectuosas amigas.

—Lo seremos, no lo temo –dijo Catalina con franca expresión.

—Deseaba hablarte largamente sobre esto, querida mía, –dijo el señor Guzmán con tono afable.

—Nada tienes que decirme: Estela es un ángel que se recomienda por sí misma.

—Deseo que ella viva siempre con nosotros aun después de su matrimonio, ¿no te parece bien?

Catalina calló y después de un momento, como si trepidara en la contestación dijo:

—¿No te parece más acertado que viva en otra casa, que tal vez le conviniera mejor?

El señor Guzmán meditó un momento y luego contestó:

—He pensado que luego que se casen vivan con nosotros ocupando las habitaciones bajas que les haré arreglar al efecto.

—Pero esto es demasiado extenso para ellos, –repuso Catalina, deseando convencer a su esposo de que Álvaro y Estela debían vivir lejos de ellos.

—No importa; tu sabes que nunca he gustado vivir con extraños y así viviremos todos en familia.

—Pero tal vez el señor Álvaro no quiera vivir aquí, –agregó Catalina, sin saber ya que objeción oponer al deseo de su esposo.

—Lo convenceremos y espero que cederá, –dijo el señor Guzmán, satisfecho de ver que su deseo prevalecía sobre todos los obstáculos.

—Ya veremos lo que dice –contestó Catalina algo pensativa.

—A propósito: ¿qué te ha parecido Álvaro? te advertiré que no lo juzguen por el aire embarazado y la opresión triste que hoy ha tenido; no comprendo por qué ha estado así; aunque no tiene carácter muy alegre, ni tampoco es muy hablador, sin embargo es franco, expansivo, y desde el tiempo que vivimos en Nueva York en el mismo *hotel,* quedé encantado de sus bellas cualidades y noble carácter. Es de esos hombres que, a medida que se les trata, se les estima más, pues de pronto no se puede valorizar sus prendas.

—Sí, –contestó Catalina con triste expresión,– se conoce que es un joven de mérito.

—Verdad es, –dijo el señor Guzmán,– que él siempre ha tenido sus horas de tristeza y de profunda amargura: la primera vez que lo conocí fue a bordo, iba de Cuba a Nueva York con una grave herida recibida en los campos de batalla, su denuedo y valor le han dado el afecto de sus compatriotas, quienes lo consideran como un héroe. Todos los cubanos me hablaban de él con verdadero entusiasmo, y aunque todos estuvieron de acuerdo en aconsejarle que viniera a viajar por estas regiones para restablecer su salud, alterada por los sufrimientos de la herida; sin embargo, lamentaron su viaje como una verdadera pérdida para la causa de Cuba.

Catalina estaba conmovida con las palabras de su esposo, pero dando a su voz un tono alegre y festivo procuro disimular sus emociones diciendo:

—Se conoce que si la hija está apasionada de su novio no lo está menos el padre, de su futuro yerno: ¿no es verdad querido amigo?

—Sí, ¿para qué ocultarlo? me envanezco de haber encontrado para mi hija un joven que será, después de ti el orgullo y la felicidad de mi vida.

Catalina, que no perdía ocasión de investigar hasta que punto eran conocidos por su esposo los sucesos que trajeron el rompimiento de su matrimonio con Álvaro, dijo:

—Alguna vez te he oído decir que un juicio criminal, por homicidio frustrado, se le había seguido en Cuba a este joven, y según comprendo, tú ignoras hasta qué punto sea falso este hecho.

—Todos saben, querida mía, que aquello no fue más que un infame abuso de autoridad cometido por un Gobernador que mató a su padre.

Catalina no pudo reprimir un ligero estremecimiento y con imprudente angustia dijo:

—¡Pero tú jamás me habías hablado de esto!

—Es que lo he mirado con la indiferencia que se debe mirar un suceso desgraciado que todos debemos olvidar.

—¿Y qué causas mediaron para que se realizara el asesinato? –preguntó Catalina algo agitada.

—Cuestiones políticas, querida mía, que en nada pueden empañar el buen nombre de Álvaro.

—¿Te ha hablado él de estos sucesos?

—Sí, una sola vez me dijo que su padre había sido victimado por un español y él encarcelado y acusado de asesinato frustrado, por haber ido donde el asesino, a desafiarlo, en el deseo de vengar tan injusta y alevosa muerte; después, no hemos vuelto a hablar más de esto, porque he comprendido que le era sumamente doloroso semejante recuerdo.

—Tú has debido indagar este hecho por medio de otras personas; tal vez si él no ha dicho la verdad.

—No lo creas, querida Catalina; lo conozco mucho; él es incapaz de ocultar lo que pudiera hacerle aparecer como un infame disfrazado con los arreos de caballero. Álvaro es verdaderamente un caballero digno de pertenecer a nuestra familia.

—Lo creo, amigo, y si te hago estas observaciones, es sólo por un exceso de celo que tú te explicarás fácilmente.

—Lo comprendo, querida mía y te agradezco el interés que tomas por todo lo que pertenece a mi familia, que ya es la tuya.

Y el señor Guzmán estrechó las manos de su esposa y luego las llevó a sus labios y las besó con cariñoso anhelo.

Como si esa muda manifestación de afecto torturara su corazón, Catalina exhaló un tristísimo suspiro. Después de un momento de silencio el señor

Guzmán, con cariñoso acento dijo:

—Te hablaré francamente: al recomendar a Álvaro a D. Lorenzo, lo hice con la premeditada intención de que conociera a Estela abrigando la esperanza de que ambos se amarían. Ya vez, querida mía, que mis esperanzas no han salido fallidas, y este matrimonio no es más que el resultado de mi anhelo por establecer a Estela dándole un esposo digno de ella.

Cada una de estas palabras eran para Catalina un dardo que le hería el corazón.

—¿Y se realizará pronto este matrimonio? –dijo.

—Tan pronto como sea posible, pero será preciso dejarlos en completa libertad para que ellos, que lo desearan tanto como yo, fijen el día.

—Parece que el joven no es rico, –dijo Catalina, deseando desviar de este punto la conversación.

—Su familia era una de las más acomodadas, según he oído decir, pero la revolución la arruinó, como arruinó a sus padres, y como ha arruinado a otras muchas familias.

—No conozco a su familia, parece que siempre han vivido alejados de la ciudad.

—Sí, –contestó él,– Álvaro me ha dicho que su infancia la pasó en una casa-quinta situada en las afueras de la ciudad.

Catalina lanzó un tristísimo suspiro recordando la época de su vida en que, niña aún, amaba y era amada.

Los dos esposos guardaron silencio y después de un momento, tomando entre sus manos las de su esposa, el señor Guzmán quedóse extático contemplando la deslumbradora belleza de su esposa.

Si, en ese momento un artista hubiese copiado el cuadro, hubiera pintado a un anciano con la fisonomía iluminada por la pasión y la felicidad y a una joven con el semblante oscurecido por las negras sombras del dolor y el remordimiento.

– XXI –

Reminiscencias del pasado

A la vista de Catalina el amor de Álvaro, aquel amor que él creyó poder acallar y dominar, acreció en intensidad y vehemencia.

Miró a Estela, su futura novia y apareciósele como ligera nubecilla, que a la radiante luz del sol se disipa; así a la vista de Catalina había desaparecido su amor por Estela.

Álvaro encontrábase como sumergido en una nueva atmósfera cuya influencia no podía alejar.

Catalina llenaba a tal extremo todos los ámbitos de su corazón, que llegó a dudar si verdaderamente había amado a Estela.

A las doce dirigióse a su casa, y después de abrir la puerta de calle; entró a su dormitorio y principió a pasearse como el que está profundamente preocupado.

El criado que había acudido al ruido de sus pasos quedó en pie. Álvaro despidiólo. Quería permanecer, solo, completamente solo, para entregarse a sus pensamientos y analizar su corazón, agitado en ese momento por el fuego de la pasión; para contemplar sus recuerdos y coordinar sus impresiones.

No tardó en desaparecer a sus ojos todo aquello que no era Catalina. Estela; el señor Guzmán, huyeron de su mente y sólo veía en sus recuerdos a Catalina, bella, radiante de juventud y tal vez de esperanzas, esperanzas que indudablemente dirigíanse a él, a su antiguo amor.

—No, –decía;– cuando se ha amado a una mujer como Catalina, no cabe en el corazón otro amor. Yo he sido un loco, un insensato. ¿Cómo pensar que el insulso y apacible amor de esa pobre niña pudiera disipar el inmenso amor de Catalina? Era lo mismo que intentar apagar una hoguera echándole gotas de agua, y de agua tibia, –agregaba con sarcástica risa.

—¿Qué es lo que se ha propuesto Catalina al venir a Lima, al acercarse a mí?... Ni un momento puedo forjarme la suposición de que ella ame a su esposo, no, ella no ama al señor Guzmán, no puede amarlo. Pero cuan fría e indiferente se ha mostrado conmigo, ni un solo momento la he visto mirarme, parecía tranquila, completamente tranquila: ¿Será tal vez que ya ella no me ame? ¡oh! esta idea me desespera; no, no puede ser, ella me ama ella se ha casado con el señor Guzmán, como me dice en su carta, por venir a mi lado; por darme la última prueba de su amor. ¡Catalina, yo te amo! ¡yo te amo hoy más que nunca! ¡Cuánto tarda el día que pueda decirle estas palabras! sí, yo le hablaré, le diré cuánto la amo, y si ella ha podido olvidarme, se apiadará de mí, me compadecerá al ver que tengo que fingirle amor a Estela... ¡oh! ¡este suplicio es horrible!.... ¿Es posible que una buena acción, un noble sentimiento, cual fue el que me obligó a romper mi compromiso con Catalina; es posible que el sacrificio que hice de mi amor, de mi felicidad, por guardar la lealtad de mi palabra, por no ser perjuro, tenga por toda recompensa la desgracia de mi vida, la tortura y la desesperación de todas mis horas y de todos mis momentos, ¡bah!... ¡bah! será preciso concluir por arrepentirme de mis buenas acciones y proponerme realizar sólo el mal?

Y con sarcástica risa exclamó:

—Será preciso decir como Prudhon[44]: –Dios es el mal.

Así pensaba Álvaro presa de horrible excitación, de desesperada angustia.

La mirada de Catalina, aquella mirada que; aunque ahora no se había dirigido a él, le recordaba su primer amor, no se alejaba un solo instante de su mente.

Después de largos y agitados paseos dejóse caer en un sillón exclamando:

—¡Cuán tenebroso veo mi porvenir!

En ese estado de sobrexcitación que produce el insomnio, su memoria recorría con asombrosa claridad aquellos felices días de sus amores.

¡Dulces reminiscencias del pasado, sueños de venturanza, que aparecíansele iluminados con las celestes claridades de un encantador y fantástico miraje!

Veía a Catalina, bellísima, cuando, casi adolescente, pero amándolo loca, frenéticamente, y asida de su brazo, se daban a vagar, departiendo cariñosamente a la sombra de los altos cocoteros o de los hojosos limoneros, embriagados por el balsámico olor de los azahares, ora corriendo, charlando, triscando cosechando flores que ella colocaba entre sus negros cabellos, o cogiendo ricas frutas, que comían a dos, procurando cada uno morder en el sitio en que el otro había puesto sus blancos dientes.

Parecíale que aún sentía la amorosa presión de su mano, cada vez que él la daba una flor, cogida muchas veces a duras penas, con escalamientos, y saltos que ella remuneraba, con una cariñosa sonrisa.

Parecíale escuchar su voz, dulce y conmovida, que, aprovechándose de algún recodo del camino o de la protectora sombra de un árbol, decíale furtivamente, para no ser vista de la vigilante mirada de sus ayas: –¿Tú me amas

---

44 *Prudhon*: Proudhon, Pierre-Joseph (1809-1865) socialista francés, de orientación pequeño-burguesa, teórico del anarquismo. Criticó duramente la gran propiedad capitalista mientras defendía la pequeña propiedad vinculada al trabajo, considerando que el fortalecimiento de este tipo de propiedad constituía la única salvación frente al capitalismo. Marx y Engels criticaron el carácter reaccionario de la utopía de Proudhon

mucho no es verdad? a lo que él llevando la blanca mano de la joven, primero a sus labios y después a su corazón, decíale: –Lo que aquí siento no te lo puedo explicar; pero tú lo comprendes ¿no es verdad?

—Sí porque yo siento como tú.

Acordóse de una tarde, en que, mirando dos blancas palomas que se acariciaban sobre la rama de un hojoso árbol, díjole ella:

—Mira, aquellas dos palomitas son Álvaro y Catalina.

—Con una diferencia, –contestole él,– y es que ese amor tal vez acabará antes que su vida en tanto que el nuestro será eterno.

—Sí, –habíale dicho ella,– eterno como los astros adonde tal vez iremos a seguir amándonos.

Los más mínimos incidentes, los más pequeños sucesos, las más leves palabras todo, todo presentábasele a la mente con las radiosas imágenes que el amor había impreso en su alma.

—¡Qué bella era para mí entonces la vida! –decíase así mismo. ¡Aquél era un Edén de ventura incomparable!.. Jamás al lado de Estela me he sentido trasportado, ni aun siquiera conmovido, cual me sentía al lado de Catalina. Cuando estoy cerca de Estela, me imagino que soy feliz, en tanto que cuando estaba al lado de Catalina, sentía, y palpaba la felicidad, sin poder valorizar su magnitud, porque ella me anonadaba y parecía absorber todas mis facultades.

Mientras Álvaro discurría de esta suerte Catalina se abismaba en un mundo de reflexiones que produjeron en su alma una revolución completa.

– XXII –

LO QUE PASÓ EN EL CORAZÓN DE CATALINA

Estudiar, y profundizar las alternativas de las pasiones; manifestar en cuanto sea posible las causas que pueden exacerbarlas o calmarlas, torcer sus impulsos o dirigirlas por noble senda, es sin duda la verdadera misión del novelista.

¿Por qué el novelista no ha de imitar al médico que busca y estudia los medios que pueden evitar ciertas enfermedades?

¿Por qué no ha de ser para sus lectores, lo que el profesor de anatomía para sus discípulos? Si el uno estudia las causas patológicas de las enfermedades del cuerpo, el otro debe estudiar las causas tropológicas que influyen en las pasiones. Y la trama novelesca no debe servirle sino para presentar y estudiar las evoluciones del alma, y las distintas situaciones de la vida en que debe mirar y estudiar el corazón humano.

La escuela realista, hoy en boga, que pretende pintar *al desnudo* el corazón humano, no ha hecho más que apoderarse de su parte más grosera, más baja y ruin para mostrarla, como lo único real y verdadero. ¿Y por qué olvidar que en el alma humana hay un lado noble elevado, bello, que es el que el novelista debe estudiar, debe estimular, y mostrar como el único medio de reformar las costumbres?

Paul de Saint Víctor[45] refiriéndose a la facilidad con que Clara, la heroína de Goethe en "El Conde de Egmont", se entrega a su amante; dice: —"No hay que indignarse; la pasión en arte no está obligada a ser moral, con que sea simpática y franca, basta, y aquí la sinceridad llega al alma, porque nos sentimos en presencia de un carácter que se muestra sin velo, con su gracia y sus flaquezas. Culpable o irresponsable, Clara es real, y en el mundo de la poesía, causa mayor júbilo una muchacha mancillada, pero viviente, que mil heroínas sin mancha que no han existido jamás."

A pesar de esta declaración del gran crítico francés, nosotras creemos, que; si puede pintarse la belleza en una mujer mancillada, puede mejor pintarse en

---

45 *Paul de Saint Víctor*: Paul Bins, comte de Saint-Victor (1827 - 1881) crítico literario francés, columnista en el *Pays* y luego en *La Presse*, publicó una serie de artículos bajo el título *Hommes et dieux* (1867)

una virtuosa. Rechazar este lado bello y poético de la vida, sería la negación completa de la virtud. Sería convenir en que sólo puede haber belleza y poesía, en la mujer que sucumbe y se entrega, y no en la que combate y lucha.

Si hay belleza y naturalidad, cuando la heroína de Goethe, después de ser la querida del Conde de Egmont, dice: —Este cuartito, esta casa, es un paraíso desde que la habita el amor de Egmont: también debe haberla, en la mujer que diga: esta casa es un paraíso, pues que la habita la virtud, y la tranquilidad del deber cumplido.

No, no es sólo el lado corruptor e inmoral el único que puede servir de modelo en el arte: hay en el alma otra faz que, aun más cierta y bella, préstase a toda suerte de copias.

Todo lo que resulta de la vida, las cuestiones sociales, como las cuestiones psicológicas, los grandes vicios, como las grandes virtudes, todo debe estudiarse, todo debe llevarse a ese mundo ficticio de la novela que no es sino copia fiel del mundo real. Y como dice Dumas hijo, mientras más nos hallemos en la ficción, con mayor derecho podemos llevar hasta sus últimos extremos, hasta sus últimas consecuencias, las realidades de nuestro mundo imaginario: a lo que nosotras agregaremos: siempre que, concretándonos a copiar la naturaleza, podemos elegir el lado más bello y moral de las pasiones.

Sí; en el corazón hay movimientos generosos, hay impulsos nobles, hay trepidaciones, vacilaciones, que debemos estudiar, que debemos contemplar, como medios de conocernos y tal vez de perfeccionarnos.

Y mientras haya almas que, como la de Catalina, cegadas por la pasión, arrastradas por la fatalidad, forman la resolución de cometer una falta; el novelista no debe pasar volviendo la vista, cuando puede presentar una mujer, que aunque culpable, lleva en el alma, lo que llevan muchas otras en igualdad de circunstancias; el germen moral que puede levantarla y purificarla, dejando aún su alma inmaculada.

No en vano los antiguos, que tan poéticamente sintetizaban sus concepciones, creían, como Pitágoras y Platón, que el alma se componía de dos partes, la una fuerte y tranquila, asentada en el alcázar del cerebro, como en un Olimpo, al que no alcanzaban las negras tempestades del corazón ni el inmundo cieno de las pasiones; la otra débil, miserable, aquejada de todas las miserias de la vida y batida por todas las borrascas de las pasiones, revolviéndose tristemente junto con la materia, en el cieno de la voluptuosidad.[46]

¿Por qué hemos de copiar sólo, esta alma que se revuelca tristemente junto con la materia en el cieno de la voluptuosidad, olvidando que hay otra, que, asentada en el alcázar del cerebro, domina las pasiones y mira al cielo como término de su triste peregrinación en el mundo?...

No: acerquémonos sin temor de copiarlo inverosímil ni de presentar un tipo imaginario, y veamos lo que pasa en el corazón de la señora de Guzmán, de la antigua amante de Álvaro; ella presentasenos como la imagen de esa an-

---

46 *Platón, El banquete*

títesis de dos principios, de esa lucha del corazón y la razón, del deber, y la pasión que se disputan el predominio del alma.

Preciso es que digamos algo de lo que pasó en su corazón antes de casarse con el hombre, que sin más ascendiente que el de un afecto noble y apasionado, ha conseguido llevarla por la verdadera senda del deber.

Cuando Catalina supo en Cuba por el mismo señor Guzmán que Álvaro debía casarse con Estela, su desesperación no conoció límites, y un cúmulo de proyectos, a cual más temerario y romancesco acudieron a su mente.

Tan pronto pensaba en venir a Lima a impedir, frustrar el matrimonio, y luego huir con él, e ir a buscar su dicha en apartadas tierras, en lejanos bosques, huyendo del infortunio que tan injustamente la hiriera.

Tan pronto creía que verlo, acercarse a él, amarlo en silencio, sin más felicidad que la de escuchar su voz, sería suficiente a su eterna dicha.

Pero enseguida, la idea de venganza cruzaba por su mente y pensaba que ella sólo debía acercarse a él, como el ángel terrible de aquel célebre cuadro, que con una antorcha en la mano, alumbra sin cesar la conciencia del culpable.

Con su exaltada imaginación, fingíase ser para él el fantasma de su desgracia, el símbolo de su remordimiento, ya que no le era dado ser el ángel de su dicha y venturanza. La idea del adulterio, del crimen, si pasó por su mente, pasó embellecida, por los dorados celajes de un porvenir de dichas y de amores, o cuando menos, oculta tras la maléfica ilusión de la venganza.

Los celos, el despecho, la sed de venganza y también el amor, ese amor, que lo mismo crece en el infortunio que en la felicidad, se disputaban el predominio de su alma.

¡Horrible situación aquella en que es preciso odiar lo que tanto se ama!

Algunas veces, comparando su situación con todas las que imaginaba que pudiera alcanzar al lado de Álvaro decía, como dicen los enamorados, esos locos, que alguien ha llamado *sublimes,* dicen en iguales circunstancias: –al menos lo veré, aunque lo vea al lado de otra mujer.

¡Rara enfermedad la del amor! Ella da la preferencia a todos los sufrimientos y martirios, excepto a los de la ausencia, por más que ésta le ofrezca la esperanza de completa curación.

Con razón se ha dicho, que los enamorados, son los únicos enfermos que no desean curarse; ellos buscan todo lo que puede agradar su enfermedad, apegándose con inexplicable empeño, a todo aquello que puede empeorarla.

Así, pues, Catalina vino, en el delirio de su desgraciado amor, a buscar la causa misma de sus males, sin más que una vaga esperanza de alcanzar su felicidad.

Al encontrar en su esposo un corazón noble, lleno de afectos y ternura, algo como la sombra del remordimiento pasó por su alma, y aquel corazón de mujer, más inclinado al bien que al mal; próximo siempre a retroceder, si halla en el hombre al que ha unido su suerte, un corazón noble que la ama, y una mano generosa que la apoya, se dijo a sí misma:

—Yo sería un monstruo de perfidia. Preciso es que me haga digna del afecto de ese buen anciano; preciso es que sea para él lo que él espera de mí: una mujer buena que sabrá estimar su afecto y guardar su honor.

También Estela, esa inocente joven que habíale manifestado sincero afecto, cariñosa amistad, que habíale hablado de su pasión para con Álvaro, de su inmenso amor, con cándida expresión con ingenua franqueza, contribuyó a cambiar el curso de las ideas de Catalina, que más de una vez repetía estas palabras: –yo debo cumplir mi deber.

Así discurría Catalina, poseída del más noble sentimiento, que la llevaba al cumplimiento del deber, que le dictaba el sacrificio de su amor y ella sentíase con la fuerza necesaria para llenarlo. La idea de engañar y traicionar a su esposo, presentóse a su mente, rodeada de todo el mal y de las funestas consecuencias que podía traerle.

Quizá también el amor, ese sentimiento del que se ha dicho que puede hacer de un malvado un hombre bueno, de un cobarde un valiente, y de un guerrero un hombre dulce y cortesano, iba a convertir a Catalina de una mártir del amor, en una heroína del deber.

El verdadero amor es un sentimiento elevado que rechaza todo lo que es vil y degradante. Y quizá en parte, la idea de envilecerse a los ojos de Álvaro, contribuyó a levantarla hasta la idea del sacrificio.

En los tiempos caballerescos, los trovadores dieron a la palabra amor, significación mucho más extensa y elevada que la que en el día dámosle; sin duda queriendo significar que el amor lleva a todo lo que es poético y elevado, aun cuando sea el sacrificio de ese mismo sentimiento.

El arte de trovar dice Quitard[47] era considerado como el resultado y la expresión del amor, erigido en suprema virtud. Sus diversos grados correspondían a los de la pasión. De aquí vino que la lengua romana hiciera casi sinónimos las palabras amor y poesía, sinónimos aceptados por Petrarca cuando en sus versos llama al Trovador Aruand Daniel *gran maestro de amor* para expresar que era gran maestro en poesía.

No nos extraña, pues, si Catalina, la enamorada joven de sangre ardiente y alma apasionada, sintiérase detenida al pensar en la infidencia, y deslealtad que debiera cometer entregándose al amor de Álvaro.

Catalina miró el cuadro de la familia de su esposo donde ella iba a entrar como siempre para envenenar el corazón del hombre honrado que la amaba, y de la candorosa joven que a ella se confiaba, y una vez más volvió a repetir estas crueles palabras: —Yo debo cumplir mi deber.

---

47   *Quitard*: Pierre-Marie (1793-188) autor del *Dictionnaire étymologique, historique et anecdotique des proverbes et locutions proverbiales de la langue française; y de los Études historiques, littéraires et morales sur les proverbes français*

– XXIII –

Dificultades y complicaciones

Pocos días después, Álvaro fue a comer a casa del señor Guzmán, aprovechando la invitación que para ir todos los días habíale dirigido el bondadoso anciano.

Estela, que lo aguardaba, salió a su encuentro y díjole:

—Hace una hora que te espero. ¡Cuánto has tardado! yo creí que vendrías antes: te esperaba ansiosa, porque deseo referirte como he alcanzado que desde mañana seas nuestro vecino.

En este momento llegó el señor Guzmán con una carta en la mano, que parecía acababa de leer, y que guardó con calma en el bolsillo de su levita.

—Ya sabrá Vd. la buena nueva, –dijo,– ya Estela le habrá dicho que hemos resuelto que sea Vd. desde hoy mismo nuestro vecino.

—Ansiaba, señor, manifestarle mis agradecimientos por tan señalada muestra de afecto y confianza.

—¿Qué quiere Vd.? –contestó sonriendo el señor Guzmán;– cuando uno acostumbra a los hijos, a darles gusto en todo lo que piden se concluye por concederles hasta lo más escabroso y difícil; no quiero decir con esto que su instalación en nuestra casa, tenga escabrosidades, querido amigo, –agregó el señor Guzmán estrechando afectuosamente la mano del joven.

—Procuraré hacerme lo menos pesado que me sea posible, –dijo Álvaro algo turbado.

—Aquí estará Vd. como en su casa, puede Vd. entrar, salir, ocupar la servidumbre con la seguridad de que yo y mi esposa aprobaremos todo lo que Vd. haga.

—Gracias, señor, gracias; no abusaré de tantas bondades –contestó el joven, mirando a Estela.

—Debo anunciarle que dentro de poco tendrá Vd. un compañero de vecindad.

—¿Quién?

—Un excelente amigo mío, que lo será para Vd. también.

—No comprendo, quien pueda ser, repuso Álvaro pensativo.

—¿No adivina Vd. quien puede llegar a alojarse en mi casa? –contestó el señor Guzmán con tono festivo.

—A la verdad que no acierto y ruego a Vd. que me saque de la curiosidad.

—Pues bien, le diré que mañana llega a Lima el padre de Catalina.

—¿Quién? –preguntó Álvaro poniéndose mortalmente pálido,– ¿el señor Montiel?

—Sí, el señor Montiel, mi suegro, –contestó el señor Guzmán con aire indiferente.

—¡Él! –murmuró Álvaro mordiéndose los labios con mal disimulada angustia, y pasando su mano, por la frente y procurando dominarse agregó:

—No lo conozco, ni aun de vista.

—Es natural que no lo conozca Vd. --dijo el señor Guzmán, sin haber notado la alteración del semblante de Álvaro.– El señor Montiel ha residido en su casa de campo y sólo fue a la capital cuando estalló la revolución.

—Felicito a Vd. señor Guzmán por el placer que va Vd. a tener de ver a un amigo que, no dudo, será para Vd. muy querido.

—Sí, –contestó el señor Guzmán con afable tono. El señor Montiel es un verdadero caballero, y le estoy profundamente agradecido, pues, sin sus poderosas influencias, tal vez no hubiera yo alcanzado a casarme con Catalina: él, como padre, trabajó mucho en mi favor.

—¿Qué motivos lo traen al Perú? –preguntó Álvaro, deseando alejar la conversación de un punto que para él era tan doloroso.

—Lo ignoro, pero creo que son asuntos de interés, de los que algo le oí hablar en Cuba.

No era verdad que el señor Guzmán ignorase la causa que motivaba el viaje del padre de su esposa, sólo sí que, como hombre prudente, creyó conveniente guardar reserva sobre tal punto.

Pocos días después, de habitar Álvaro en la casa, Estela y Elisa, que de continuo entablaban sus afectuosas pláticas, hablaban algo que nos dará a conocer, hasta qué punto el secreto de Catalina estaba en peligro de ser para la familia de su esposo una horrible certidumbre.

—¿Te has fijado, –decía Elisa a Estela,– cómo, desde que llegó la señora Catalina ha cambiado el señor Álvaro?

—Sí, su frialdad y su preocupación datan de aquel día, –dijo pensativa Estela.

—Yo me he fijado, en que Álvaro la mira mucho y de cierto modo que se me hace sospechoso.

—Sí, –repuso Estela,– pero ella no lo mira nunca y hasta me parece que lo tratase con demasiada frialdad.

—Hay mujeres, dijo Elisa, que tienen mucho arte para ocultar lo que sienten, quien sabe si esta sea una hipócrita que nos está engañando a todos.

—No me ha parecido una mujer falsa; el otro día me encontró llorando, le referí la causa de mis lágrimas y me prometió hacer todo lo que pudiera porque Álvaro realizara cuanto antes su matrimonio.

—No te lleves de apariencias, cuando yo quiera engañar a alguien, he de fingir llanto y todo lo que se me ocurra.

—No, las lágrimas verdaderas no pueden confundirse con las falsas.

—No sé que te diga, pero a mí siempre me ha sido antipática esa mujer.

—No tienes razón, Elisa mía, yo creo que Catalina es una buena joven.

—Quién sabe si sea ella la joven a quien Álvaro amó en Cuba.

—¡Oh no lo creas! —repuso Estela, desechando la suposición de su amiga como si fuera absurda.

—¿Y qué de imposible habría en ello?

—En ese caso, ¿qué la ha traído aquí? puesto que ha venido casada y no puede ya casarse con él.

—Habrá venido para impedir el matrimonio de Álvaro, y vivir, como me gustaría a mí vivir; con un viejo que me diera mucha plata y un joven que me diera mucho amor.

—¡Oh, calla! exclamó horrorizada la candorosa Estela.

—Tú eres muy inocente y todo lo juzgas por el lado bueno; ya verás como has de ser víctima de tu cándido carácter.

—¿Por qué juzgar mal cuando no hay motivo para ello? Catalina se ha expresado siempre bien de mí, y ayer, sin ir más lejos, le manifestó a Álvaro, los inconvenientes que hay en retardar un matrimonio, que está completamente arreglado, a lo que contestó él que sólo esperaba arreglar un asunto que no dependía de su voluntad.

—Pero tú sabes bien que este asunto no lo tenía antes, y que sólo ha aparecido desde el arribo de la señora Catalina, —dijo Elisa, procurando hacer fijar a Estela en algo que para ella era ya bien claro.

—Te prometo observar mucho y tener presentes tus sospechas, a pesar que ya yo más de una vez las he desechado como infundadas.

—Para mí la novia de Álvaro no es otra que la señorita Catalina.

Desde este momento, Estela que se había manifestado confiada y expansiva con la esposa de su padre, tornóse adusta y recelosa, y principió, en compañía de Elisa a observarle cuidadosamente.

Catalina no parecía preocuparse con las miradas investigadoras de las dos jóvenes, —Ojalá,— se decía a sí misma,— que ellas pudieran ver mi corazón.

Catalina había resuelto sacrificarse y ni un momento sintió vacilar su firme voluntad.

Bien pronto el pacífico D. Lorenzo tomó parte en la vigilancia y principio a mirar a Catalina con ojos huraños y aire receloso. Ya hemos dicho que D. Lorenzo gustaba de dialogar consigo mismo.

—Ya me explico, –decía,– por qué este pícaro cubano se ha vuelto todo inconvenientes, y no llega el día que pueda realizar su matrimonio, ¡pobre de él! –agregaba con creciente furor, –pobre de él si llegara a dejar burlada a la señorita Estela, a mi querida discípula; yo mismo con estas manos le arrancaría la lengua. Y esa infame mujer ¿a qué ha venido aquí, si sabía que su amante estaba próximo a casarse con la hija de su esposo? Todo está muy claro, esa pérfida se casó con el señor Guzmán, con sólo el objeto de ponerlo de pantalla, de hacer un trampantojo[48], tras del cual pudiera realizar sus inicuos planes... Oh ¡las mujeres! ¡las mujeres! –exclamaba llevando ambas manos a su encanecida cabeza.

Después de un momento, con aire fiero y gesto amenazador, continuaba diciendo: —Conmigo están los muy infames; bueno soy yo para ver tapujos y gatuperios[49]: a la primera que les sorprenda les arranco la máscara; a los pícaros se les debe castigar recio y fuerte, y luego dicen que yo tengo tirria y preparación contra las mujeres y ha bastado una sola para llevarnos a todos como por encanto, de la tranquilidad a la inquietud, de la alegría a la angustia y quien sabe si de la felicidad a la desgracia y de la virtud al crimen. ¡Mujeres! –agregaba moviendo tristemente la cabeza. —¡Mujeres! sois trasunto del infierno y retrato de Lucifer.

Y el buen hombre afianzaba cada día con mayores argumentos su aversión a las mujeres, sin poder nunca explicarse, cómo había hombre cesado que pudiera fiar honra y felicidad, en esas, como él las llamaba, "barquillas mal construidas que casi siempre zozobran."

Mientras tanto, Catalina, con esa perspicacia, propia de ciertos espíritus observadores, había penetrado hasta lo más oculto del corazón de D. Lorenzo, y miraba tranquila el porvenir, sin cuidarse de los juicios que sobre ella formarían, segura de poderlos desvanecer.

---

48 *Trampantojo*: enredo o artificio para engañar o perjudicar
49 *Gatuperio*: (fam.) embrollo, enjuague

– XXIV –

EL SEÑOR MONTIEL

Conforme al anuncio del señor Guzmán, llegó a Lima el señor Montiel, padre de Catalina, quien debía alojarse en el departamento bajo que quedaba frente del que ocupaba Álvaro. Escusado es decir que el señor Guzmán, creyendo que para Álvaro sería Montiel un desconocido, como se lo había dicho pocos días antes, apresuróse a presentarlo.

Al encontrarse el uno frente al otro, ambos, pusiéronse mortalmente pálidos; pero como si secreta idea, hubiéralos movido uniformemente, ambos se saludaron, como dos desconocidos que por primera vez se encontraran.

Después ni Estela ni su padre pudieron sorprender el más ligero indicio de disgusto entre ambos.

Álvaro evitaba con cuidadoso empeño el encontrarse frente a frente del asesino de su padre, del hombre a quien debía odiar, ya que no matar, como habíalo jurado un día a su moribundo padre. El antiguo Gobernador de Cuba, por su parte, evitaba también encontrarse en presencia del hijo de su víctima, como si la mirada imponente del joven fuera para su conciencia cruel e insoportable acusación. Esta situación, de suyo bien difícil, era suficiente para hacer perder la tranquilidad al hombre más sereno, mucho más a Montiel, que como todos los hombres feroces y sanguinarios, era cobarde y temblaba a la idea de que Álvaro lo llamara a rendir cuentas con un arma en la mano. Muchas veces pensó "ganarse la voluntad del joven" (así decía él) y principió a halagarle con bajas adulaciones y falsas sonrisas, pero éste deteníalo siempre con acritud y dignidad.

Nadie en la casa podía darse cuenta de porqué el señor Montiel, que tanto alardeaba de ser un valientazo de aquellos que el vulgo llama traga cureñas, y que según aseguraba había hecho temblar a los cubanos en el tiempo que desempeñó su honorífico cargo de Gobernador, nadie podía explicarse, decimos, por qué en Lima llevaba su miedo hasta un extremo que muchas veces excitaba la hilaridad de los amigos del señor Guzmán.

Don Lorenzo, con su flema y su acento sentencioso, solía decir:

—Este señor parece que debiera alguna muerte, cuando usa tantas precauciones, y le acosan tantos terrores.

Verdaderamente tomaba mil precauciones inusitadas e intempestivas; por ejemplo: a hora de retirarse; jamás, bajaba solo y sin luz las escaleras, y cuando llegaba después de las diez de la noche lo que era muy raro, llamaba al portero para que le abriera la puerta de la calle y no hacía uso de la llave, que él, como todos los de la casa llevaba.

El portero gruñía contra esta maldita costumbre que le interrumpía su sueño, pero el señor Montiel decía:

—Lo llamo a Vd. porque, lo más fácil es que en el momento que yo abra la puerta me den un golpe de mano.

—En la patria de este señor, –decía el portero por lo bajo,– darán golpes de mano todos los días, por eso, sin duda, está creyendo que Lima es también guarida de ladrones; ¡bah! sólo él tiene estos miedos.

El señor Guzmán no había observado los temores de su buen padre político, preocupado como se encontraba con la tristeza creciente de su esposa, no veía nada que no fuera ella, hasta la preocupación de Álvaro, y las lágrimas de su hija, pasaron desadvertidas a su vista.

El exceso de dolor como el de felicidad nos hace egoístas.

El señor Guzmán fue el primero que notó, apenas llegado, el cambio que se había operado en el novio de su hija, pero desde que tuvo él también algo que lo atormentase, no fijó su atención sino en el objeto que era causa de sus angustias.

¡Ah! si el hubiera podido comprender que de otro lado estaba la causa que él buscaba, con cuánto anhelo hubiera observado a Álvaro...

Por lo demás ningún otro motivo de pena existía para los de su casa.

Don Lorenzo que quiso retirarse a seguir viviendo en su modesta casa, que sólo había dejado por venir a acompañar a Estela durante la ausencia de su padre, quedó comprometido a permanecer por un poco más de tiempo, pues la compañía de Elisa, podía ser agradable a Estela.

Elisa en verdad consolaba y distraía a su amiga.

– XXV –

UN NUEVO PERSONAJE

L a casualidad suele desempeñar con los amantes desgraciados el papel de complaciente tercera[50], o también el de pérfida amiga que se complace en presentarles ciertos sucesos que pueden agravar sus penas y acrecer su amor.

No de otra suerte explicaremos el que Catalina, sin desearlo ni quererlo, llegara a conocer a un buen español que le refiriera algo que fue para ella la prueba más evidente de la pasión de Álvaro.

Nos encontramos en el Teatro de Lima, donde seguiremos a la familia de Guzmán que acaba de entrar en un palco de primera fila.

La proverbial belleza de los ojos de las limeñas, daba su más elocuente manifestación aquella noche. Todo parecía concurrir para que el Teatro estuviera magnífico.

La mujer limeña tiene gracia coquetería y expresión simpática, lo que le da desde el primer momento en que se la conoce, aquel atractivo poco común en otras mujeres. Ella sabe hacer de la moda un arte que adapta a su gusto y a su capricho. Por eso, sin duda, los tipos de alguna forasteras son tan disonantes, que aun llevando objetos lujosos y elegantes están siempre pobres y de desaliñado aspecto.

Estela y Catalina colocáronse en primeros asientos, cerca de la primera Álvaro y el señor Guzmán al lado opuesto. Álvaro y Catalina vinieron pues a quedar el uno frente al otro. El señor Montiel ocupó el asiento que quedaba en el fondo del palco.

Nada hay tan peligroso para un enamorado como la influencia que en ciertos momentos ejerce sobre él la música, y el corazón que ha resistido a todas las seducciones del amor, tal vez no resiste del mismo modo, si se halla bajo la influencia de una sentimental y apasionada música.

Catalina era de esas mujeres cuya alma se estremece y se exalta con todo lo que es bello, elevado y grande; la música, por consiguiente, tenía podero-

50 *Tercera*: alcahueta

sa influencia sobre su espíritu.

La mujer que se encuentra en el deber de combatir un amor imposible y desgraciado, debe huir, como de un gran peligro, de las situaciones que la acerquen al hombre amado, bajo la influencia de una música apasionada que sea expresión de sus sentimientos.

La mujer que logra dominar y sobreponerse a esta situación, es digna de la admiración que se tributó a una diosa o del desprecio que inspira una tonta. No hay término medio: o tiene el alma de una diosa o la tiene de... alcornoque.

Los primeros cristianos, que participaban de la influencia de ciertas ideas con que el paganismo embellecía sus risueñas y poéticas creaciones, no hallaron otro medio de embellecer el Cielo que debía reemplazar al Empíreo, que poblarlo de ángeles que tocarían eternamente instrumentos de música.

Ciertamente, si la música no nos forma el verdadero paraíso, cuando menos es un preludio que nos da una idea de él.

La opera sublime Ruy Blas [51] debía ponerse en escena, esa música sentimental y apasionada armonizaba asombrosamente con la situación de ánimo de la señora Guzmán. Ella, como la reina había dicho muchas veces:

> Sola co' miei pensieri
> Sola co' sogni miei...

Sola, sí, ¡siempre sola con sus sueños y sus tristes pensamientos!...

Como si quisiera alejarse de este mundo lleno para ella de horribles realidades, cerró los ojos, y dejó caer la cabeza reclinándola en el respaldo de la silla, quedando así en un estado de arrobamiento, o de éxtasis. De súbito, mortal palidez cubrió su rostro y un ligero temblor apoderóse de todo su cuerpo; Álvaro que no había cesado de mirarla, pudo apenas ahogar un grito de angustia que se escapó de su pecho; y procurando dar a su voz una entonación suave y tranquila.

—Señora, ¿sufre Vd.? –dijo temiendo que si aquel estado de desfallecimiento se prolongara.

Ella, como si estas palabras la hubieran despertado de un sueño abrió los ojos exhaló hondo suspiro, y miró a Álvaro con mirada de indecible ternura.

¡Ah! cuánto hubiera dado por verse en ese momento libre de todas las cadenas que la sujetaban, para poderle decir a Álvaro todo lo que lo amaba, todo lo que sufría, todo lo que sentía; pero fuere preciso permanecer, fría, insensible, imponiendo silencio a su corazón, aun a riesgo de sofocarlo.

Álvaro no atinaba a mirar sino a Catalina, y se aprovechaba de la ventajosa situación de hallarse frente a frente de ella y casi a la espalda de Estela y del señor Guzmán, que, con la cara vuelta al proscenio[52] no podía verlo.

Concluido el acto, salió a traer un refresco, según dijo, pero en realidad a respirar libremente y desahogar su corazón oprimido, por el peso de las impresiones.

---

51 *Ruy Blas*: ópera de Filippo Marchetti (1831-1902) compositor italiano, basada en el melodrama homónimo de Victor Hugo
52 *Proscenio*: parte del escenario más próxima al público

También el señor Guzmán salió a saludar a un amigo que no lejos de allí estaba.

En ese momento aparecía en la puerta del palco un individuo de aspecto halagüeño[53] que se dirigía al señor Montiel, quien se encontraba recostado en la misma poltrona, en el fondo del palco, en que estuvo al principio del acto.

—Amigo y compatriota, –dijo el recién llegado extendiéndole la mano.

—Querido compatriota, mi buen amigo –contestó Montiel poniéndose de pie y estrechando en sus brazos al recién llegado.

—Supe que estaba Vd. aquí y, como estoy de paso para Panamá, no he querido perder la ocasión de saludarlo, y ofrecerle mis servicios.

—Gracias, y yo aprovecharé esta oportunidad para presentarle a mi hija. Después, volviéndose hacia Catalina, dijo:

—Catalina, tengo el gusto de presentarte a mi compatriota y antiguo amigo el señor Venegas.

—Catalina se inclinó graciosamente y le tendió su mano que él estrechó con efusión.

En seguida el señor Montiel presentó a Estela.

Después de un momento dijo el recién llegado:

—Señora Catalina, tiene Vd. un nombre por el que yo tengo veneración, figúrese Vd. que a él le debo la vida.

— ¿Como así? –contestó sonriendo el señor Montiel– ¿acaso es algún milagro hecho por santa Catalina? ya sabrá Vd. que el tiempo de los milagros ha pasado, y ya ni los hombres los aceptan ni los santos quieren hacerlos.

—Deber la vida a un nombre parece cosa de maravilla, –dijo sonriendo con dulzura Catalina, y sin dar gran importancia a estas palabras.

—Es decir, –agregó éste,– que le debo la vida a una persona que me la perdonó a nombre de una Catalina.

— ¿Y esa persona era un joven? –preguntó el señor Montiel, interesado en la pregunta.

—Este es mi secreto, –contestó el interpelado, permítanme guardarlo; de otra manera no diré una sola palabra más.

—Creo que es una reserva exagerada, toda vez que sólo nos interesa lo que a Vd. se refiere, –dijo el señor Montiel.

—Pero ya sabemos que hay una Catalina, –dijo riendo aún que algo agitada Catalina.

—Hay tantas Catalinas en el mundo, –contestó riendo el señor Montiel.

—Como que es un lindo nombre. Lo que de mí sé decir, es que tengo una especie de veneración para él.

—Amigo mío, me ha picado Vd. la curiosidad y no le perdono la historia.

—Pues bien, antes quiero que me diga Vd. cómo se encuentran esos malditos recalcitrantes cubanos...

—¡Silencio! exclamó el señor Montiel llevando un dedo a la boca y vol-

---

53 *Aspecto halagüeño*: apariencia dulce y suave

viéndose a mirar como si temiera que alguien lo escuchara.

—¿Pues qué? también en el Perú teme Vd. que lo escuchen esos maldecidos cubanos con los que el diablo cargue.

¡Silencio! –volvió a repetir el señor Montiel mirando con cierto temor a Estela y a su hija, y luego agregó:

—En el Perú todos son cubanos de corazón y en la casa en que vivo hay uno de nacimiento, uno de esos que de buena gana descabezaríamos nosotros; pero cuidado; olvide Vd. que es español y guarde como yo sus rencores para cuando estemos allá entre los nuestros.

En este momento principió el segundo acto, todos los circunstantes guardaron silencio y el amigo de Montiel se retiró ofreciendo volver.

Catalina parecía inquieta e intranquila; ella que tanta atención prestara al principio, estaba distraída y preocupada.

Cuando concluyó el acto pensó que el visitante volvería a referir aquella historia que, sin saber por qué, la preocupaba; miró con ansiedad a Estela y le dijo.

—Querida mía, por qué no vas a hacerle una visita a las señoritas de X que toda la noche te han mirado.

Estela miró a Álvaro y dijo con afable sonrisa.

—Si Vd. quisiera acompañarme, estamos a dos pasos de distancia.

—¡Oh! sí, él te acompañará, –agregó con presteza Catalina,– y también tu papá.

Estela salió seguida de su padre y de Álvaro dirigiéronse al palco a donde iban a visitar.

Luego que Catalina quedó sola, con su padre respiró como si tomara el aire que hacía rato faltaba a su oprimido corazón.

—¡Ah! –dijo para sí, llevándose las manos al pecho, casi estoy segura de que esa historia se refiere a él; ¿quién otro puede ser magnánimo y generoso como Álvaro? ¡Dios mío, anhelo conocer esa historia y tiemblo a la idea de saber, por una nueva prueba, cuánto me amaba, cuánto era yo para él, cuanto era él para mí...! ¿Y hoy?...

Catalina dejó caer su hermosa cabeza entre las manos, y quedó reclinada y pensativa por largo tiempo.

—Creí que había Vd. olvidado su compromiso, –dijo el señor Montiel poniéndose de pie para recibir a su amigo que acababa de entrar.

—No, amigo: como buen español, soy esclavo de mi palabra.

Después, volviéndose a mirar el palco ocupado en ese momento sólo por Catalina, dijo:

—Siento que no esté presente la otra joven que con tan malos ojos me miró, deseaba hacerle ver que aunque español y enemigo de esos salvajes cubanos, he sabido reconocer sus méritos cuando he llegado a encontrarlos.

—Sí, querido, –repuso con satisfacción el señor Montiel,– la hidalguía española brillará siempre, con los resplandores de su pasada grandeza.

Y luego, contestando a la pregunta de su amigo agregó:

—La joven que se ha retirado y que tan malos ojos le puso a Vd., no nos importe que no esté presente, es una criatura que todavía no sabe lo que hace.

—Luego vendrá... salió un momento, –dijo con presteza Catalina.

El señor Montiel, deseando llevar la conversación al terreno que deseaba, dijo:

—¿Qué noticias nos da Vd. de esos malditos cubanos; ¿no ha cargado todavía, Lucifer con ellos?

—La revolución avanza de una manera asombrosa, porque esos basiliscos, a pesar que los exterminamos con una guerra sin cuartel, parece que como el ave fabulosa volvieran a renacer de sus cenizas.

—Es, –dijo Catalina con entusiasmo,– que los cubanos pelean por la grande y santa causa de su libertad. Por eso cada hombre se centuplica asombrosamente...

—Qué ideas tan erróneas tienes, hija mía, –dijo el señor Montiel sin poder ocultar su disgusto.

—Lo que la señora acaba de decir es muy verdadero, de otra manera no se explica que en el tiempo que llevamos de guerra, ya más de cuatro años, no hayamos podido vencerlos.

—Es que, para nosotros, el clima y la topografía del país nos son adversos en tanto que para ellos todo eso, les es favorable.

—Yo he visto, amigo mío, fusilar cubanos, como se matan hormigas en un hormiguero, por centenares.

—¡Qué horror! –exclamó Catalina.

—Ellos también, señora, nos pagaban en la misma moneda, con más, que para no gastar sus municiones, que siempre las tenían escasas, mataban con machete, es decir descabezaban a la víctima a machetazos.

—¡Qué atrocidades! –volvió a exclamar Catalina cubriéndose la cara con sus blancas y delicadas manos.

—Yo hube de morir de esta suerte, continuó diciendo el español; –peleaba a la sazón con el valeroso coronel Mendizábal, y nos propusimos destrozar a un bravo guerrillero que nos traía desesperados con su astucia y su infatigable valor.

—¿Cómo se llamaba? –preguntó ansioso el señor Montiel, interrumpiendo la relación de su amigo.

—Sí, díganos Vd. cómo se llamaba, –agregó Catalina con la respiración anhelosa.

El señor Venegas quedó un momento pensativo y luego dijo:

—Su nombre, no puedo revelarlo, ya verán ustedes que debo callarlo.

—Basta, –dijo el señor Montiel, disgustado con la contestación de su amigo.– Hace Vd. hincapié en cosas muy pequeñas. ¿Qué quiere decir que nosotros sepamos el nombre de un guerrillero como otros muchos?

—Es que luego verán que estoy en el deber de guardar este secreto.

—¿Quién guarda fe con los traidores? –replicó con desprecio el señor Montiel.

—No los llames traidores, papá, cuando bien sabes que no lo son –replicó Catalina con expresión triste.

—Amigo mío, acaba Vd. de decirme que la hidalguía española brillará siempre con sus antiguos resplandores, y ¿pretende Vd. que yo la empañe con una revelación en la que está empeñada mi palabra de caballero?

—Bien, pues, continúe Vd. su historia, –replicó el señor Montiel, desagradado de que lo atacaran con sus propias armas.

El señor Venegas calló un momento y luego continuó diciendo:

—Decía, pues, que teníamos empeño en destrozar las fuerzas de un bravo guerrillero a quien conocíamos con el nombre de *corazón de León*, apodo que alcanzó por su temerario arrojo y su temible intrepidez.

—¿Quién puede ser? –dijo señor Montiel pensativo y mirando a su hija.

—Tal vez no lo conozcan ustedes, pero lo que hay que admirar en este héroe de leyenda es que a su gran valor y a esta temeraria intrepidez unía excelsa nobleza y generosa magnanimidad...

—¡Ah! –exclamó Catalina, con indecible expresión y llevando su mano al corazón

—Mientras sus compañeros de armas incendiaban los ingenios, asolaban los campos y destruían las poblaciones, él imponía severos castigos a sus subordinados siempre que hacían un daño o cometían una fechoría innecesaria o inútil al logro de sus planes de campaña; en cambio exponía a sus soldados conduciéndolos, él en persona, a realizar las hazañas más arriesgadas y las empresas más peligrosas. Para asaltar un tren y apoderarse de todo el material de guerra que conducía o para tomar por sorpresa una comunicación, aunque fuera conducida por fuerzas diez veces superiores, a las que llevaba, nadie podía como él, realizar estos prodigios de valor, que parecían maravillosos e imposibles.

Corazón de León llamábanlo sus compañeros y lo era verdaderamente, porque él, como ese noble animal, no destruía por tener el instinto del mal o como dicen los frenólogos, el órgano de la destructibilidad, sino por la noble ambición de gloria; tal vez con sólo el objeto de cumplir un deber sagrado para con la patria, que llenaba con heroísmo y abnegación.

—¡Diablos! –exclamó el señor Montiel sin poder ocultar su disgusto– cualquiera diría que está Vd. apasionado de su héroe, por lo que ya dudo que tantas cualidades puedan reunirse en un hombre.

—¡Ah! papá, no lo dudes, hay hombres tan generosos y valientes como el héroe de este caballero.

Y Catalina se dijo a sí misma: —Álvaro, sólo él puede ser ese hombre.

—Amigo mío, si, como dice Vd. estoy enamorado de él, no haría más que pagarle una deuda de gratitud.

—¿Tanto le debe Vd.? –dijo con aire burlón el señor Montiel.

—Sí le debo mucho y contrístame el pensar que jamás podré retornarle mi deuda.

—¿Es acaso una suma fabulosa de dinero?

—¡Ah! no, jamás he pedido dinero prestado.

—¿Pues qué le debe entonces? –Preguntó con fastidio el señor Montiel.

—Le debo, –dijo con tono expresivo el español;– le debo la vida.

—¡Hombre! ¿es a ese *corazón de León* a quien le debe Vd. la vida? –repuso el señor Montiel con asombro.

—¡A él mismo!...

—Cuéntenos Vd. los pormenores de ese suceso, –dijo Catalina vivamente interesada.

—Como les he dicho: mi coronel, que era un valiente, se propuso perseguir y capturará *corazón de León,* y después de muchas vueltas y revueltas, al fin llegó a atacarlo, con fuerzas tres veces superiores a las suyas. Se empeñó por parte de ambos una lucha terrible, feroz, en la que nuestros soldados, con un denuedo asombroso, llegaron a batirse cuerpo a cuerpo; desgraciadamente, en lo más reñido de la pelea, cayó muerto nuestro coronel, y esto difundió el espanto en nuestras filas, declarándose la victoria en favor de nuestros enemigos.

—¡Maldición! ¡voto a los cuernos del diablo! –exclamó el señor Montiel, dando fuertemente en el suelo con el pie. –Siempre la suerte nos fue adversa.

El español calló un momento y luego continuó diciendo:

—En este encuentro perdimos muchísima gente: los que no quedaron tendidos en el campo de batalla quedamos prisioneros en poder del enemigo.

—Lo que era lo mismo que decir, –agregó el señor Montiel:– quedaban muertos... ¡cuerpo de Cristo! ¿Cómo es posible que esos pigmeos nos hagan tantos daños?

—Ciertamente, porque la guerra era a muerte y así como nosotros matábamos a sus prisioneros, era natural que ellos hicieran lo mismo.

—Matar insurgentes y revolucionarios no es lo mismo que matar hombres leales a su rey y a su patria.

Catalina que había escuchado todo este diálogo con la mayor ansiedad, miró con tristeza a su padre, quiso hablar y retuvo la palabra, como si el respeto la obligara a callar, a su pesar.

El señor Venegas miró con extrañeza a su amigo, como si desaprobara sus ideas, pero tampoco se atrevió a contradecirle, así que, sin dar contestación a lo que acababa de decir, continuó su relato.

—Al siguiente día, llegó al campamento la noticia de que nuevas fuerzas de los nuestros, se aproximaban rápidamente; esta noticia, que podía habernos llenado de alegría y esperanza, nos llenó de espanto, porque era seguro que para no verse embarazados en su fuga por un tan crecido número de prisioneros nos pasarían a todos por las armas.

—¡Infames! no en vano les he hecho yo tantos males, caro han pagado conmigo todas sus crueldades, dijo el señor Montiel con los puños crispados y la mirada fulgurante.

El español dio un suspiro y continuó diciendo: —Así sucedió; aquella misma noche se dio la orden de dar muerte a todos los prisioneros por no serles posible hacer marchas forzadas, con el peligro de caer en poder del enemigo, que venía siguiéndoles la pista para aprovecharse de que se encontraban sin municiones y horriblemente diezmados.

—¡Cuántos males! –exclamó Catalina juntando las manos horrorizada,– ¡cuántas desgracias por la ambición de los gobiernos y el desconocimiento de la justicia por el hombre!

—Es verdad, señora; muchos males, muchas desventuras provienen de allí.

—Y bien, –exclamó el señor Montiel, deseando cortar el sesgo que podía tomar la conversación,– ¿qué sucedió de esos desgraciados prisioneros, entre los que, según comprendo, estaba Vd.?

—Sí, yo y muchos de mis compañeros, caímos en poder del enemigo, que, para colmo de infortunios, tenía que fugar por no poder resistir un nuevo ataque, al que no podía hacer frente porque, como he dicho, faltábanle municiones: esta misma desgracia nos condenaba a morir a machetazos, lo que, como comprenderán ustedes, es una muerte poco apetecible.

—¡Qué horror! –exclamó Catalina.

—Se nos participó nuestra sentencia de muerte, a las diez de la noche, y a las doce, se nos debía ejecutar a todos, preguntándonos a cada cual, a nombre del jefe, qué encargo teníamos que hacer para nuestras familias.

—¡Infames! –exclamó el señor Montiel retorciéndose con rabia sus largos y canosos bigotes;– sería para ver si ustedes hacían alguna revelación que les interesase o disponían de algún dinero del que pudieran apoderarse.

—Yo, –continuó diciendo el español,– pedí por única gracia, hablar dos palabras con el jefe del cuerpo, lo que se me negó rotundamente. La hora fatal se aproximaba y ni yo ni ninguno de mis compañeros de infortunio habíamos alcanzado la gracia de hablar personalmente con el bravo *corazón de León*. Uno de los guerrilleros que nos custodiaban me dijo: No insista Vd. en hablar con mi jefe, porque no lo alcanzará; ha prohibido severamente el que se permita a ningún prisionero el llegar hasta él. Ya se ve, tiene razón, porque si él ve llorar a un hombre que le ruega y le suplica, es capaz de ceder, tiene un corazón tan bueno que parece una mujer; no puede ver la desgracia. ¿Y cómo es, –le dije,– que ha alcanzado que lo llamen *corazón de León*, si es que tiene corazón tan sensible? Sensible, –me replicó el soldado,– sólo para las desgracias de los otros, lo que es de él, parece que no se tiene a sí mismo ni pizca de compasión, pues busca la muerte con tal encarnizamiento e intrepidez, que parece tuviera empeño en morir.

En ese momento Catalina lanzó un hondo y largo suspiro; aquel hombre no podía ser otro que Álvaro. El español continuó diciendo:

—Cuando yo oí esta explicación de boca de un soldado, que me pareció hombre sensato y verás, una dulce esperanza me hizo pensar en hacer un supremo esfuerzo para hablar con aquel hombre generoso al que me preparaba a ablandar con mis súplicas.

—¡Maldición! –exclamó el señor Montiel, usando de ésta palabra que a cada momento repetía,– tener que suplicar un español, un compatriota de conquistadores y de héroes, a esos miserables desarrapados que debieran considerarse demasiado felices y afortunados, con poder formar parte de una nación grande y poderosa.

—No nos ceguemos, amigo, –dijo sonriendo con calma el extranjero y colocando una mano en el brazo de su amigo– no nos ceguemos, –repitió– si fue grande y poderosa, hoy no es ya ni lo uno ni lo otro.

—Y aun cuando lo fuera, –repuso Catalina– los cubanos, prefieren con mucha justicia su independencia.

—Hace tiempo que noto en ti ideas muy raras –dijo el señor Montiel mirando con extrañeza a su hija.

—Proseguiré mi historia, –dijo el señor Venegas,– poco me falta, y ya se aproxima el momento de retirarme.

—Y bien ¿cómo alcanzó Vd. que le perdonaran la vida?

—Cuando llegó el momento de la ejecución, principiaron a llevarnos por fracciones de cinco en cinco hombres. Eramos sesenta y cinco, y cuando me tocó a mí el marchar al lugar destinado para nuestro suplicio; me desprendí violentamente del grupo y corrí donde el joven, a quien sólo había visto una vez. Me dirigí corriendo al lugar donde comprendí que podía hallarlo: al ruido que hicieron los que pretendían volverse a apoderar de mí, salió él de en medio de todos, abraceme de sus rodillas y, con la desesperación del que ve la muerte en su presencia, imploré su clemencia. Al principio estuvo inflexible, pero vi que se cambió completamente cuando le dije que era padre de familia, con cinco hijos que quedarían huérfanos y una esposa joven a quien dejaría viuda y desamparada: ¿Qué será de mi pobre Catalina si yo muero? –exclamé desesperado.– ¡Catalina! –repitió él, como si esta palabra mágica que llegara hasta su alma.– ¿Se llama Catalina la esposa de Vd.? —Sí, –le contesté,– Catalina que bendecirá a todas horas vuestro nombre si le devolvéis a su esposo, al padre de sus hijos. Tal vez vos, señor, tenéis alguna Catalina a quien amáis, quizá vuestra madre, vuestra esposa se llame así; en nombre de ella, os lo pido: concededme la vida; yo y toda mi familia no cesaremos de pedir al cielo por ella, y su nombre será siempre bendecido.

El joven guerrero quedó por un momento pensativo, pálido y demudado; parecía que un recuerdo hubiérale asaltado en ese momento. Yo no cesaba de suplicarle invocando ese nombre de Catalina, cuyo recuerdo parecía conmover tan hondamente su corazón. Luego poniéndose de pie y con tono solemne, me dijo:

—¿Juráis no volver nunca jamás a tomar armas contra la causa de Cuba?

—Lo juro a fe de caballero, –le contesté, dando a mi voz el mismo tono que él había empleado.

—¿Juráis salir del país y no emplear vuestros servicios en favor de nuestros enemigos?

—Lo juro, –le contesté con todas las veras de mi alma.

—Alejaos, estáis libre, –me dijo, dando dos pasos para retirarse.– Entonces yo me arrojé a sus pies y díjele: decidme al menos vuestro nombre para poder bendecirlo a cada instante.

—Bendecid –me dijo– el nombre de Catalina que habéis invocado y a nombre de quien os he salvado la vida, –y se alejó sin decir una palabra más.

—¿Qué talismán, –me preguntaban los que me vieron salir libre,– ha tenido Vd. para alcanzar lo que nadie ha podido obtener? porque tratándose del cumplimiento, de un deber todos decían que el bravo *corazón de León* era duro como el granito. —¡Cómo! –les contesté yo,– ¿y aquel corazón de mujer tan sensible a la desgracia ajena de que me habéis hablado? –Sólo se ablanda, –contestáronme,– cuando no es en perjuicio de su patria, o fuera, del cumplimiento de su deber.

Catalina estaba trémula, palpitante, como si alguien hubiérale revelado que aquel héroe de leyenda era verdaderamente Álvaro. Cuando escuchó las palabras que revelaban el mágico efecto que su nombre había producido en su alma, llevó su pañuelo a los ojos y enjugó una lágrima próxima a rodar por sus pálidas mejillas.

El señor Montiel, aunque manifestó profundamente disgustado con la humillante relación de su compatriota, quedóse caviloso y pensativo: también él parecía adivinar que aquel héroe no podía ser otro que el hijo de su víctima, quien después de salir de la cárcel había ido a buscar gloriosa muerte en defensa de su patria.

En este momento llegaron Estela, su padre y Álvaro, atraídos por la campanilla que tocaba prevención.

El extranjero se despidió del señor Montiel y de Catalina.

En el momento de salir encontróse cara a cara con Álvaro que entraba después de Estela y el señor Guzmán.

—¡Qué veo! –exclamó dando dos pasos atrás, y llevando una mano a sus ojos como si quisiera alejar alguna visión,– ¡mi salvador!– volvió a exclamar arrojándose al cuello de Álvaro.

Este retrocedió diciendo:

—¿Quién es Vd.? no lo conozco.

—Yo soy el prisionero a quién Vd. tan generosamente perdonó la vida, soy Jorge Venegas.

—¡Silencio!, calle Vd. se lo ruego, –dijo Álvaro bajando cuanto pudo la voz.

—Hay acaso algún peligro en hacer conocer a mi bienhechor, al hombre más...

—¡Silencio! –volvió a repetir Álvaro aterrado y mirando al señor Guzmán y a Estela.

Estos que se ocupaban en colocar cómodamente sus asientos no pudieron oír las exclamaciones del extranjero el que, al adelantarse hacia a Álvaro, había quedado fuera de la entrada del palco. Después, volviéndose hacia donde Álvaro miraba, dijo:

—Ah ya comprendo, hay en todo un misterio que adivino. Aquella joven es...

—Sí, –repuso Álvaro sin dejarlo concluir,– es la esposa de ese caballero que acaba de entrar...

—¿De ese anciano? –preguntó asombrado el antiguo prisionero de Álvaro.

—Sí, de él –contestó éste sin poder ocultar la amargura que se retrataba en su semblante.

En este momento levantaron el telón y principió el tercer acto de Ruy Blas.

—No olvide Vd. señor, –dijo el señor Venegas despidiéndose,– que en mí tiene un hombre resuelto a morir en todo tiempo por Vd.

—¡Gracias! Adiós, –contestó Álvaro y entró a sentarse frente a Catalina, como había estado antes.

Álvaro miró a la señora de Guzmán y vióla pálida trémula y profundamente conmovida; ella también lo miró y murmuró estas palabras: —¡Era él! ¡Dios mío, dame resistencia! Cuando la reina dijo en la escena tercera.

Perche resistere volli al mio core
Ma t' amai sempre... Tu me fuggivi
Ed in secreto io ti seguia...

Cuando llegó aquel dúo sublime, arrebatador, la Sra. Guzmán no era ya dueña de sí misma. Si en ese momento Álvaro hubiera podido hablarle no hubiese encontrado la mirada fría, el ademán altivo que tantas veces dejóle ella ver, cuando él pretendía hablarla de su amor y sus penas. Llegar a tiempo dicen que es el gran secreto para vencer en las lides del amor.

Tantas anomalías inexplicables, tantas uniones absurdas, se explicarían fácilmente con sólo estas palabras: *llegó a tiempo*.

Álvaro perdió aquella noche la ocasión de hablar a tiempo y casi podremos asegurar que ha perdido para siempre la oportunidad de conmover y vencer ese corazón entregado a la virtud y que anhela llegar hasta el sacrificio.

– XXVI –

De cómo dos amantes pueden causar tanto miedo como dos malhechores

De regreso del teatro, se reunieron todos en el salón de recibo de la casa. Ya hemos dicho que la familia del señor Guzmán ocupaba el segundo piso, y Álvaro las habitaciones bajas, cuya salida única era por el patio principal.

Montiel, que, por su mal, tuvo que habitar las piezas fronterizas a las del joven, sentíase horriblemente contrariado con esta vecindad, que él consideraba como peligro perpetuo, que le llevaba a usar toda suerte de precauciones. Esta vez Montiel esperó que Álvaro se hubiera retirado, y con objeto de precautelarse de alevoso asalto, encendió un fósforo para bajar las escaleras. No por esto dejó de dirigir miradas escudriñadoras a las habitaciones del joven que en ese momento estaba muy lejos de pensar en el viejo español.

El señor Montiel atravesó el patio, dirigiéndose a sus habitaciones.

De súbito hizo estremecer su cuerpo un ruido cercano, débil y sordo, como el de unos pasos ligeros sobre el pavimento, hacía el lado de la escalera.

La pálida luz del fósforo alumbraba débilmente sólo una pequeña parte del espacioso patio.

Un escalofrío corrió hoz todo su cuerpo y su mano principió a temblar hasta hacer oscilar la llama del fósforo. Quiso volver la cara para ver de donde venía aquel ruido, que aunque leve, parecióle ser de un grupo de hombres que se aproximaban, mas faltóle valor, y aterrorizado miró el fósforo que ya le quemaba los dedos, amenazando dejarlo en tinieblas. El temblor de las manos entorpecía a tal extremo sus movimientos, que sólo a duras penas pudo sacar un segundo fósforo que encendió en la casi extinguida llama del primero.

Con el auxilio de esta luz tuvo valor para detenerse un momento. Pensó que tal vez el miedo, ese hijo del remordimiento y la vergüenza, era la causa de que él oyese ruidos y pasos que nadie en la casa sentía; pensó que su alma cargada de terrores, evocaba, a su pesar, recuerdos que aumentaban su suplicio, y que tal vez todo era efecto de esas alucinaciones que con frecuencia experimentan las personas poseídas de una preocupación.

Pero en este momento volvió a sentir nuevamente alga como el ruido que produce una persona que huye. Apretó el paso, abrió precipitadamente la puerta de su dormitorio, entró apresuradamente y de un golpe volvió a cerrarla.

—¡Maldición! –exclamó luego que se vio solo,– ya no me es posible soportar un día más este suplicio.

En seguida encendió una luz de gas y principió a pasearse a largos pasos temblando, no sabremos decir si de miedo o de furor.

—¡Maldición! –volvió a exclamar. Ya hemos dicho que esta exclamación era su estribillo en todas las situaciones difíciles. Con los labios secos y la mirada centellarte agregó: —Yo remediaré esta situación. Mañana mismo hablaré con Catalina, y ese infame cubano que se entretiene en matarme a pausas, tendiéndome celadas, y mirándome con ojos de hiena; en lugar de ser mi verdugo será mi víctima, será mi esclavo. Sí, –dijo con la mirada siniestra, yo puedo hacer que Catalina admita su amor y así se tornará en manso cordero, en vez de ser cruel enemigo. Y cuando yo comprenda que él sostiene amores con mi hija, me daré por ofendido y le pediré cuenta del honor por él mancillado. Sí, ya veré yo a ese cobarde venir a arrastrarse como un perro a mis pies, y entonces seré inflexible hasta obligarle a firmarme una declaración, en la que confiese que me debe la vida y que se obliga a ser un obediente servidor del más generoso benefactor que él tiene.

¡Ah!, exclamó frotándose las manos con salvaje alegría, ya me figuro ver la cara que va a poner cuando yo me presente diciéndole: —Es Vd. un miserable que está cubriendo de oprobio y deshonra las respetables cabezas canas de dos ancianos a quienes debe favores y gratitud.

¡Ah!, volvió a exclamar con una explosión de alegría que iluminó su enjuto rostro, —con razón decían los antiguos que la venganza era manjar de los dioses. Sí, no hay placer comparable al que se siente con la sola idea de humillar al que tanto nos ha humillado, de hacer sufrir al que tanto nos ha martirizado.

Después de meditar un momento dijo —Necios y vulgares escrúpulos me han retenido en este plan que un tiempo habíame formado. El temor de ocasionarle un mal a mi pobre Catalina, a ese ángel de pureza y bondad, es lo que me ha dado paciencia, para sufrir por tanto tiempo; pero veo que ningún mal puede sobrevenirle a ella, a no ser el que resulte del amor que ambos se tienen.

Y luego con irónica sonrisa dijo:

—Una pobre muchacha casada con un viejo será más feliz teniendo por amante al único hombre que ella ama. En todo caso yo necesito vengarme y si preciso fuere sabré sacrificarlo todo...

En este momento se detuvo en sus largo paseos y mirando hacia el lado donde quedaba el aposento de Álvaro alzó ambas manos y como si lanzara un anatema hacia el que tanto odiaba, dijo:

—¡Pobre de ti! ¡Álvaro González!, te complaces en humillarme, en martirizarme, te recreas en el terror que has alcanzado a inspirarme, pero ya te veré venir a mí y entonces ¡ay de ti! si no te humillas como un perro, si no te arrastras a mis pies como un miserable, como un...

De súbito un ligero ruido como de dos personas que caminan de puntillas y apresuradamente sintióse en el patio cerca de la puerta del señor Montiel; éste se quedó con la palabra cortada, tendió el oído y distinguió perfectamente que alguien se acercaba hacia la puerta, dio un salto que bien pudiéramos llamar un respingo, y la radiante alegría que iluminaba su semblante, tornóse en pavoroso miedo, en espantoso suplicio.

Corrió a la cerradura de la puerta esperando ver acercarse a Álvaro acompañado de muchos otros cómplices que vendrían a romperle la puerta para asesinarlo, y percibió distintamente pasos que se acercaban hacia ese sitio.

—¡Dios mío! —exclamó levantando los ojos al cielo, ¡van a matarme sin remedio, en vano será que intente defenderme! ¡que puede hacer un hombre solo contra una partida de malhechores!

En el colmo de la desesperación llevó ambas manos a su cabeza y mesándose los cabellos, miró con angustia la puerta; imaginábase sentirla crujir, próxima a derrumbarse; dio dos pasos atrás, y paseando su extraviada mirada por la estancia, como si buscara una salida, corrió a tomar su revólver, que al entrar colocara sobre la mesa, luego quedó por un momento esperando con la mirada fija y la pupila dilatada.

Pero, cuál sería su sorpresa al oír que los pasos se dirigían a la puerta de calle sin detenerse delante de la de sus habitaciones.

Entonces su semblante pareció serenarse un tanto y caminando de puntillas vino a pegar el oído al ojo de la cerradura; pero su corazón golpeaba tan fuertemente en su pecho, que lo ensordecía, agolpándole, al mismo tiempo, la sangre a la cabeza.

Al fin, después de largo tiempo de escuchar, pudo oír este diálogo, muy distinto ciertamente de lo que él esperaba:

—¿Por qué me despides, alma mía, tan temprano?

—¡Pues qué! ¿no ves que este viejo estúpido no apaga la luz y puede salir y sorprendernos de un momento a otro?

—No temas nada, ya ves que en tantas noches que he venido aquí nunca ha sucedido nada.

—Sí, pero lo que no sucede en un mes sucede en un día.

—¡Ángel de mis amaros! ¡Cuán feliz soy a tu lado!

—¿Hasta cuándo la misma cantinela? ¡Buenas noches!

—¡Aguarda, Elisa mía! Un beso a la despedida.

Y el señor Montiel oyó un sonido apenas perceptible, pero que le dejaba conocer que eran dos besos que sonaron al mismo tiempo.

¡Maldición! —exclamó el señor Montiel dando una patada en el suelo,—

es la pícara de Elisa que está con algún mozo que le hace la rueda.

Y sonrió con aquella sonrisa de satisfacción con que sonríen los cobardes; satisfacción tanto más grande cuanto ha sido mayor el susto que han sufrido.

Poco después todo quedó en silencio y el asustadizo español se fue a su lecho pensando en la cruel e insoportable situación en que se hallaba.

– XXVII –

Los proyectos del señor Montiel

Los fantasmas, y los asesinos, que los espíritus medrosos, o las conciencias manchadas por el crimen, ven aparecerse en las sombras de la noche, se tornan con la luz del día, en motivo de risa, y muchas veces de indignación.

El señor Montiel se acordó al día siguiente de su espantoso susto y con una sonrisa que significaba: será el último, dijo. Ya veremos si tal cosa vuelve a suceder.

No era su carácter para soportar por mucho tiempo tan penosa situación.

Como de ordinario, se levantó muy temprano; pero no se vistió según su costumbre, de ligero y descuidadamente; por el contrario, parecía tener empeño en parecer muy bien, procuró cubrirse la calva lo mejor que pudo, trayendo una banda de cabellos de un lado para otro, luego se retorció el bigote untándolo con un poco de cosmético negro, miróse las uñas como si temiera tenerlas, como de ordinario, de dudosa limpieza: cuando hubo concluido su esmerado vestido, subió a los altos y se dirigió al lado opuesto de las habitaciones de su hija, lo que manifestaba que iba a buscar a D. Lorenzo o a Elisa.

Encontró a Elisa sola y canturriando una cancioncilla alegre y picaresca. El viejo miróla con ojos amorosos y acercándose a ella con aire festivo la dijo:

—Ah, picaruela, ¿con que tenemos novio? ¡Eh!

—¿Yo, señor Montiel? —respondió Elisa ruborizándose, dando dos pasos atrás y fingiendo el mayor asombro.

—Bah, sólo que tú no seas la bella Elisa Mafey.

—Es verdad, yo soy pero...

—Pues bien, Elisa Mafey tiene novio, que yo conozco.

—¡Vaya! ¡qué ocurrencia!

—Sí a fe mía, y por cierto que no es mal parecido; por más señas, ese feliz mortal ha alcanzado venir a esta casa a una hora en que no visitan sino los amantes...

—¡Ah señor! le juro...

—Y la señorita Elisa lo recibía en el retrete de la escalera, –dijo el señor Montiel mirando fijamente a la joven.

A pesar de su astucia Elisa palideció, pero pronto se repuso y dijo:

—¡Cuántas veces se cree ver una cosa en la oscuridad y resulta otra muy distinta!

El señor Montiel, sin hacer caso de la observación de Elisa, continuó diciendo:

—Y esto es muy grave, tratándose de una casa honrada donde moran dos jóvenes que pueden cargar, sin saberlo, con las culpas de la señorita Elisa, algunas muchachas conozco yo, que, por menos, han ido a parar a un convento, o quién sabe si a lugar peor...

—¡Ay Dios mío! le juro a Vd. que todo es una calumnia...

—De mis ojos, –agregó riendo el señor Montiel.

—Pero, señor, una cita nada prueba: cuántas veces se da una cita para desengañar a un impertinente que nos fastidia y a quien no podemos decir con toda libertad lo que se desea...

—¡Ah! bien, bien luego yo debo esperar que también me des una cita, pero esa no será en el hueco de la escalera sino...

—A Vd. no puedo darle citas, señor Montiel, –contestó con desenfado Elisa.

—¿Tanto me aborreces, picarona? –repuso él acariciando la barba de la joven.

—¡Ah! no, pero va que Vd. tiene tan mala idea de mí ¿cómo quiere Vd. que le dé citas?

—Mira, no te critico eso hija mía, me gustan las chicas guapas, que hacen circular su hermosura, y no son como el avaro que guarda su tesoro para recrearse solo, sin hacer participar de él a los demás: yo siempre he contribuido lo mejor que me ha sido posible, a que circule la belleza, y lo que es la tuya, que vale más que el oro fino, merece que se la proteja en el camino que quieres seguir.

—Por Dios, no vaya Vd. a decirle nada a mi papá Lorenzo, –dijo Elisa juntando las manos.

—¿Y qué pagas por guardarte ese secreto? Vamos chica, sé generosa, –dijo el señor Montiel dándole unas palmaditas en el hombro, y luego tomando un aire serio agregó: Porque tú comprendes que no sería a tu papá Lorenzo a quien daría parte de tus nocturnas excursiones, sino al padre de familia, es decir al señor Guzmán.

—¡Ah! Señor, —exclamó Elisa asustada— ¿Me quiere Vd. perder? aunque estuviera inocente me arrojarían de la casa, no solamente a mí, sino también a mi pobre papá.

Y Elisa llevó su pañuelo a los ajos para enjugar una lágrima que, a pesar de sus esfuerzos no apareció, y luego agregó:

—¡Ay, qué desgraciada soy! –y dio unos cuantos sollozos bastante bien fingidos.

El señor Montiel sonrió con malicia y dijo:

—Bien conozco que esto sería para ti irreparable desgracia, pero ¿qué quieres? yo no puedo mirar impasible que se deshonre la casa en que vive mi hija.

Elisa, con la expresión dolorida y la voz llorosa contestó.

—Y Vd. que tantas veces me ha dicho que sería mi protector y que debía entregarme a Vd. con toda confianza, quiere perderme para siempre –y con la maligna astucia de una mujer de treinta años agregó: así son los hombres, y luego quieren que uno les crea.

—Es que hay cosas que no pueden dejar de hacerse, –dijo con tono severo el señor Montiel.

—Pues qué, ¿no puede Vd. guardar un secreto?

—Pardiez, es decir: puedo y no puedo.

—Es decir, –repuso Elisa con desdeñosa sonrisa, no puede Vd. porque no quiere.

—Dí más bien: no puedo porque tú no quieres.

—¿Y que puedo hacer yo para que Vd. quiera? –dijo la joven haciéndose la inocente.

—¡Pardiez! ser complaciente conmigo, –repuso el viejo español mirando con ojos codiciosos a Elisa.

—¿Y qué llama Vd. ser complaciente?, –replicó ésta con tono picaresco.

—Ser para mí lo que eres para el jovencito aquél de marras, ¿me entiendes?

Elisa hizo una morisqueta que bien quería decir: –¡qué diferencia entre un joven y un viejo!– y luego añadió:

—Es que yo soy una joven honrada que quiero casarme.

—La honradez es una mala dote, si tratas de hallar marido; en cambio yo te daré una con que puedes hallar en el día con quien casarte.

—Gracias; no quiero su dote, –contestó con aire despreciativo, y dando media vuelta intentó retirarse.

El señor Montiel tomó a la joven por el vestido y la detuvo diciéndole:

—Ven, voy a hacerte una propuesta y si la aceptas, te pagaré bien, si no, no olvides que de aquí puedo ir donde el señor...

—¡Ah! calle Vd. –contestó Elisa asustada.

—¿No quieres oírme?

—Hable Vd. ¿qué es lo que quiere?

—Quiero que me digas el nombre de... tu novio.

Elisa hizo una mueca llena de coquetería y luego dijo:

—¿Y por qué se empeña Vd. en conocerlo?

—Porque con el nombre de novios se introducen en una casa mal intencionados, o tal vez asesinos.

—¡Guá que ocurrencia! –exclamó Elisa, siguiendo la costumbre limeña de hacer esta exclamación llena de gracia, aunque algunas veces inoportuna.

—El ¡guá! me gusta mucho, –dijo el viejo español, porque lo dices con suma gracia; en cuanto a la *ocurrencia*, confieso que algunas veces la empleas traída de los cabellos.

—Puede ser, pero ahora creo que he contestado con propiedad.

—No tal, hijita mía; una ocurrencia es un dicho original y agudo, o cuando menos un pensamiento raro, sobre cualquier materia; ya tú vez que nada de raro tiene que te diga, que con el nombre de novios se introducen en una casa, ladrones o malhechores.

—No piense Vd. en tales cosas, señor Montiel, –le dijo la joven endulzando candorosamente la expresión.

—Pero no te dejaré si antes no me dices, quien es ese atrevido que viene donde ti todas las noches.

—¡Ave María! ¡qué calumnia! Señor Montiel, cómo dice Vd. que viene todas las noches, cuando sólo ha venido...

—Una noche sí y otra también, –repuso riendo el viejo español.

—¡Ay, Dios mío! ¡qué temerario es Vd. al inculparme así, de cosas que no he hecho!

—Que haya venido una vez o haya venido ciento, lo mismo da, hijita mía, –contestó con acritud el señor Montiel.

—Sí, ya lo sé, pero es preciso que sepa Vd. que él es un joven honrado que quiere casarse conmigo.

—Pero aún no me has dicho quién es él.

—Es... Elisa trepidó como si se avergonzara del nombre y de la clase a que pertenecía su novio.

—No –debe ser muy católico cuando ya no lo has echado a lucir,–dijo el señor Montiel.

—Vivimos en un país republicano y todo hombre honrado tiene derecho a vivir orgulloso de su condición y de su fortuna, –contestó Elisa.

—¡Ah! luego es hombre de fortuna.

—Sí por cierto: de otra manera yo no lo habría admitido.

—Pues entonces Elisa, te felicito.

—Y me felicitará Vd. con entusiasmo cuando vea Vd. a Elisa Mafey ocupando una alta posición en sociedad.

—¡Hola! con que a tanta altura te elevarás con este matrimonio.

—¿Por qué no? –contestó la joven con tono resuelto.

—¿Es acaso tu novio el hijo de algún contratista del Gobierno o del ministro de Hacienda?

—Nada de eso: es el hijo de un rico ebanista en compañía del cual arreglamos la casa antes que llegara el señor Guzmán.

—¡Bah–bah! –dijo el viejo español riendo y haciendo una mueca despreciativa.

—¿Se ríe Vd.? –dijo Elisa encolerizada,– pues no sería yo la primera señora que en Lima hubiera subido a la más alta escala social, desde una esfera inferior.

—No lo dudo, pero lo dificulto.

—¿Por qué lo cree Vd. difícil, cuando yo tengo cualidades que ninguna de ellas tiene?

—Es verdad, pero.

—No me ponga Vd. tantos peros, –dijo con altivez. Elisa, aprovechando de la dulzura con que se veía tratada y luego agregó: –Hay señoras en Lima que apenas saben leer y escribir malamente y cuando yo monte mi casa con lujo y tenga coche y dé ruidosos convites ¿quién se atreverá a decir que Elisa Mafey no es una gran señora, a la que vendrá a rendir homenaje toda esa turba de hombres y mujeres, que viven en pos de los que gastan dinero, sin importarles cosa el saber cómo ni de qué manera lo adquirieron?

—Hasta aquí has hablado como un oráculo, pero...

—Otra vez peros; pues me voy, –dijo Elisa y echó a caminar.

—Ven acá, chiquitina, aún tengo que decirte algo que nos interesa, –dijo el señor Montiel reteniendo a la joven por el vestido y acercando su cara hasta tocar con sus canos mostachos las mejillas de Elisa.

—¡Jesús que fastidio! –exclamó ella retirando violentamente su cara.

—¿Te molesto? –repuso encolerizado el señor Montiel,– pues bien, anda que luego me vengaré de tus desdenes.

—Pero si no acaba Vd. de decirme lo que quiere, contestó la joven con tono angustiado.

—Quiero que me digas si tú le has oído decir algo de mí, a alguna persona de esta casa.

—Decir de Vd. ¿qué cosa? –repuso Elisa sin comprender lo que quería díjele:

—Sí, tú no has oído nunca hablar mal de mí.

—¿De Vd.? ¿a quién?

—A cualquiera de los que habitan aquí: a Álvaro González por ejemplo.

—El señor Álvaro no se ocupa nunca en hablar de nadie, es un caballero.

—Pero eso no impide que exprese sus opiniones respecto a las personas que conoce.

—¡Ah! él está tan preocupado con su amor a la señorita Estela, que creo que ni aun se ha fijado en Vd. contestó con tono despreciativo.

—Oye, Elisa, yo te quiero muy de veras y si tú eres buena conmigo, podemos hacer un convenio que nos interesa a los dos.

La joven arrugando sus lindas cejas, preguntó: ¿Cuál?

—Tú me prometes decirme todo lo que suceda en esta casa, es decir todo lo que creas que pueda interesarme, yo, te prometo guardar el secreto de tus citas nocturnas: ¿Te parece bien?

Elisa calló un momento como si le tomara todo el peso a su situación y luego dijo: —Me lo promete Vd. de veras?

—Sí, a fe de caballero.

—Está bien: convenido.

—Vengan aquí esos cinco —dijo el señor Montiel, sonriendo con satisfacción y extendiendo su rugosa mano, que Elisa estrechó con gracia y lisura.

Cuando se retiró la joven el viejecillo miróla con ojos codiciosos y con sonrisa de satisfacción.

—La tengo entre mis manos, —dijo:— ésta es una conquista doblemente interesante: será mi querida, y al mismo tiempo me servirá de espía: así podré estar al corriente de todo lo que Álvaro diga, y si me conviene romper ese matrimonio, este diablillo puede servirme a maravilla. ¡Qué diablos! ya estoy resuelto a no soportar más tiempo esta violenta situación. Ahora hablaré a Catalina y ya arreglaré mi plan de campaña.

Elisa por su parte se retiró diciéndose a sí misma:

—¡Pícaro viejo! ¿con qué me habías visto? Ya verás como cumplo mi compromiso. Si se presenta la ocasión especularé con tus atrevidas pretensiones. ¡Vaya el viejo pícaro! ¡pensar que yo puedo darle citas! ¿Y qué haría yo con esta momia? Si me da miedo viéndolo a toda la luz del sol, ¿cuánto no me daría de noche a oscuras y solo conmigo? ¡Jesús! ¡qué horror! —y Elisa se cubrió con ambas manos la cara y echó a correr, como si huyera del diablo.

– XXVIII –

Los terrores del señor Montiel

Después de almorzar con toda la familia, el señor Montiel se acercó a su hija y asiéndola cariñosamente por la mano le dijo:

—¿Quieres que hablemos un momento?

Catalina miró sorprendida a su padre y respondió:

—Solos o quiere Vd. que llame a mi esposo.

—Solos, sí, y tan solos, que esperaremos que él se haya ido, –y señaló con un movimiento de cabeza al señor Guzmán, que en ese momento tomaba su sombrero y se preparaba a salir.

Catalina condujo a su padre a un pequeño salón lujosamente amueblado.

Montiel sentóse con toda libertad y siguió fumando un rico habano que acababa de encender.

Catalina colocóse frente a él y procurando aparecer completamente tranquila dijo:

—Y bien papá ¿qué quiere Vd. decirme?

—Querida hija mía –dijo aparentando no fijar la atención en el semblante de Catalina,– tú eres desgraciada; comprendo tus sufrimientos, y esto me tiene preocupado y aumenta mis angustias.

Catalina que no esperaba esta imprevista salida, estremecióse a su pesar, y dijo:

—¿Por qué cree Vd. eso? yo estoy contenta y no me quejo de mi suerte.

—No te quejas porque, no tienes una persona de confianza; pero tú sufres, no me lo ocultes.

—Se equivoca Vd., yo vivo feliz.

—Anoche en el teatro te vi llorar varias veces.

—¡Ah! sí con la tristísima relación del señor Venegas que a Vd. como a mí nos interesó.

—Sí, nos interesó de muy distintas maneras.

—¿Cómo así? no comprendo...

—No comprendes, –repitió el señor Montiel fijando en su hija, sus ojos pequeños y redondos,– no comprendes que a ti te interesó por el amor que sientes y a mí por el odio que me consume: porque tú amas tanto a Álvaro como lo odio yo.

Catalina palideció mortalmente y, por un momento, no supo qué contestar a este imprevisto ataque. El señor Montiel, procurando endulzar cuanto pudo su voz, agregó.

—No te alarmes, querida Catalina, no vengo a pedirte que lo alejes de tu lado ni mucho menos que te tornes huraña y cruel para hacerle algún daño: nada de eso, al contrario; vengo a aconsejarte algo muy favorable para que todos vivamos en paz, algo como una transacción para ser felices, sí, querida hija, todos podemos ser felices.

—No sé qué quiere Vd. decirme, –replicó Catalina, mirando con extrañeza a su padre.

—Antes de decirte lo que deseo, quiero que me contestes a esta pregunta: ¿Piensas impedir el matrimonio de Álvaro? Háblame con toda franqueza, como que soy el único amigo con quien puedes dar expansión a tu corazón.

—¡Impedir el matrimonio de Álvaro! –replicó asombrada Catalina.

—Sí, ¿por qué no?

—Porque no debo hacerlo.

—¡Pardiez! que estaba lejos de esperar esta contestación.

—Sin embargo, mi conducta creo que...

—Sí, tu conducta, desde que llegamos a Lima, se me ha hecho un misterio.

—Un misterio muy fácil de explicar, padre mío.

—Ciertamente, si no tuviera en cuenta tus pasadas desgracias, –replicó él acentuando con intención sus palabras.

—¡Ah! señor, no hablemos de eso, porque me obligaría Vd. a hacerle reproches que he jurado no saldrán jamás de mis labios.

—Querida Catalina, no creas que dejo de reconocer la justicia con que merezco esos reproches, y yo que jamás he doblado ante nadie mi cabeza, la doblaría ante ti, si me inculparas por tus pasados sufrimientos; pero, por lo mismo que me reconozco culpable, vengo a decirte; véngate, castiga al que con su conducta agravó una falta que bien podía no haberte herido tan duramente y que por mi desgracia ha pesado sobre ti sola.

—¡Vengarme! –repuso Catalina con tristeza– ¿y de qué modo podría yo vengarme?

—Impidiendo el matrimonio de Álvaro e influyendo en tu esposo para que lo haga salir en el día de la casa, expulsándolo como a un infame.

—¡Jamás haré yo eso! –contestó Catalina con firme resolución.

El señor Montiel quedó por un momento perplejo; sin saber qué camino seguir: tiró con rabia el cabo del cigarro que acababa de fumar, arrugando sus negras y pobladas cejas y desesperado de poder llegar a un resultado definitivo, en su deseo de sondear el corazón de su hija. Al fin, levantando bruscamente la cabeza, dijo:

—Supongo que no te hayas casado con Guzmán y hayas venido desde Cuba por sólo el placer de presenciar el matrimonio de Álvaro: dime al menos qué piensas respecto a él.

—Yo, –dijo Catalina,– ¿qué puedo hacer, padre mío? Bien sabe Vd. que lo que hubo en otro tiempo entre Álvaro y yo ha pasado.

—No, –repuso con amarga sonrisa el señor Montiel, y acercándose a su hija y poniéndole una mano en el pecho volvió a decir– no, aquí no ha pasado lo que hubo en otro tiempo, no me lo ocultes Catalina.

—Señor, –contestó con severa expresión ella,– si tuviera la desgracia de que ese amor viviera aún, lo ahogaría, pues que hoy sería un amor criminal.

El padre y la hija se miraron por un momento. El señor Montiel largó una risotada y dando a sus palabras tono sarcástico y burlón, dijo:

—¡Amor criminal! esa es una soberana tontería, que sólo nuestros abuelos decían y de la que hoy nos reímos, con el desprecio que merece. En un matrimonio tan desigual como el tuyo, en el que tu esposo no puede esperar de ti, sino el afecto filial, con que debe contentarse, no cabe criminalidad en dar expansión a afectos que, por otra parte, son muy naturales.

—Por naturales que fueran, no dejo de conocer, que estoy en el deber de ahogar todo otro amor que no sea el de mi esposo, –contestó Catalina con tristeza.

El señor Montiel, hizo un movimiento lleno de impaciencia y volviéndose hacia ella dijo:

—¿Pero de dónde me sacas tú esta moral tan severa y tan rancia?

—Es la que me enseñó mi madre, y la que en ella tanta admiración y respeto le inspiró a Vd.

—Pero, en fin –repuso el señor Montiel queriendo alejarse de ese terreno para él tan escabroso,– la virtud debe ser accesible y acomodarse a todas las situaciones de la vida.

—No sé lo que quiere Vd. decirme.

—Mira, Catalina, voy hablarte con toda la franqueza que me inspira tu recto juicio, y con toda la sinceridad que requiere la difícil situación en que nos hallamos. Tú sabes bien que yo vivo con Álvaro como si la espada que el tirano de Siracusa colgó sobre la cabeza de Damocles, estuviera a todas horas próxima a desprenderse de su delgado hilo, para caer sobre la mía; mi vida es un tormento continuado, incesante, mi sueño es intranquilo, poblado de sueños y visiones. A toda hora, a todo instante, me parece ver llegar a este maldito hombre, con la vista extraviada y el semblante amenazador, como lo vi aquel día en que, felizmente, pude librarme de él, porque estaba apoyado por los míos y protegido por la fuerza de que podía disponer; hoy no es lo mismo, y si a este perillán[54] se le ocurre ponerme de blanco de su revólver, no podré evitarlo; porque tú sabes, que con el nombre de desafío, él que es un espadachín consumado, me asesinará impunemente, y lejos de que él sea castigado, vendrán, sus compatriotas, esa peste de cubanos, que aquí tenemos, vendrán a felicitarlo y a decirle que ha cumplido con un sagrado deber.

Ya comprendes, querida hija mía, por que vivo intranquilo, desesperado, de mal humor, sin tener el sosiego necesario para arreglar mis negocios. Si fuérame dable me iría en el día de Lima, pero después de haber perdido gran parte de mi fortuna en Cuba, no es posible que abandone los cuantiosos intereses que aquí tengo que litigar.

El señor Montiel hizo una pausa y cambiando de tono agregó: —Si tu esposo fuera un hombre más razonable, él con sus influencias, se encargaría de llevar a buen término mi pleito, pero ¿quién cuenta con hombres a quienes les da el diablo, por ser modelo de honradez y un crisol de pureza? todo les parece que puede mancharles o manchar su excelsa grandeza. ¡Maldición! ¡sólo a mí me suceden estas cosas!.

Y el señor Montiel, después de su acostumbrada exclamación, se llevó la mano a los largos y canos bigotes, retorciéndolos con furia tal, que parecía querer arrancárselos.

Catalina miró con ternura a su padre y luego dijo:

—No tiene Vd. razón, papá, para esos temores, Álvaro no piensa más en esa venganza.

—No lo creas, hija mía, yo conozco a estos pérfidos cubanos y tengo muy estudiado y observado su carácter; cuando más confiado se muestra uno con ellos, más certero es el golpe que le asestan.

—Creo que es Vd. injusto en pensar así de Álvaro.

—Yo no puedo vivir tranquilo, –repuso con acerba entonación el señor Montiel,– no puedo soportar un día más esta cruel situación. Catalina, hija mía, tú puedes allanar todas las dificultades, que hace tiempo son para mí un piélago de constantes terrores. Álvaro te ama, sí, lo conozco, lo comprendo; hoy más que nunca: no te exijo que le seas infiel a ese buen viejo, que ha tenido la buena suerte de encontrar un ángel como tú; pero, en fin, las mujeres tienen mil recursos de que saben muy bien valerse cuando conviene, y con ellos logran alcanzar todo lo que pretenden, sin dar más recompensa que una sonrisa, y muchas veces, una palabra de doble sentido, en que el amante se queda sin saber sí debe esperar el cielo o el infierno. Sí, sí tú quieres puedes alcanzar de él que te haga el juramento de deponer todos sus odios y ser para mí, si no un amigo, al menos un hombre a quien no debo temer.

—Pero esto yo no podría hacerlo sin comprometerme seriamente.

—¡Qué niña eres, Catalina! –exclamó con maliciosa sonrisa su padre– Álvaro está locamente enamorado de ti y bastará el que tú le hables dos palabras, para que te jure, por toda la corte celestial, el no recordar jamás sus pa-

54 Perillán: pícaro

sados resentimientos. En cambio, si tú te manejas con crueldad, mi vida corre peligro; no lo dudes, Catalina, yo conozco a Álvaro y sé que por vengarse de cualquier desaire que tú le hicieras es capaz de darme una puñalada.

—¡Oh no! –exclamó la joven asombrada,– Vd. calumnia a Álvaro, cuando hasta ahora no le ha dado ningún motivo para juzgar tan desfavorablemente de él.

—Sí, pero, tú sabes que él ha jurado vengar la muerte de su padre.

—Ese juramento lo hizo en un momento de exaltación que luego pasó.

—Sin embargo, tú ves como hasta ahora me mira con ceño adusto y ojos amenazadores.

—Padre mío, puedo asegurarle que Álvaro no piensa ya en tal venganza.

—¡Oh! si tú no fueras una chica tan llena de escrúpulos yo viviría más tranquilo, porque, en fin, si Álvaro te debiera algunos halagos, yo no tendría nada que temer, y luego mis asuntos irían con toda felicidad, porque yo sólo necesito ocuparme de ellos con empeño y tranquilidad, lo que no puedo hacer mientras esté preocupado con el peligro que corre mi vida.

—Pero ¡Dios mío! esos temores son completamente infundados.

—¿Cómo dices eso? –repuso con disgusto el señor Montiel,– cuando anoche sin ir más lejos, Álvaro luego que le dijeron que un español se había expresado mal de los cubanos, me dirigió una mirada fulminante, capaz de partir las piedras, y ¿te atreves a decir que son infundados mis temores? ¡ah! Catalina, no esperé, que cuando tu padre te manifestara sus angustias y temores, tú le contestaras disculpando al hombre que se los causa.

—¡Ah! ¡padre mió! no me acuse Vd. que yo sólo deseo complacerlo, –repuso Catalina con la voz angustiada.

—¿Quieres no te acuse, cuando lejos de aliviar mis males los agravas con tu indiferencia? –respondió él con acerba expresión.

Las recriminaciones de Montiel no produjeron otro efecto en Catalina que traerle a la memoria, los desgraciados sucesos en que le cupo el papel de víctima de los crímenes de su padre.

Y no pudiendo dominar su angustia reclinó la cabeza en su mano para ocultar una lágrima que corría por su mejilla.

Montiel salió de la habitación diciendo:

Esta mujer es intratable; no es por este lado por donde yo debo esperar mi venganza.

Elisa, esa sí es la que yo debo tomar para la realización de mis planes. Ese diablillo será el instrumento que debe servirme para perder a Álvaro.

– XXIX –

Las dos rivales

Entre Estela y Catalina se había alzado algo como el fantasma de los celos.

De una parte la sospecha y el temor de ver en la esposa de su padre, a la antigua novia de Álvaro; de la otra, el tormento de ver a todas horas a la mujer que le había usurpado ese amor.

Un día que recibieron una invitación para un gran baile, el señor Guzmán, que algo había principiado a sospechar, instó a su esposa para que asistiera al baile como un medio de distraerse, a lo que ella se negó con insistencia, diciendo:

—Ya sabes que no estoy bien de salud.

—Como gustes, querida mía; sin embargo, no dejaré de observarte, que el aislamiento en que te empeñas en vivir, no puede menos que agravar tus dolencias, las que, según dice el doctor Patrón, son puramente: nerviosas.

—Ya procuraré pronto remediarlas; por ahora déjame en mi vida aislada, que es la que mejor cuadra al estado de mi salud.

—Y de tu ánimo –agregó el señor Guzmán con amarga expresión, y volviéndose hacia Estela que acababa de llegar dijo:

—¿También tú, querida Estela, tienes alterada la salud y enfermo el ánimo?

—Ya te he dicho papá, yo no deseo ir al baile, –contestó ella con triste expresión.

—Pero que sucede, hija mía, te noto triste, abatida luego volviéndose a su esposa dijo: –Tú también, Catalina, estás pálida, disgustada, ¿pues qué? han tenido ustedes algún motivo de disgusto, parece que la confianza y el cariño que antes reinara entre ustedes, hubiera desaparecido, sucediéndole la más inexplicable sequedad, que casi me atrevo a llamar aspereza.

—Catalina palideció; en cuanto a Estela, por el contrario, un ligero rubor coloreó sus mejillas. La primera, con voz ahogada, dijo:

—Amigo mío, no creo que sean fundados tus temores, la señorita Estela no me ha dado ningún motivo de pesar, tampoco creo habérselo dado yo.

Y Catalina miró con angustia a la hija de su esposo, ésta con tono acerado y mirándola con fría expresión repuso.

—Usted señora no me ha dado...

—Pero ¿qué significa esa expresión, ese tratamiento? –dijo el señor Guzmán interrumpiendo a su hija,– ¿no te acuerdas que tomamos una copa de champaña, que fue como una promesa que ustedes hicieron de tratarse con entera franqueza; como dos hermanas, como dos amigas, si así les place?

El recuerdo de la copa de champaña trajo a la mente de Estela el incidente, que ella tuvo por de mal agüero, cuando Álvaro, al ir a tomar la copa, derramó el licor que debían tomar por la felicidad de ambos; así que se contentó con decir:

—Sí, no lo he olvidado.

—Recuerda también, querida Estela, que tú me prometiste amar como a tu madre, a la esposa que yo eligiera, si veías (estas fueron tus palabras) que ella devolvía a mi corazón la felicidad que con el amor de tu madre perdí. ¡Ah! querida hija mía, ¿por qué quieres oscurecer la felicidad que la suerte ha deparado a este pobre viejo, que ha alcanzado en el último tercio de su vida un bien supremo que sólo es dado disfrutar en la juventud?

Y luego; estrechando entre las suyas las manos de su hija, agregó: ¿Es así como correspondes a las promesas que con tanta sinceridad me hiciste un día?

—¡Dios mío! –exclamó ella, llevándose una mano a la boca como si quisiera retener las palabras que a su pesar querían salir.

—Habla, ¿qué pasa, ¿qué ha sucedido de pocos días a esta parte –insistió el señor Guzmán y volviéndose hacia a su esposa dijo:

—Tú, que eres la llamada a ser para Estela como una madre, habla, díme lo que sucede.

—¡Mi madre! –murmuró la joven mirando con airado ceño a la esposa de su padre.

—Yo, –dijo Catalina, confusa con la mirada que acaba de dirigirle Estela– yo no sabría decirte, lo que ha pasado en el corazón de la señorita Estela: sin duda he tenido la desgracia de no saber, o diré más bien, de no alcanzar a corresponder sus simpatías.

—¿Qué dices de esto, Estela? –dijo él volviéndose hacia su hija.

—En mí no ha habido cambio ninguno, papá, te lo aseguro.

—Y sin embargo, hablas en un tono que está desmintiendo tus palabras.

—¿Qué quieres, papá? hay cosas que no dependen de la voluntad.

—Luego confiesas que has cambiado, sin duda a tu pesar, –repuso el señor Guzmán mirando con ansiedad a su hija.

—Quizá, más bien, son las circunstancias las que han cambiado –dijo Estela mirando con marcada intención a la esposa de su padre.

—¡Las circunstancias dices! –replicó con extrañeza él.

—No comprendo por qué puedan cambiar, –repuso Catalina con tono afable y esforzándose por sonreír.

Los tres interlocutores callaron por un momento, como si un punto sombrío, al que ninguno osaba llegar, se presentara a su vista. El señor Guzmán, procuraba conciliar la difícil situación que, sin saber cómo, se había creado.

—Las circunstancias, –dijo,– sólo pueden haber cambiado porque una de ustedes haya querido cambiarla.

—Sí, es verdad, –contestó con aire misterioso Estela.

—Querida hija mía yo esperé, y esto lo consideraba como mi suprema felicidad, que la simpatía y el cariño que en el primer momento vi nacer entre ambas, acreciera cada día más, y que llegarían ustedes a amarse, no diré como madre e hija, pero sí como dos hermanas.

—No sé lo que ha impedido que así sea, –dijo Catalina, exhalando profundo suspiro.

—Rivalidades de mujeres o diré más bien de niñas –dijo el señor Guzmán procurando dar a su voz un tono festivo– Yo espero, querida Estela, que mañana a más tardar habrá pasado todo, y caso que así no sea, me darás el disgusto de tener que reprenderte por tu injusta terquedad, pues aunque siempre has procedido con tan buen tino como recto juicio, me perdonarás, querida hijita, que te diga que esta vez creo que no están de tu parte ni la justicia ni el tino que esperé tuvieras.

—Papá, perdóname: no es culpa mía... –y Estela se detuvo como si no pudiera articular una palabra más.

—Si amigo mío, se apresuró a contestar Catalina, veo que tú le estás dando demasiado importancia a este asunto de pequeña entidad: como tú acabas de decir, rivalidades de niñas o más bien debiste haber dicho, de hija amorosa: porque yo creo que en todo esto no hay más que una hija que teme o que cree ver menoscabarse el cariño de su padre...

Catalina miró con angustia a la hija de su esposo como diciéndole; –he salvado la situación pero necesito tu apoyo, ésta, sin duda, comprendió la significación de esa mirada, pues dijo:

—Sí, papá, perdóname no hay otra causa que el exceso de cariño y también el temor de perder el que tú me profesas, pero yo te prometo que ésta será la última vez que tengas que reprocharme estas faltas.

—¡Querida hija mía! –exclamó el señor Guzmán besando a su hija en la frente.

Catalina exhaló un prolongado suspiro, como si con este feliz desenlace hubiérasele caído un peso inmenso que le oprimía el corazón, miró con ternura a Estela y dijo:

—Aunque infundados en esta ocasión, reconozco que los temores que asaltan a Estela son por mil razones excusables en ella, acostumbrada como está a los exclusivos cariños de su padre.

Por más que tuviese el corazón lleno de amargura, Estela pensó que debía apoyar el pensamiento de Catalina, y dijo:

—Sí, papá, la idea de perder o cuando menos de ver menoscabarse tu cariño, es lo que me trae triste y contrariada.

—¿Por qué afligirse anticipándose desgracias que aún están muy lejos de suceder? Bien sabes que el cariño que se le profesa a una esposa es completamente diferente del que se le tiene a una hija, y se puede amar apasionadamente a la una, sin que la otra sufra el más pequeño menoscabo.

—Todo esto lo pienso y me lo repito continuamente, pero ya te he dicho, hay cosas que no dependen de la voluntad.

—No me digas eso, hija mía, demasiado conozco que tienes inteligencia suficiente para dominar estos pueriles temores.

—Sí, ya te he prometido, que no volverás a enfadarte conmigo, porque procuraré corregirme.

—Si yo pudiera contribuir en algo, a este cambio favorable, crea Vd. que haría cualquier sacrificio.

—Sí, contestó Estela acentuando sus palabras– Vd. puede contribuir mucho, muchísimo.

—¡Bah! –exclamó el padre de Estela,– eres una criatura muy mimada y temo mucho que seas incorregible.

—No creas tal cosa; Estela se corregirá, estoy segura de ello, –dijo Catalina.

—Tú eres tan buena, –dijo el señor Guzmán dirigiéndose a su esposa- ,–que no sólo a Estela que es juiciosa y dócil, puedes conducirla al bien, sino hasta a un malvado, ¿quién podría resistirte mi querida Catalina?

—¡Zalamero! –dijo ella, sonriendo con gracia y dulzura.

Después de un momento de silencio Estela aprovechó esta ocasión para retirarse.

Luego que el señor Guzmán quedó sólo con su esposa acercóse a ella y enlazando su talle dijo:

—Perdona las niñerías de mi pobre Estela, ¡me quiere tanto!

—No tienes nada que decirme, amigo mío, ya oíste que yo fui la primera en disculparla.

—Sí, debemos disculparla, es muy niña y además, siempre la he mimado tanto, que se ha acostumbrado a que su voluntad prevalezca, porque ella ha sido el ídolo de todos los de la casa.

—Por esta razón, amigo mío, –dijo Catalina,– te diré que me parece, das demasiada importancia a las nimiedades de Estela.

—Lo reconozco, querida Catalina: lo que quiere decir que en lugar de perdonar solamente las puerilidades de una niña, debes perdonar también las canseras[55] de un viejo.

---

55 *Canseras*: (fam.) molestias y enojos causados por la importunación

—¿Por qué me dices eso, cuando sabes que nada de lo que a ti y a Estela se refiere, puede serme desagradable? Así pues, no me hables de perdonar, sino simplemente de contribuir con todas veras a endulzarte estos pequeños sinsabores...

– XXX –

Un encuentro deseado

Cuando dos mujeres que aman al mismo hombre, –es decir, cuando dos rivales se encuentran la una frente a la otra, sucede que, o se halagan con inusitado cariño, exageradamente fingido, o se repelen con marcado disgusto y descubierta antipatía. Lo primero hacen, casi siempre, las mujeres experimentadas que calculan con aplomo y sensatez; lo segundo, es propio de inocentes jóvenes, que dejan conocer sus sentimientos por sus acciones.

Desde que Estela sospechó, aunque muy vagamente, que Catalina era la mujer que Álvaro había amado, su conducta cambió, y ni un momento cuidóse de ocultar esta súbita antipatía por más que conociera cuánto podía comprometer la tranquilidad de su padre.

Sin embargo, después de la escena que acabamos de referir, Estela pensó que había sido demasiado severa y tal vez injusta, al juzgar a Catalina; pues que no tenía ningún dato cierto en que apoyarse. Arrepintióse de su severidad y pensó ser más afectuosa aunque esto le costara gran esfuerzo.

Catalina se manifestó entristecida y profundamente contrariada, por más que en el fondo de su alma perdonara muy sinceramente las miradas recelosas y escudriñadoras que más de una vez sorprendiera en el candoroso rostro de la hija de su esposo.

Estas dos almas, creadas para el bien, no podían morar por largo tiempo en las profundas y lóbregas regiones donde otras almas se alimentan del odio y la perfidia. Si alguna vez, arrastradas por la oculta mano de la fatalidad, descendían hasta allí, era para volver a surgir llevando en la frente la inmaculada aureola de su pureza.

Eran las cinco de la tarde del día señalado pera el baile, al que, a pesar de los ruegos de su esposo, Catalina habíase negado a asistir.

Muchos días hacía que Álvaro había visto más de una vez defraudado su empeño de hablar a solas con la señora Guzmán.

Ella esquivaba con marcada intención, todas las ocasiones que se le presentaban, huyendo de él como de un peligro, del que no estaba segura que podría salvar.

Dicen que las mujeres huyen del hombre que aman, no para alejarse de él, sino para incitarlo a seguirlas. Si esto es verdad, aseguramos que Catalina huía con verdadera intención, evitando siempre el encontrarlo a solas.

Catalina acababa de salir de sus habitaciones, en el momento que Álvaro llegaba al extremo opuesto del corredor.

Él alargó el paso, ella siguió adelante. Entró al salón de recibo para acortarse el camino, y dirigirse a las habitaciones de Estela.

Álvaro, sin que ella pudiera evitarlo, se colocó frente a Catalina.

—¿Por qué huye Vd. señora, de mí? —dijo Álvaro con tono suplicante y afectuoso a la vez.

—Se equivoca Vd. no tengo por qué huir.

—Mil veces he querido hablarle, y...

—Acaso no me ve Vd. todos los días.

—Sí, pero es necesario hablar sin testigos.

—Señor Álvaro, su matrimonio se realizará muy pronto y no debe Vd. pensar en otra cosa.

—Mi matrimonio no se realizará, se lo aseguro a Vd.

Catalina quiso seguir para esquivar la contestación que en este momento pudiera ser un compromiso o un reto que no haría más que agravar la difícil situación en que ambos se hallaban.

Álvaro la detuvo y con ademán suplicante le dijo:

—Catalina, por piedad, necesito hablarle; está de por medio mi porvenir.

—Su porvenir está ya resuelto. No le queda más que seguir el camino hacia donde lo impulsa su destino.

—¡Mi adverso destino! —exclamó él con desesperación y casi con rabia.

—Tarde es ya, para que disputemos si es adverso o feliz el destino que debe guiarlo.

—Cuando se trató del porvenir, nunca es tarde para evitar el golpe que ha de precipitarnos en el abismo de la desgracia.

—No hablemos de esto, —dijo Catalina, intentando de nuevo seguir su camino.

Álvaro la miró largo tiempo, y con voz conmovida y creciente exaltación.

—¡Que no hablemos de eso! —dijo— que no hablemos de ese amor, ¡ah! desgraciadamente yo no puedo, ni sé hablar con Vd. de otra cosa: Este lenguaje lo aprendí cuando principié a expresar mis primeras impresiones, cuando aprendí a hacer uso de la palabra, para manifestar lo que mi alma sentía; después, siempre lo hablé con Vd. y cuando la fatalidad me alejó de su lado, seguí hablándolo con su imagen.

El día que quise hablarle de amor a otra mujer, que no era Vd. mi corazón enmudeció, y necesité recordar lo que le decía a Vd. para poder decir que amaba.

Bien sabe Vd. Catalina —agregó Álvaro— que he buscado el amor de Estela como un remedio, como un consuelo a mis males y que, cuando la vi a Vd. creí que mi suerte, condolida de mis desventuras y apiadada de mi tormento, había dado vida a la imagen que como un suplicio llevo en el pecho; porque su recuerdo me persigue como un remordimiento que me tortura sin tregua, sin descanso. ¡Catalina! ¡apiádese Vd. de mí! Es mi corazón el que le habla, este corazón que no sabe sentir sino por Vd....

—Tarde habla su corazón; el mío hace mucho tiempo que guarda silencio, –contestó Catalina.

—Déjelo Vd. hablar, y le dirá, que habiendo sido mío, desde su primer latido, no puede ser de otro, no.

—Señor Álvaro –contestó con severo acento Catalina– si mi corazón hablara no tendría que hacerle a Vd. más que acusaciones y reproches.

—Acusaciones temerarias, reproches injustos, que, bien sabe Vd. Catalina que no debe hacérmelos, –contestó Álvaro con triste y dulce acento.

—Pues bien, si no puedo hacerle acusaciones ni reproches, nada tengo que decirle.

Y Catalina dirigióse a la puerta con ánimo de retirarse.

Álvaro corrió hacia ella y tomándole una mano exclamó:

—Por piedad, ¡Catalina! escúcheme Vd. necesitamos hablar.

—Nada tengo que decirle a Vd. –contestó Catalina retirando con violencia su mano de las de Álvaro, que no pudo retenerla y continuando su camino abrió la puerta para seguir adelante; más presto Álvaro avanzó y se interpuso a su paso.

—¡Catalina! Vd. no se irá sin haberme antes contestado a lo que tengo que decirle.

—Y bien, ¿qué es lo que quiere Vd.? –contestó ella deteniéndose y mirando al joven, como para mostrarle su impasible semblante.

Por un momento Álvaro quedó confuso y turbado con la fría y severa mirada de la señora de Guzmán, luego con acento agitado a la par que resuelto dijo:

—Catalina, he determinado romper mi matrimonio con Estela y me alejo de Lima.

—¿Ha meditado Vd. esa violenta determinación? –contestó ella queriendo ocultar su angustia y asombro.

—En mi situación no encuentro otro camino que seguir, y por terribles que sean sus consecuencias, forzoso me será llevarlo a término.

—¡Ah! va Vd. a asesinar a Estela, con más seguridad que si le hundiera un puñal en el pecho.

—¿Y qué puedo hacer, amándola a Vd. como la amo? Exclamó Álvaro desesperado.

—Me inspira Vd. pena y desprecio al mismo tiempo, –dijo Catalina con amarga sonrisa.

—No me hable Vd. así Catalina, yo no soy culpable; la fatalidad se ha ensañado contra mí.

—La fatalidad, no es más que un pretexto, tras del que se ocultan los caracteres débiles y los corazones volubles, –contestó ella, mirando con frialdad a Álvaro.

Este bajó los ojos, como si su conciencia apoyara esta acusación. Luego volviendo a mirar a la joven dijo.

—Vd. y yo, hemos sido víctimas de esa fatalidad, no acusemos sino a ella, de nuestra desgracia.

Catalina que hasta ese momento había permanecido de pie en actitud de alejarse, dirigióse a un canapé y sentándose, dijo:

—Siéntese Vd. señor Álvaro, y hablemos tranquilamente.

—Sí, –apresuróse a contestar él,– hablemos de nosotros, olvidemos el pasado y pensemos sólo, en el porvenir; aún podemos ser felices.

—¡No! –replicó Catalina con tono severo,– no es para ocuparnos de nosotros, para lo que debemos hablar. Es sólo para tratar de la suerte de la pobre Estela, a quien tan temerariamente pretende Vd., condenar a la misma desgracia a que, a mí, me condenó Vd.

—¡Perdón, Catalina, perdón!

—Señor Álvaro, ni Vd. ni yo, tenemos derecho a hablar de nosotros, cuando está de por medio la felicidad de la hija de mi esposo, de la novia de Vd. de la inocente y desgraciada Estela.

—Hable Vd. Catalina, dígame Vd. lo que debo hacer, estoy pronto a obedecerle; pero advierta Vd. que yo no amo ya a Estela, y que no me uniré a ella, porque esto sería criminal en mí, pues sólo lo haría por acercarme a Vd.

Catalina palideció. Pensó que no tenía derecho a acriminar[56] a Álvaro, siendo así, que ella había hecho, cosa idéntica al casarse con el señor Guzmán, con sólo el objeto de acercarse a Álvaro. Éste conoció la situación de Catalina y endulzando la voz y mirándola fijamente agregó:

—Hable Vd. Catalina, ordene lo que quiera, estoy dispuesto a toda clase de sacrificios, exceptuando sólo el de alejarme de su lado.

—Pues bien, Álvaro, yo se lo pido, se lo mando, se lo ruego; cásese Vd. mañana mismo con Estela.

Álvaro hizo un movimiento de suprema angustia, y poniéndose de pie asió con violencia una mano de Catalina y con voz vibrante dijo:

—Señora, ¿asume Vd. la responsabilidad de este matrimonio?

—¿Yo?... –dijo ella, mirando a Álvaro.

—No olvide Vd. que al realizar este matrimonio, sólo lo acepto como un medio de vivir cerca de Vd.

—¡Ah! no, Vd. partirá al siguiente día y partirá para no volvernos a ver jamás.

—¡Catalina! por piedad, –exclamó Álvaro, arrojándose a los pies de la joven.

56 *Acriminar*: acusar de algún crimen o delito

Catalina contempló por un momento a su antiguo amante y sintióse atraída por aquellos ojos que la miraban con pasión, por aquellos brazos que la atraían con irresistible imán, Álvaro continuó diciendo:

—Mi idolatrada Catalina, ven, seamos felices yo te amo, te amo hoy más que nunca...

Catalina hizo un supremo esfuerzo, y como el pájaro que huye de la atracción de la serpiente, huyó de los brazos del joven.

– XXXI –

Necesidad de ir a un baile

Cuando Álvaro quedó solo, siguió con la vista a Catalina, y al verla alejarse con aire resuelto sin volver siquiera la cabeza, contrajo con amarga expresión el ceño y con acerba entonación dijo:

—Cuán caro quieres hacerme pagar la inexperiencia y la fatalidad que en otro tiempo me arrastraron; pero antes de entregarme como manso cordero al sacrificio, emplearé, para evitarlo, cuantos recursos estén a mi alcance.

Y después de esta exclamación, que fue como un desafío, o más bien, un reto lanzado a la mujer que así lo desdeñaba; dejóse caer sobre un sillón.

Largo rato permaneció así, desesperado y tan absorto en sus pensamientos que no sintió a Estela, que en ese momento entró al salón y se dirigió hacia donde él estaba.

—¡Siempre triste! –murmuró la joven mirándolo con la más profunda amargura.

Álvaro que había quedado con la cabeza reclinada en la mano, se volvió bruscamente. Después, como si siguiera el hilo de su pensamiento, o tal vez algún plan que concertaba, dijo:

—Preciso es, que tú vayas al baile, querida mía, te lo ruego.

Estela mirólo sorprendida, sin atinar a explicarse esta inesperada súplica. Luego, con voz melancólica dijo:

—Bien sabes que no tengo el ánimo pare fiestas. Además creo que ya hemos convenido en que ninguno de los dos asistiría al baile.

—Sí, pero... no debemos perder esta ocasión que se nos presenta, de pasar alegremente la noche.

—¿Crees que la pasaremos alegremente?

—¡Oh! sí, no lo dudo; un baile es un lugar donde se reúnen los felices y donde deben ir a consolarse los tristes.

—¡Los tristes para quienes pueda haber consuelo! –repuso Estela, moviendo la cabeza con expresión de profunda amargura.

Álvaro, queriendo disimular su angustia púsose de pie y tomando un tono natural y algo festivo dijo:

—Sí, mi bella Estela, ¿seremos del número de los concurrentes, no es verdad? Bailaremos la primera cuadrilla y estaremos juntos toda la noche. ¿No te seduce mi programa?

Estela no supo resistir a esta tan seductora súplica.

Un momento después Catalina, el señor Guzmán, Álvaro y Estela departían calurosamente concertando la asistencia al baile.

Catalina persistió, como ya lo había manifestado, en quedarse en casa, por sentirse algo mal de salud.

Tal vez si pensó que así estaba más segura de alejarse algo más de Álvaro.

Creemos necesario entrar en estos pormenores porque de aquí van a desenvolverse acontecimientos que decidirán de la suerte de casi todos los personajes que figuran en esta historia.

El señor Montiel estaba a la sazón en vísperas de volverse a Cuba. Decepcionado por los malos resultados que habían tenido sus reclamaciones, y del escaso apoyo que habíale prestado en estos asuntos el señor Guzmán, resolvió abandonarlo todo, quizá movido más del temor que la presencia de Álvaro le inspiraba, que de su deseo de regresar a Cuba.

En momentos en que, reunidos todos en el salón se discutía la asistencia al baile, acertó a llegar el señor Montiel.

—Aquí tenemos uno más, que nos acompañe,—dijo el señor Guzmán señalando a Montiel.

Álvaro como sucedía de ordinario, frunció el entrecejo al ver al viejecillo, que con expresión risueña y aire satisfecho acababa de entrar.

—¿De qué se trata? —dijo mirando de soslayo a Álvaro; pero fingiendo no sentir disgusto al verlo.

—Se trata, querido amigo, de ir al baile que tendrá lugar cada noche en casa del rico propietario N. dijo el señor Guzmán.

—¡Bravísimo! —exclamó fingiendo una alegría que no era del todo verdadera: —si ustedes van iré yo también.

—Iremos los cuatro —dijo el señor Guzmán.

—Sí —repitió el señor Montiel— iremos los cuatro.

Álvaro hizo un movimiento de disgusto, que no pudo ocultar. En ese momento pensó que tendría que presentarse en público acompañado del asesino de su padre, del hombre para él más odioso en el mundo.

De buen grado hubiera renunciado a su proyecto de ir al baile; pero, como hemos dicho ya, había concertado un plan, con el que esperaba vencer la resistencia y el desamor de Catalina; de ella, a la que había consagrado todo su amor todo su anhelo, no siéndole posible pensar en nada que no lo condujera al logro de ésta, que era para él, suprema aspiración.

El propósito de Álvaro de romper su matrimonio con Estela y alejarse para siempre de la casa, no había sido un misterio para la señora de Guzmán. Ella lo conjeturaba, lo temía, lo adivinaba y temblaba a la idea de ser la causa de la desventura de Estela.

¿Cómo evitar esta catástrofe? ¿De qué medios valerse?

Catalina había meditado mucho en esto, y aquel día quiso aprovechar la ocasión, para lo que, dirigiéndose su esposo con gracia dijo:

—Amigo mío: no sé como es que he olvidado decirte que a mi llegada a Lima, Estela me pidió que tú y yo, fijáramos el día de su matrimonio; y juzgo oportuno aprovechar esta ocasión en que estamos, todos reunidos para resolver este asunto que a todos nos interesa ¿no es verdad señor Álvaro?

—Sí, dijo Álvaro, con alguna frialdad.

El señor Guzmán, que también había principiado a columbrar[57], los negros nubarrones que amenazaban la felicidad de su hija, dijo:

—Perdona, querida mía, que te reconvenga y que te forme acusación por tu inexcusable olvido, e infiero que Álvaro y Estela difícilmente te perdonarán esta falta.

—¿Por qué acusarla, cuando ella no tiene obligación ninguna con nosotros? –dijo con tono acerado Estela.

—Felizmente podemos repararla a tiempo –se apresuró a decir el señor Guzmán.

—Sí, ahora mismo –dijo con marcada intención Catalina, y dirigiéndose a Álvaro agregó: –perdone Vd. que divulgue su secreto: participándoles a todos que me ha comunicado Vd. que piensa realizar mañana su matrimonio, y que si ha guardado Vd. reserva es para darle una agradable sorpresa a Estela. ¿No es verdad señor Álvaro?

A pesar del dominio que sobre sí mismo tenía, Álvaro no pudo contestar una sola palabra. La pregunta de Catalina fue para él como una descarga a quemarropa.

Catalina, para salvar la difícil situación en que había colocado a Álvaro agregó:

—Espero que no se disgustará Vd. por mi indiscreción, y que me la perdonará Vd. en gracia del placer que he tenido, participándole esta nueva a la familia.

Álvaro pudo dominarse y procurando sonreír y dando a su voz las inflexiones del hombre que esto satisfecho dijo: —Ya que Vd. ha divulgado mi secreto, no queda más que aprovechar en favor de mi proyecto el poco tiempo que nos queda.

—Yo soy de la misma opinión –agregó el señor Guzmán– y aprovecharemos el baile de esta noche, para invitar a los amigos de confianza.

—¡Y el vestido de novia, que no lo he mandado hacer todavía!... exclamó Estela, en el colmo de la angustia.

En este momento salió Catalina de la habitación y pocos instantes después

---

57 *Columbrar*: divisar desde lejos sin distinguir detalles

volvió a entrar seguida de dos criados que conducían una rica caja con incrustaciones y adornos de gusto y de gran precio.

Catalina sacó una llave y abrió el lujoso cofre.

—¿Nos preparas una sorpresa? –dijo el señor Guzmán mirando con ternura a su esposa.

—¡Un canastillo de boda! –exclamó Estela, mirando con júbilo y asombro el contenido del cofre.

En estas circunstancias llegó Elisa seguida de D. Lorenzo; la primera atraída por la curiosidad, el segundo por llevar adelante sus interesantes observaciones, con que se proponía desenmascarar a la señora de Guzmán.

Catalina sacó un rico vestido de novia, obra primorosa de gusto y elegancia.

—¡Mi vestido de novia! –exclamó Estela, con la fisonomía radiante de alborozo y de loca alegría.

El señor Guzmán, D. Lorenzo, Álvaro, este, pálido y confuso, iban pasando de mano en mano todos los objetos que Catalina, con la fisonomía iluminada por las sublimes irradiaciones de los más bellos sentimientos, iba sacando y mostrando a Estela.

A cada nuevo objeto, ésta lanzaba una nueva exclamación, y miraba a la esposa de su padre, con mirada de indefinible sorpresa.

Después que hubo concluido de revisar, con anhelosa curiosidad, todo el rico ajuar que Catalina acababa de presentarle; volvióse a ella y con dulce a la par que triste sonrisa dijo:

—¿Con qué podré yo pagarle?

—Amándome como a tu hermana, como a tu madre, como a tu mejor amiga, –contestó Catalina con los ojos arrasados en lágrimas.

—¡Querida Catalina, eres un ángel! –exclamó Estela, lanzándose anegada en lágrimas al cuello de la esposa de su padre.

Después de largo silencio, en el que sólo se oía la respiración, agitada por las emociones de todos los circunstantes, el señor Guzmán, volviéndose hacia Catalina le dijo:

—Perdona; querida Catalina, que te haga una pregunta; tal vez sea algo indiscreta, pero yo necesito reparar alguna falta o pagar alguna deuda.

—No has cometido ninguna falta, ni has contraído ninguna deuda, –contestó ella sonriendo con gracia y dulzura.

—Sí tal, – repuso el señor Guzmán,– he cometido la falta de no haberte dado con tiempo el dinero para las compras que era necesario hacer; pero perdona, yo siempre que cometo faltas respecto a ti, es por exceso de solicitud, por exceso de afecto.

Álvaro se mordió los labios, como si quisiera disimular un suspiro ahogado, algo como un rugido de fiera, que salía de su destrozado pecho. Catalina con aire triste aunque tranquilo contestó a las palabras de su esposo.

—Si me hubieses dado el dinero, me hubieras privado del placer inmenso de regalarle a Estela su canastillo de novia.

—Pero, hija mía, este regalo representa un caudal que yo no comprendo.

—No tengas cuidado, —repuso Catalina, y acentuando sus palabras repitió: —no tengas cuidado; esta cantidad me la obsequió mi padre hace dos años, *el primero de Noviembre.*

Al oír Álvaro esta fecha, que Catalina acentuando sus palabras con marcada intención, palideció visiblemente.

El señor Montiel que había permanecido frío espectador, dió un golpe en el suelo con el pie, tiró el periódico en que hacía rato fingía leer, y saliendo de la alcoba, principió a pasearse crujiendo de rabia los dientes y diciendo:

—¡Maldición! Sólo a mí me suceden estas cosas. Con el dinero que yo le regalé en Cuba, para su matrimonio con Álvaro, ha comprado el canastillo de novia, para que Estela se case con él. Esto es el colmo de mis desgracias, ¡Dios mío!

Las excentricidades de Catalina me sacan de quicio. Cuando yo creí que estaría pensando en frustrar e impedir ese matrimonio vengo a presenciar la escena más ridícula del mundo. ¡Ah! ¡esta mujer no es mi hija, no, no es mi hija!

Y el señor Montiel, presa de invencible furor, se retorcía las manos, riendo convulsivamente, para dar desahogo a la agitación de su espíritu.

Mientras tanto, Catalina daba explicación de la procedencia de aquel dinero, que, como acabamos de oírle decir al señor Montiel, era el mismo que él le obsequió, dos años antes, cuando debió casarse con Álvaro.

Éste confuso y turbado, escuchaba a Catalina que con triste expresión y acento de profunda amargura decía:

—Por circunstancias que no viene al caso referir, no pude emplear ese dinero en aquello para que fue destinado; desde entonces, dediqué esa suma a la realización de alguna buena acción, que diera a mi alma, si no las alegrías que yo esperé en esa época, cuando menos la satisfacción que trae la práctica del bien. Gracias a ustedes, he realizado mi deseo; nada pues, tienen que agradecerme, no he hecho más, que cumplir la promesa que me hice a mí misma.

El señor Guzmán con esa elevación de las almas buenas, comprendió el lado noble y generoso de la acción de su esposa, y con indecible ternura dijo:

—¡Mi querida Catalina! Eres un ángel de bondad; uno de esos ángeles que Dios manda a la tierra para embellecer la vida del hombre...

Don Lorenzo, aunque estaba con el semblante contraído y los ojos húmedos con las lágrimas de la emoción, no cesaba de refunfuñar diciendo por lo bajo:

—¡Malditas mujeres! Ellas nos hacen reír o llorar a su antojo. Y luego ¿quién sabe si todo sea ficción, mentira, perfidia... ¿Acaso ellas son capaces de nada bueno...?

– XXXII –

Lo que sucedió en el baile

Las diez de la noche acababan de sonar, cuando Catalina, deseando ser para Estela una verdadera amiga, prendía, con solícito afán, la última flor en los rubios cabellos de ésta.

Cuando ambas salieron al salón, hacía largo tiempo que Álvaro y el señor Guzmán las esperaban.

Álvaro miró a Estela, y la encontró bellísima.

Con su vestido blanco sembrado de flores; vaporoso como una nube de verano, asemejábase a una hada fantástica e ideal.

En este momento pudo valorizar lo que eran para él estas dos jóvenes que el hado cruel había colocado, para su tormento, la una al lado de la otra.

Estela, embellecida con su lindísimo vestido de baile, y su elegante tocado de flores, con su mirada blanda, apacible, con su sonrisa dulce, inocente, con su frente serena, pura, y con su aire modesto, sencillo, no le decía nada a su corazón, nada a su alma; aquella alma, nacida para vivir en las cálidas regiones de la pasión y no en las templadas zonas de la inocencia.

Catalina con sus ojos negros, profundos, como los abismos del corazón, tristes como los anhelos del amor; con su boca llena de expresión, de gracia, casi de voluptuosidad; pero de voluptuosidad sentimental, si así puede decirse; porque revelaba tristeza, sentimiento en toda la expresión de su fisonomía; Catalina, decíamos era para Álvaro, el símbolo de la pasión, la mujer nacida para el amor.

Con su bata de cachemira celeste, con su pelo prendido con gracia y naturalidad, con su tez morena y sin polvos ni ningún otro afeite, encendía su sangre, estremecía sus nervios y lo hacía sentirse cada vez más enamorado, cuanto mayor era el alejamiento que, como un abismo, entre él y Catalina se abría.

La hora de partir llegó por fin.

Elisa no descuidó el hablar con Estela recomendándole que no descuidara ninguno de los pormenores que pudieran interesarle: —Ya sabes —le dijo– que tienes que contarme todo, todo lo que veas.

—Hasta luego –dijo Estela besando en ambas mejillas a Catalina y después a Elisa.

Mientras Estela se despedía, Álvaro salió cautelosamente de la habitación, dirigióse al departamento de Catalina, cerró una puerta que estaba abierta, y no sin un ligero estremecimiento que no sabremos decir si fue de terror o de alegría, guardóse la llave al bolsillo.

Era la puerta que dada al cuarto de estudio del señor Guzmán y que comunicaba con las habitaciones de Catalina.

—No hay cuidado –murmuró con aire misterioso– tiempo ha que he observado que esta puerta la cierra el señor Guzmán. Catalina creerá que hoy, como siempre, la ha cerrado él.

Todos bajaron las escaleras riendo, y hablando alegremente. Sólo Álvaro iba asaz preocupado y meditabundo, cual si en esos momentos concertara algún plan de suma importancia para él.

Estela, radiante de amor y de felicidad, creía haber visto en los ojos de su novio, una impresión que ella traducía a medida de su deseo. Este deseo decíale: eres bella, te amo.

¡Cuántas veces las mujeres se equivocan de la misma suerte!...

Cuando estuvieron en el coche el señor Guzmán había dicho a Álvaro.

—Ya sabes que al matrimonio conviene que sólo *concurran amigos* de mucha confianza. Sería impropio hacer otra clase de invitaciones, casi de ocasión.

—Sí –contestó Álvaro– yo sólo pienso invitar a mis amigos íntimos, que, como Vd. sabe, son muy pocos.

En este momento se detuvo el coche a la puerta de la casa en que tenía lugar el baile.

Por primera vez, Álvaro se presentaba en público al lado del señor Montiel, del asesino de su padre.

Hasta esta noche, sea casual, o intencionalmente, nunca habían tenido necesidad de verse en público.

Esto era para Álvaro tanto más duro, cuando que, lo que él creía un secreto llegó a comprender, que era ya del dominio público.

No faltaba quien censurara con dureza la conducta del joven cubano, que vivía bajo el mismo techo con un español; con el hombre que tan cobarde como alevosamente asesinara a su padre.

Unos atribuían esta falta a la ciega pasión que suponían profesaba a Estela, otros a su mal apagado amor por Catalina; pero todos estaban de acuerdo en convenir, que, la conducta de Álvaro era del todo inexcusable.

Cuando éste entró en el salón de baile llevando del brazo a Estela y seguido del señor Guzmán y del señor Montiel; algunos amigos suyos, dirigiéronle miradas investigadoras y significativas, cual si quisieran expresarle que comprendían la solución que aquello debía tener.

Uno de ellos dirigiéndose a otro dijo:

—¿Qué le parece a Vd. el hijo del señor González, de aquel honrado patriota, codeándose con el asesino de su padre?

—¿Qué ha de parecerme? —contestó el interpelado moviendo tristemente la cabeza— que a los muertos los entierran y los juramentos se los lleva el viento.

—A la vista está —contestó sonriendo el primero.

—Yo creo —repuso el otro— que Álvaro González, sólo esperará asegurar a la novia para batirse con el señor Montiel; hay que tener en cuenta que el señor Guzmán no le daría su hija al matador del padre de su esposa.

—De todos modos es un miserable, que come y bebe en compañía de ese hombre.

—Dicen que el señor Montiel no las tiene todas consigo, y que tiembla delante de Álvaro.

—Sí; porque Álvaro mata una golondrina volando, y en cuanto a las demás armas, bien puede llamársele un espadachín.

—Yo no tengo duda de que al siguiente día que él asegure la buena presa de esa linda y acaudalada joven, le obsequiará al señor Montiel un par de estocadas.

Estos, y otros diálogos semejantes, sosteníanse en el salón, después que Álvaro hubo entrado.

Aunque él no los escuchaba, adivinábalos y comprendía, por ciertas miradas al soslayo, que su conducta era reprobada.

Pero Álvaro, como todo hombre dominado por una pasión, no se preocupaba mucho de lo que a su alrededor pasaba; sino sólo de lo que hacía relación a su amor, a su funesto amor a Catalina.

Eran las doce de la noche.

Álvaro había bailado con Estela la primera y segunda cuadrillas, sin duda con el fin de hacerse bastante notable, al bailar dos cuadrillas seguidas con su novia.

Después de la segunda cuadrilla, en que Estela creyó notarlo distraído y caviloso, dijo a ésta:

—¿Querida Estela, me permites alejarme de ti por una media hora?

Estela lo miró sorprendida, pero él permaneció risueño y tranquilo mirándola cariñosamente.

—¡Cómo! —exclamó Estela— ¿quieres retirarte ya?

—No, querida mía, —repuso Álvaro con afectuoso tono— es asunto de un momento. Necesito hablar con un amigo.

—¿Vuelves pronto? —preguntole la joven con melancólica expresión.

—Sí, amada mía, vuelvo al instante.

Y sin darle tiempo para decirle una palabra más se retiró de su lado, dirigióse a la habitación donde estaban los sombreros de los caballeros, y dando una contraseña, pidió su sombrero y su abrigo.

Al salir sacó del bolsillo un *cachenez*[58] y se lo anudó al cuello dándole dos vueltas, cuidando que pudiera cubrirle la cara, caso de necesidad.

Un amigo que lo vio salir díjole:

—¿Qué es esto Álvaro, te retiras tan temprano, dejando a tu novia?

—No, amigo mío —contestó él disimulando apenas su disgusto,— vuelvo al instante.

Al llegar a la puerta de calle miró a todos lados, abrió el postigo y salió precipitadamente, más como quien huye que como quien sale libremente.

Álvaro salió sin cuidarse de volver a cerrar la puerta, cuya cerradura era de resorte.

Un hombre que hacía largo tiempo que tras la puerta esperaba, entró casi al mismo tiempo que él hubo salido.

—Al fin, —dijo,— hubo uno que me abriera esta maldita puerta.

Y entró volviendo a ajustar la pequeña puerta del postigo.

Este hombre, por el aire cauteloso con que se aventuraba a entrar, podía ser tomado por un malhechor.

Sin embargo, por su traje y su apostura parecía un convidado.

Atravesó los corredores de la casa y se dirigió al comedor.

—¿Está aquí el señor Montiel? —preguntó a uno de los criados, que preparaba el servicio.

—No le conozco a ese señor —contestó el criado con ese tono indigesto y desabrido, de la mayor parte de los criados peruanos.

—Es un señor, —replicó el desconocido— que ha venido con el señor Guzmán y su hija.

—¿Qué sé yo tampoco quién es el señor Guzmán ni su hija?

—Es un señor español, —insistió el desconocido, sin darse por vencido por el tono áspero del criado.

—¡Bah! —replicó éste encolerizado— ¿tengo yo acaso obligación de conocer a todos los convidados de esta casa?...

—¡Hélo allí! —exclamó el que buscaba al señor Montiel, dirigiéndose hacia él, al mismo tiempo que sacaba una carta del bolsillo de su levita, la que presentó haciendo una venia.

El señor Montiel tomó la carta con gran recelo y quedóse mirando al que acababa de entregársela y, como si esta mirada fuera una pregunta, el desconocido, contestó:

—La persona que me envía me recomendó que entregara a Vd. en persona esa carta.

—¿Y dónde está?

—Lo espera a Vd. en la puerta. Yo puedo conducirlo allá.

—Dígale que aguarde un momento.

El desconocido se retiró sin que nadie interceptara su paso.

58 *Cachenez: cache-nez* (fr.) literalmente cubre-nariz, bufanda

El señor Montiel principió a pasearse en la estancia, sin mirar que había otras personas que pudieran verlo.

Después de largo tiempo de meditación, sacó la carta que acababa de recibir, y leyó nuevamente estas pocas líneas.

"Señor: Una persona amiga vuestra, y que se interesa por vos, desea hablaros en este momento. En ello os va la vida. Se trata de frustrar un plan que se trama en torno vuestro. No perdáis un momento. Mañana, tal vez, sería demasiado tarde."

—¡Qué diablos! –exclamó, dando fuertemente en el suelo con el pie– ¿Por qué les ha ocurrido hacerme revelaciones a esta hora y en este lugar?

Y después de un momento continuó diciendo: —¿Y si esto mismo es un complot? ¡Tengo tantos enemigos, tantos a quienes he hecho inmensos males, tantos que han jurado vengarse! No sería extraño, que quisieran aprovecharse de mi salida, para darme una sorpresa. ¡Canallas! no han de dejarme vivir tranquilo, –exclamó apretando los puños con rabia, y continuó sus paseos.

Largo tiempo permaneció así, ceñudo y meditabundo.

Al fin pensó que, si aquello era verdaderamente un complot, fácil le era burlar sus planes, puesto que podía ir usando toda suerte de precauciones.

Llamó a un criado y retirándose al ángulo del salón, y poniéndole entre las manos unas monedas de plata dijo:

—Atiende lo fue voy a decirte: Necesito salir en este momento a la calle; pero temo que alguien me haga algún daño. Toma este revólver y acompáñame.

El criado miró asombrado a este individuo, que, sin saber por qué, manifestaba un miedo tan intempestivo, y con aire indiferente y algo risueño díjole:

—No tenga cuidado, señor. Estos barrios son muy tranquilos, ¿no ve que aquí sólo vive gente de *tono*?[59]

—No, hijo mío, –replicó el señor Montiel, endulzando cuanto pudo su áspera voz,– tengo mis motivos para temer; vamos y ya verás lo que hay.

—Está bien, señor. Vamos y no tema conmigo a nadie.

El señor Montiel vaciló un momento; pero pensó, que tal vez iba a perder la ocasión de descubrir alguna pérfida celada; pensó también, que el acompañante que llevaba podría defenderlo y resolvióse al fin a salir.

—¡Vamos! –dijo, como un hombre que toma una resolución.

Pasó por delante y se dirigió a la puerta de calle, después de atravesar todos los corredores de la casa. A tiempo de abrir la puerta se detuvo un momento, reflexionó, y como si el resultado de esa reflexión, fuera una resolución definitiva, abrió la puerta, y haciéndose algo atrás, dirigióse al criado diciéndole: –pase Vd. por delante.

El criado se adelantó, salió a la calle y mirando a ambos lados dijo:

—No hay nadie, señor, salga Vd.

59 *Gente de tono*: gente distinguida y de buena posición económica

El señor Montiel se sintió algo avergonzado, por aquel miedo, que tan a las claras había dejado conocer a su acompañante.

—¿No hay nadie? –dijo, procurando darle a la voz, un tono alegre y tranquilo.

—Ciertamente, no hay nadie, –repitió el criado.

El señor Montiel se rió, con esa risa forzada de una persona que quiere disimular el miedo y la vergüenza, cuando, el primero le hace aún temblar la voz y la segunda, le enrojece el rostro.

—Yo le aseguro a Vd. señor, –dijo el acompañante, estos barrios son tan seguros que puede Vd. andar solo y con los bolsillos llenos de brillantes, sin miedo a nada. Se conoce que Vd. es extranjero, aquí no se roba señor, ni aun en los barrios de los pobres.

—No eran ladrones, los que yo temía, –repuso algo cortado, el señor Montiel.

De súbito y como si surgiera de la tierra, apareció un personaje con el sombrero calado hasta las cejas, y el embozo de la capa subido hasta las narices.

—¡Señor Montiel! –dijo, con tono natural y sereno.

Esto no impidió que el asustadizo español, diera dos pasos atrás, como si intentara ocultar su cuerpo, con el de su acompañante.

—¡Ah! ¿no ve Vd.? ¡aquí estaba! –exclamó

—No se asuste Vd. señor Montiel, –dijo el encalado[60] con tono amigable,– es un amigo que viene a hacerle una importante revelación.

—¡Un amigo! –repuso como si dudara tener amigos, que tan importantes servicios le prestasen.s

Después de corto silencio, en que sólo se oyó la respiración tranquila del encapado y un ligero martilleo, que hacía el señor Montiel con sus mandíbulas agitadas por el terror; el desconocido levantó un poco el ala de su sombrero, y bajó hasta la boca su capa, descubriendo en parte su rostro.

A la luz del farol pudo verse que era un hombre blanco, y de distinguidas facciones.

Aunque se hallaba sobrecogido por el miedo, el señor Montiel, hizo un esfuerzo supremo, y dando un paso adelante y con ademán resuelto dijo:

—Hablad, pues ¿qué tenéis que decirme?

El desconocido calló, y levantando una mano señaló al criado, diciendo:

—¿Y ese hombre?

El señor Montiel retuvo la contestación y dudó un momento; iba hablar y calló de muevo. Al fin dijo:

—No hay inconveniente... podéis hablar.

—Se trata de secretos que sólo vos debéis conocer –contestó con voz seca el desconocido.

No había remedio, preciso era quedarse solo.

Huir era imposible; era el ridículo ante dos hombres que lo miraban.

60 *Encalado*: (neolog.) aquí con el sentido de "quien tiene el sombrero calado" es decir encajado mucho en la cabeza

—Además, –pensó, si éste hombre era un asesino, tiempo había tenido ya para hacer uso del puñal o del revólver. Y luego al huir, tenía que volverse de espaldas, y los asesinos hieren siempre, aprovechando estos movimientos; resolvió, pues quedarse solo, movido más por el miedo que por el deseo de descubrir aquel complot que contra su vida se tramaba.

—Váyase Vd. –dijo señalándole al criado la puerta de calle que había permanecido entreabierta.

Este, que ya estaba deseoso de retirarse, pensando que sus servicios eran necesarios en el comedor de la casa, apresuróse a obedecer, no sin haber hecho una observación, que queremos dejar apuntada.

—¡Que raro el miedo de este señor! Y el encapado es un joven decente. Yo diría que es cubano: conozco mucho el habla de los cubanos. Ya se ve, como mi antiguo patrón era cubano...

Tan luego como el encapado vióse solo, acercóse al señor Montiel y asiéndolo por la mano, con vigoroso movimiento, díjole:

—Venid conmigo, aquí no podemos hablar.

—¿Adónde me lleváis? –preguntó aterrorizado, siguiendo a su pesar la vigorosa mano que le arrastraba.

—Estamos a diez pasos de la esquina. A la vuelta podemos hablar sin ser interrumpidos.

El señor Montiel continuó andando; pero sin dejar de mirar a todos lados, como si buscara alguien que lo salvara, ya que en mala hora despidiera al que podía haberlo socorrido.

Cuando dieron vuelta a la esquina, acercóse a ellos el hombre que fue portador de aquella misiva, en que se le ofrecía revelarle secretos importantes.

Tenía en la mano dos espadas desenvainadas, que presentó al desconocido.

El señor Montiel miró con ojos atónitos aquellas dos armas, que su miedo le hizo ver más afiladas y brillantes, de lo que en realidad lo estaban.

El que iba a ser su adversario, tomó las dos espadas y presentándoselas, díjole:

—Elegid una y defendeos.

Montiel permaneció inmóvil y mudo, sin poder articular palabra ni hacer movimiento alguno.

El desconocido acercóse aún más a él, y con voz de mando e imperioso ademán, agregó:

—Defendeos señor Montiel, que estoy resuelto a mataros.

—Matadme, infame, asesino –vociferó éste desesperado.

—No he venido a cometer un asesinato, sino a reparar un agravio, –repuso el desconocido con tono resuelto.

—¿Quién eres, miserable? –replicó con desesperado acento el antiguo Gobernador de Cuba.

—Represento a la justicia divina, –dijo con voz grave y ademán solemne.

—Montiel se estremeció ligeramente, pero bien pronto se repuso y dijo:

—La justicia divina, no viene tras la faz de alevoso malhechor, de cobarde asesino.

El desconocido levantó con rabia una de las espadas a la altura del pecho de su adversario, y cual si fulminara sobre él toda su indignación díjole:

—Cobarde, defiéndete, si no quieres que te mate como a un perro.

Montiel tomó maquinalmente una de las espadas y con voz temblorosa, dijo:

—¿Quién sois, pues, que así os ensañáis contra mí?

—Yo soy... y pronunció un nombre que Montiel sólo pudo oír y que lo hizo palidecer mortalmente.

—Defiéndete pues, –repuso aquél, obligándolo con sus ataques a defenderse.

Y como el corcel, que al oír el clarín se prepara a la pelea, el encapado, al ruido que produjeron al chocarse las dos espadas, tiró su capa y principió con brío a batirse.

El señor Montiel, aunque conocía el manejo de las armas, faltóle el valor y pronto cayó, con el corazón traspasado por el arma de su enemigo.

—Todo ha concluido, –dijo éste, mirando a su adversario caer en tierra, y corriendo a recibirlo, como si quisiera auxiliarlo, movido por un sentimiento de humanidad. Montiel, con las últimas convulsiones de la muerte, sólo alcanzó a decir:

—Muero... perdón...

Su feliz adversario, con una rodilla en tierra, y la fisonomía, contraída por la emoción, lo contempló por un momento. Después, poniéndose de pie con ademán distinguido, y dando a sus palabras solemne expresión, dijo:

—Yo te perdono en nombre de mi patria, de mi hermosa Cuba, todo el mal que tu perversidad nos ha causado.

Recogió su capa, volvió a colocarse el sombrero, y volviéndose al que había permanecido mudo, aunque interesado espectador de esta escena, dijo:

—Hay venganzas que parece que el cielo las protege.

—Hemos librado a Cuba de un monstruo que la amenazaba, –contestó el otro.

—Al fin he cumplido un juramento sagrado, –dijo con tono severo, el que acababa de dar muerte al señor Montiel.

—Sí, todo nos ha salido a pedir de boca, –dijo el otro, limpiando con su pañuelo la espada ensangrentada y envolviéndolas ambas en un lienzo, que las ocultaba completamente.

—Vamos, –dijo el uno,– felizmente hemos tocado con un celador borracho, que está a carga del comisionado de emborracharlo.

El que había dado muerte a Montiel dijo:

—¡Pobre diablo! era tan cobarde como sanguinario y cruel. Mi nombre lo hizo estremecer.

—Ya era de suponer, pues que Vd. era para él un enemigo temible.

—Temible, sí, porque en Cuba le ofrecí vengar todos los males que a mí y a todos los de mi familia nos había causado.

—Y los ha vengarlo Vd. cumplidamente.

—Bien sabe Vd. sin embargo, que mi principal objeto ha sido impedir el que vuelva Montiel a Cuba, donde tantos males puede inferir a nuestra patria.

—Iremos a dar cuenta a nuestros compañeros, –dijo el que acababa de ocultar las espadas.

Y colocándolas bajo el brazo, se puso en ademán de marcharse.

—Sí, vamos, contestó el otro y ambos dirigiéronse por la calle de Núñez a la de Bodegones.

No bien, habían desaparecido estos dos misteriosos personajes, cuando salieron de la esquina que formaba la acera opuesta, tres individuos, al parecer gente del pueblo, pero de buen talante. Eran tres artesanos que iban a sus casas a hora avanzada de la noche.

Uno de ellos echando una interjección mayúscula dijo:

—¡Qué demonios! ¿si será este un asesinato?

—¿No ha oído Vd. lo que hablaron cuando llegamos?

—Sí, hablaron de venganza y de juramento.

—¿Qué podemos hacer? La cosa es seria.

Los tres individuos habíanse acercado y miraban con aire receloso el cadáver del señor Montiel.

Por largo rato permanecieron en ese estado de asombro, y estupor, que produce la vista inesperada de un cadáver, víctima al parecer, de horrendo crimen.

Al fin entablóse una acalorada discusión para resolver lo más conveniente en tan difícil trance.

No se ocultó a su previsión de cuanta gravedad podía ser para ellos su situación.

Los acordes de un piano les dejaron comprender que cerca de allí había un baile. Por el vestido de la víctima, comprendieron que era del número de los asistentes al baile.

Para no comprometerse en manera alguna, resolvieron ir a la casa y avisar lisa y llanamente, que acababan de encontrar un cadáver; pero sin decir una palabra de aquellos dos personajes, que sin duda eran los autores del crimen.

Procediendo de esta suerte, creyeron ellos verse libres de "compromisos y declaraciones."

– XXXIII –

Un complot

¿Quién era el matador del señor Montiel?

Todas las apariencias condenaban a Álvaro. Sin embargo, éste se hallaba ajeno a todo lo que acabamos de referir y muy distante de aquel lugar.

Preciso será, para que conozcamos a su valiente agresor, que asistamos a una escena que tuvo lugar entre las once y las doce de la noche; es decir, en el lapso de tiempo que trascurrió, desde que vimos entrar a nuestros cuatro personajes al baile, hasta poco antes que le fuera entregada al señor Montiel aquella carta, que tan fatalmente lo condujera a la muerte.

En la calle de Bodegones, una de las más centrales de Lima, y en habitación decentemente amueblada, de un *hotel*, hallábanse reunidos cuatro personajes, desconocidos para nosotros.

Dos de ellos jóvenes, y los otros dos de avanzada edad.

El que manifestaba ser de más respetabilidad, tomó la palabra, de conversación al parecer principiada.

—Sí, amigos míos, –dijo,– es necesario, es imperioso que ese hombre no vuelva más a Cuba,

—No volverá; yo respondo de ello, –dijo con entereza uno de los jóvenes.

—Es preciso no olvidar, que es el enemigo infatigable de la causa de Cuba, el despiadado confiscador de nuestros bienes, el inicuo incendiario de nuestros ingenios...

—Debe morir a nuestras manos dijeron a una los dos jóvenes.

—Sí; pero los cubanos, que estamos desterrados en el Perú, no debemos mancharnos con un crimen, aun cuando él sea en bien de nuestra amada patria.

—Pues bien, –repuso uno de ellos,– lo obligaremos a batirse en lucha leal y caballerosa. Ya sabéis que yo, al salir de Cuba, juré matar a Montiel.

—Parece, –respondió el que hasta ese momento había permanecido en silencio,– parece, que no conociera Vd. amigo mío, lo que es ese cobarde de Montiel.

—¡Ah! –replicó el joven con entusiasmo,– es que yo iré esta noche al baile, y en presencia del mundo entero, le abofetearé y escupiré, para obligarlo a batirse.

—¡Bah! –exclamó el primero, con sardónica risa– Montiel se limpiara la mejilla, frotarase el sitio dolorido; después se esconderá donde no sepamos de él, y al fin, se nos escabullirá de entre las manos, para ir a aparecer en Cuba, donde principiará con mayor saña, todo linaje de venganzas y latrocinios.

—Antes, –dijo con furor uno de los jóvenes asiendo con brío su revólver,– antes una bala de mi revólver le destapará el cráneo.

—Pues bien, amigos míos, es preciso, no olvidar que hoy es sábado, y que la semana entrante partirá Montiel para Cuba, –dijo el que más silencioso había permanecido.

—¿Lo sabe Vd. con seguridad? –replicó el joven.

—Tan seguro como si él me lo hubiera dicho.

—Señores, –dijo uno de los jóvenes, poniéndose de pie con ademán resuelto, juro a fe de cubano y de patriota, que esta noche esgrimiré un arma contra ese infame español.

El que dijo que conocía la cobardía del Sr. Montiel, movió la cabeza manifestando incredulidad, y repuso:

—No hará Vd. sino concitar la cólera de ese enemigo, que bien pronto irá a vengar esos insultos en nuestras desamparadas familias.

—Es que tengo seguridad de matarlo.

—Es que él no se batirá, –replicó el interlocutor que había permanecido más silencioso.

—Tengo un proyecto, –repuso el otro.

—¿Cuál? –preguntaron a una los tres.

—El señor Montiel vive aterrorizado con los complots, las maquinaciones y los golpes de mano, que a cada paso cree que le amenazan; pues bien, ese mismo terror, que hasta ahora nos ha impedido encontrarlo, en sitio en donde nos fuera dado desafiarlo; servirá ahora para acercarme a él.

—¡Ah! no, –dijo el otro joven,– esa sería una celada indigna de nosotros.

—Es que yo, –replicó el primero,– sólo me serviré de este medio, para encontrarme con él, como decimos nosotros, de hombre a hombre, sin abusar jamás de ninguna ventaja.

El más caracterizado de los cuatro, quedó por un momento pensativo, y luego dijo:

—Puesto que es necesario, que no tengamos en nuestro favor ni aun las ventajas de la fuerza y la juventud; yo, que soy en muchos años mayor que él, realizaré el proyecto.

—No, –dijo el otro, que era también de avanzada edad– en ese caso, es a mí a quien me corresponde, que soy de sus años y su fuerza.

—Que lo decida la suerte, –contestó el otro.

—Sí, que lo decida la suerte –contestaron los otros dos.

—¡Ah! –dijo con tristeza el iniciador del proyecto– ¡queréis quitarme la gloria de matar a ese perro español, a quien he jurado dar muerte!

El joven tomó una pluma, escribió cuatro nombres, en papelitos que cortó al efecto. Después de enrollarlos, en forma de cigarros, echoles en un sombrero y presentándoselos al más caracterizado, díjole:

—Saque Vd. uno.

Este miró hacia arriba, introdujo la mano en el sombrero, y tomando uno de los papeles, lo presentó a su amigo, diciéndole:

—Lea Vd.

—¡Ah! ¡Gracias al cielo! –exclamó el joven, con indecible expresión de gozo– a mí me toca librar a Cuba de ese infernal enemigo. Al fin cumpliré mi juramento.

Luego, empuñando dos espadas, y lleno de gozoso entusiasmo, dijo:

—Una de estas atravesará el corazón de ese infame.

—¡Mucho tino y cuidado, mucha prudencia! –dijo el más caracterizado, poniendo una mano en el hombro del entusiasmado joven.

—Exijo de ustedes algo, –dijo éste con severo tono.

—Pida todo lo que quiera, –dijo el más anciano.

—Exijo un juramento.

—¿Cuál? –dijeron a una los tres.

—Jurad que ninguno de nosotros divulgará mi nombre, si es que la justicia pretendiere castigar el hecho como criminal.

—Lo juramos por nuestro honor, –dijeron los tres, con voz conmovida y solemne.

—¡Gracias! –dijo el joven estrechando la mano de cada uno de sus compañeros.

—Necesito de ti –dijo dirigiéndose al más joven– tú estás recién llegado y nadie puede conocerte; tú serás el portador de la misiva que nos traerá a ese cobarde.

El joven se sentó cerca de la mesa, escribió una carta, y después de despedirse de sus dos ancianos amigos salió con su joven compañero.

Ya hemos visto de qué manera tan digna y caballerosa cumplieron ambos jóvenes su cometido.

Réstanos sólo decir, que la muerte del antiguo Gobernador de Cuba, no fue sino el justo castigo de sus pasados crímenes e incalificables maldades.

Cada uno de los que allí reunidos estaban, tenía algún agravio que vengar, algún mal que evitar con la muerte del que llamaban enemigo declarado de su patria.

Al salir dos jóvenes sucedió un hecho, en apariencia insignificante; pero que haremos notar.

El que llevaba las dos espadas, se embozó con una capa, para poder ocultarlas: el otro, salió con sólo su paletó, anudándose al cuello un *cachenez* de seda que le cubría parte de la cara. Este era el designado por la suerte, para desafiar y matar a Montiel.

Quién al ver este joven, con un paletó gris completamente semejante al que Álvaro llevaba al salir del baile, y con su *cachenez* anudado al cuello; y después de haber oído las palabras de los tres individuos que encontraron el cadáver del señor Montiel; ¿quién no exclamará?

¡Coincidencias! ¡Sois acaso vosotras las misteriosas hadas que os ocupáis en tejer los destinos humanos!...

– XXXIV –

Lo que hacía Álvaro durante su ausencia del baile

¿Qué había sido mientras tanto de Álvaro?...

¡Él, que en este momento era el llamado a cumplir el juramento que en momentos solemnes hiciera a su padre!

¡Ah! es que Álvaro amaba, y amaba con ese amor dominante, absorbente, que no da lugar a otros afectos, ni a otros odios, que aquellos que nacen o provienen de él mismo.

En el corazón, no pueden existir dos pasiones igualmente poderosas; la más fuerte domina y llega al fin a extinguir a la otra.

El odio al señor Montiel, por más que fuera un odio justificable, habíase extinguido casi por completo en el corazón del joven cubano.

Como si su alma estuviera santificada por el amor, apagáronse en ella todos sus odios.

En los corazones enamorados como en los terrenos feraces, sólo florecen plantas de exquisito perfume.

Las malezas y los espinos, crecen sólo en los terrenos áridos y en los corazones vacíos de amor.

Álvaro, al salir, como lo hemos visto, furtivo y cautelosamente del baile, estaba muy lejos de pensar en odios ni en venganzas.

Iba a aprovechar de la feliz ocasión de encontrarse solo con Catalina, iba ebrio loco de amor y de esperanzas.

Esperaba poder rendirla, mover su compasión, o cuando menos arrancarla una promesa para lo porvenir. Y en caso que así no fuera, despedirse para siempre de Catalina.

No obstante, preciso es que digamos, que aunque él hallábase en esa temperatura en que se ha convenido, que no puede haber amante perfecto sino está resuelto a sacrificar honor, patria, amistad, todo, a la posesión de la mujer amada; algo como la tortura del remordimiento destrozaba su alma.

Después que hubo salido del baile, para dirigirse donde Catalina, más de una vez detúvose a meditar y un ligero estremecimiento, agitaba todo su cuerpo, y su frente se nublaba, como la de un hombre que va a cometer un crimen.

Menos conturbado estaría su espíritu si hubiera salido, no con el fin que ahora llevaba, sino con el de matar al señor Montiel, al asesino de su padre.

Algunos días hacia que su situación habíasele tornado de todo en todo insoportable.

Comprendía que era amado, y esta idea, lejos de calmar sus penas, aumentaba su desesperación.

Sentíase sin valor, sin fuerzas para consumar un sacrificio, que envolvía su felicidad y la de la joven que debía ser su esposa.

Unirse a Estela, amando loca, frenéticamente a Catalina, esto era superior a sus fuerzas. Era casi imposible.

Partir a Cuba, ir a buscar la muerte en los campamentos adonde por largo tiempo había vivido, sino feliz, al menos con la dulce satisfacción del deber cumplido; era hoy su anhelo, y su más dulce aspiración: traicionar al amigo, seducir a la esposa fiel, tal vez labrar la eterna desventura de la inocente Estela, que tanto lo amaba; eran ideas espantosas que aparecíansele a la mente, rodeadas de algo tan tenebroso, que no encontraba otro recurso que huir, como de un mal irremediable.

Su ardiente amor a Catalina, su leal amistad con el señor Guzmán, la felicidad misma de Estela, creía él que exigían ese sacrificio.

Pero preciso es confesar, que en cuestiones de amor, poco entienden los hombres de sacrificios.

Sacrificar en aras del deber, una pasión tan poderosa, y dominante, como es el amor, sólo puede hacerlo la mujer, que, educada en la escuela de las restricciones y las exigencias, hase habituado, desde temprana edad, a toda suerte de imposiciones, formándose así, una naturaleza casi ficticia; pues que, obedece más a las exigencias sociales que a los mandatos de la pasión.

Así pues, si en algunos momentos, la idea de un sacrificio pasó por la mente de Álvaro, pasó rápida sin dejarle más que un doloroso recuerdo.

Había pensado dejar una carta escrita en la que le refiriera a Estela y a su padre, lo que había sucedido y las causas que lo impulsaban a tomar tan violenta medida.

Más de una vez pensando en la situación de Estela habíase dicho:—¡Pobre Estela! ella no es más que una niña incapaz de sentir una gran pasión: pronto le pasará todo.

Así discurría Álvaro, cometiendo la injusticia de desconocer el ardiente y apasionado amor de Estela.

Cuando no se ama no se estima el amor que se inspira, sólo cuando echamos en la balanza el peso de nuestro amor, podemos valorizar el que inspiramos.

Álvaro caminaba con acelerado paso y pronto llegó a la casa. Abrió la puerta de calle y entró sin hacer el menor ruido.

Como conocía perfectamente la disposición de la casa, dirigióse sin trepidar a la escalera que quedaba al fondo del espacioso patio.

A pesar de la oscuridad de la noche, subió sin tropezar en los peldaños de la escalera. Caminaba con los brazos extendidos, como si lo guiara algún espíritu invisible.

Dirigióse a las habitaciones de Catalina, que, como ya sabemos ocupaban el costado derecho. Sus pasos no producían ruido alguno sobre el embaldosado de mármol, como si fueran los pasos de algún fantasma que caminara por el aire: como si su mirada penetrara en las tinieblas.

Sacó una llave, y abrió con precaución una puerta.

Era la del escritorio del señor Guzmán.

Desde allí pudo ver que el dormitorio de Catalina estaba con luz, lo que manifestaba que ella aún estaba levantada.

Entró resueltamente en la habitación, y dio algunos pasos. De súbito se estremeció, como si lo tocaran por la espalda.

Era el ruido que acababa de producir la campanilla del reloj colgado en la pared, al principiar a dar la hora.

—Las doce –dijo contando los golpes del reloj, como si temiera haberse equivocado.

Luego siguió avanzando de puntillas.

El corazón golpeábale el pecho con tal fuerza, que su ruido lo ensordecía, como si fuera el martilleo de un yunque.

Detúvose un momento, y tendió el oído en ademán de escuchar.

El más profundo silencio reinaba en torno.

—Catalina –dijo– o la ha cogido el sueño recostada en su diván, o está leyendo tranquilamente.

No puedo perder un momento, necesito hablarla ahora mismo.

Si está dormida la contemplaré un momento y luego la despertaré.

Pensando así, atravesó el cuarto de estudio del señor Guzmán, luego otro aposento en el que sintió un perfume delicioso: era el tocador de Catalina.

Allí se detuvo un momento. Aquel perfume indefinible, que se exhala del conjunto de perfumes que componen el tocador de una mujer elegante, tenía para él algo de deleitoso, de indecible.

Respiró con delicia, casi con embriaguez aquella atmósfera, y con una sonrisa que tenía más de voluptuosa que de espiritual, dijo: —Paréceme que respirara el ambiente de Catalina.

Después de un momento, continuó avanzando; pero ya sin conciencia de lo que hacía, como impulsado por una fuerza sobrenatural: como arrastrado por irresistible imán.

En ese momento llegó hasta él un doloroso suspiro; tembló, pero siguió resueltamente, hasta colocarse en la zona luminosa que partía del dormitorio de la joven.

Dejemos por un momento a Álvaro mudo y estático contemplando a Catalina. Dejémoslo con las manos plegadas, la mirada lúcida, la respiración agitada, los labios vibrantes, y la expresión iluminada por la esperanza y el amor.

Preciso es que digamos lo que ha pasado en el alma de la joven, desde que la vimos, no ha muchas horas, desempeñando su papel de camarera arreglando con solícito esmero el tocado de la que ella no podía dejar de considerar sino como a su rival.

Cuando Catalina vio salir a Estela, con su elegante vestido de baile, resplandeciente de belleza y de alegría, ebria de amor y de ilusiones dejóse caer en un sillón, como si en aquel día de lucha horrible, y de supremo esfuerzo, hubiérase agotado toda su fuerza.

—¡Dios mío! —dijo cubriéndose el rostro con las manos,— me falta la resistencia.

Después dirigióse a sus habitaciones. Sonó la campanilla.

—Prepara todo, que quiero recogerme —dijo a la criada que se presentó.

Luego que se vio sola, cerró por dentro la puerta, y corrió a postrarse ante la imagen de una Virgen, cual si tuviera grande anhelo de orar, inmensa necesidad de un apoyo, de un consuelo, para su desfallecido corazón.

Catalina era religiosa y creyente.

Un mar de lágrimas inundó su semblante. Lágrimas largo tiempo contenida, que sólo podían desbordarse en la soledad.

Después de un momento de angustioso llanto en que sus sollozos parecían acrecer junto con las ideas que torturaban su alma, levantó sus grandes ojos al cielo y con el acento de la mayor desesperación dijo:

—¡Madre, madre mía! Tú que eres modelo de abnegación y sacrificio, dame la fuerza necesaria para cumplir mis propósitos. Acalla este corazón que ama, que ama con delirio y que lo siento sublevarse ante el sacrificio que le he impuesto.

Si ha de faltarme el valor, mándame antes la muerte, mil veces preferible, a vivir llena de remordimientos, cargada de ignominia.

Después, con suprema angustia exclamó:¡Madre! ¡madre mía! ¡ampara a esta infeliz que se siente morir!... y quedó sumida en extática contemplación, en muda y elocuente oración.

Largo tiempo permaneció en este estado.

¿Quién puede expresar, lo que su alma sentía?

¡Ah! tal vez presentía, que en esos momentos el amor tejía una red en torno suyo, para aprisionarla, precisamente cuando se sentía más débil para la resistencia; cuando la sucesión fatal de los acontecimientos, acababa de agotar, sus ya decaídas fuerzas.

Como Satanás, el amor venía a ofrecerle todos los reinos de la tierra, si consentía en adorarlo. Venía a ofrecerle lo que era para ella más que todos los reinos de la tierra, el gran reino de la felicidad, ¡el ansiado reino del amor!...

Catalina oró con verdadera unción, como debe orar el náufrago en medio de la tempestad, viendo a sus pies el abismo.

El amor en esos momentos fue para ella un huracán que se arremolinaba, amenazando su débil resistencia.

¡Un sacrificio!... una lucha consigo mismo: ¡qué pocos saben sostenerla!...

Después de haber terminado su ferviente plegaria, como si se sintiera algo más confortada, se incorporó, pasóse repetidas veces la mano por la frente y dando un hondo suspiro dijo:

—Felizmente esta situación no durará mucho tiempo. Esta fiebre que me devora concluirá pronto con mi vida. Sí, no es posible vivir en esta horrible agonía.

Después fue a un estante de libros, tomó sin trepidar uno. Era "La Imitación de Cristo."[61]

Abrió el libro y se puso a leer, aunque sin cesar de llorar. Pero ya no eran las lágrimas de la desesperación, eran sí, las sublimes lágrimas del dolor resignado.

De cuando en cuando lanzaba un hondo y largo suspiro, que más bien era un amargo sollozo. Uno de estos suspiros es el que acababa de escuchar Álvaro.

---

61 *Imitación de Cristo*: devocionario escrito por el monje y escritor alemán beato Tomás de Kempis (c.1379-1471). Sus obras son representativas de la devoción moderna, un movimiento de reforma espiritual centrado en los Países Bajos que subrayó ante todo el ejemplo moral de Cristo

– XXXV –

El amor salva a la virtud

Después de larga contemplación, Álvaro resolvió traspasar el dintel de aquella puerta, seguro de no ser rechazado por Catalina.

Adelantóse, no con el paso precipitado, el aire misterioso y dramático del enamorado feliz, que viene donde su amada, sino más bien, con la expresión melancólica, el paso grave y el ademán solemne, del desgraciado que viene a pedir su felicidad, a remediar sus males, a implorar su vida, o tal vez a dar un adiós eterno a la mujer amada.

Aunque le alentaba dulce y vaga esperanza, sentía el terror de la situación, la duda torcedora y cruel, que nos asalta, cuando vamos a dar un paso decisivo, y de grandes trascendencias.

Desde el momento en que poco ha se decidió, que su matrimonio se efectuara sin más dilaciones, había quedado aturdido, como quien recibe un inesperado golpe.

Su cerebro estaba confuso, sus ideas oscuras, indecisas, un solo deseo habíase determinado como destacándose, si así puede decirse, del caos de su pensamiento.

Quería hablar a todo trance, a toda costa, con Catalina; parecíale que ella iba a resolver todas sus dudas, a calmar todas sus angustias; pero luego pensaba que Catalina, aunque lo amaba podía rechazarlo, reconvenirlo, tal vez alejarse indignada para siempre.

¿No la había visto en el curso de estos días, severa, muda, imponente como si quisiera decirle: "cumple tu deber"?

¡Ah! Álvaro divagaba en medio de la esperanza y el temor, en medio de la duda y la incertidumbre.

Pero su resolución estaba tomada, y con el semblante pálido, la voz temblorosa, y la mirada suplicante entró en la habitación —¡Catalina! –dijo procurando aparecer tranquilo.

La joven que había permanecido leyendo, o más bien diremos, procurando leer, aunque su pensamiento se alejaba a cada paso del libro, levantó la cabeza quiso ponerse de pie, cual si intentara huir; pero le faltaron las fuerzas, y tornándose mortalmente pálida.

—¡Álvaro! –exclamó, llevando ambas manos al pecho para acallar los latidos del corazón.

Álvaro guardó silencio. Tuvo impulso de correr hacía ella, de estrecharla en sus brazos, y decirla todo lo que su corazón sentía; pero fuéle preciso dominarse y callar. Al fin rompió este penoso silencio diciendo: —Señora, he venido porque érame imposible vivir un día, una hora más, en esta horrible situación. He venido, porque tengo el corazón y el alma enfermos, no sé lo que por mí pasa. Tenga Vd. compasión de mí. ¿Qué quiere Vd. Catalina? no es posible verla y no amarla, verla y olvidar que Vd. me ha amado. Tengo la desgracia de amarla hoy más que nunca. Vd. lo conoce y lo comprende bien, por eso es que su ceño se arruga en mi presencia, y su expresión fría e indiferente, ha helado la palabra mil veces en mis labios. Vd. ha presenciado mis sufrimientos, ha visto mis angustias; pero lo que aún no ha visto Vd. lo que tal vez no alcanza Vd. a comprender, son mis horas de desesperación, mis noches de insomnio, mis días de infierno. Catalina, ¡tenga Vd. compasión de mí! No le pido sacrificio; pero ya que me es forzoso hacer el inmenso sacrificio de unirme a una mujer que no amo, prométame al menos, que viviremos siempre juntos, me bastara respirar el aire que Vd. respira, y vivir al calor de la atmósfera que a Vd. alienta.

Álvaro dio dos pasos para acercarse a ella, pero Catalina cuya palidez habíase aumentado visiblemente, dio dos pasos para atrás, extendió los brazos con ademán desesperado y cayó a plomo sobre sí misma, como si estuviese muerta.

Álvaro corrió y pudo recibirla antes que cayera al suelo.

La levantó en sus brazos, la estrechó contra su corazón, estaba ebrio, loco, desatinado de amor.

Parecíale que un huracán pasaba por su cabeza, y al través de sus pestañas, creía distinguir algo como relámpagos, que se sucedieran, sin interrupción.

Después, como si consumara un acto religioso, muy delicado, colocó a Catalina en el diván, cuidando de que la cabeza quedara recostada en un almohadón. Luego, mudo, extático, quedó contemplando aquella mujer amada que tenía a su vista.

Una cascada de negros y ondeados cabellos cubrió el cojín y la peineta que poco ha los sujetara quedó caída en el suelo.

Si en el corazón de Álvaro no existiesen nobles y caballerosos sentimientos, y más aún, si no amara a Catalina con aquel reverente amor, que anonada el cuerpo y parece sumergirlo en el piélago inmenso de un ideal infinito; si todas estas circunstancias no concurriesen, tendríamos que recurrir en este momento a aquella nube misteriosa que Homero hacía descender del cielo para ocultar en ciertos momentos a sus dioses.

Pero Álvaro, lejos de desear aquella mujer, para él deliciosa, cuyas formas acababa de sentir contra su pecho, sintió que sus rodillas se doblaban, y cayó postrado, como si acabara de columbrar algo tan grande como el infinito y tan sublime como el amor.

Asió con frenesí una mano de Catalina y después de llevarla al corazón, la cubrió de besos y lágrimas.

¿Cuánto tiempo duró esta muda y extática contemplación?

¿Quién puede medir el tiempo cuando vive en las elevadas regiones de la felicidad o en los negros abismos del dolor?...

Se cree haber vivido un siglo, en un segundo de dolores. ¡Y creeríamos haber vivido un segundo, en un siglo de felicidad!

Al fin Catalina, después de un prolongado suspiro, abrió los ojos, miró al joven, sonrió dulcemente, y volvió a cerrarlos como si temiera despertar de un delicioso sueño.

—¡Catalina! ¡mi bella Catalina! —dijo Álvaro con angustiado acento, temiendo, que aquel largo desmayo se prolongara aún por más tiempo.

Catalina abrió de nuevo los ojos y pareció recobrar la razón, sus mejillas se colorearon y su semblante tomó aquella expresión triste y angustiada que ya le era habitual.

Álvaro sintió que el corazón de Catalina palpitaba con violencia, y que su cuerpo se conmovía, con nervioso estremecimiento.

—¡Catalina, dijo,– dime que estos latidos que siento no son de odio, sino de amor.

—Pluguiera el cielo, –dijo ella levantando sus hermosos ojos,– que el odio hubiera podido extinguir el amor.

Álvaro guardó silencio y como si tomara suprema resolución, dijo:

—Catalina, atiéndeme, huyamos de aquí. Ven, el mundo es grande y en sus ámbitos hallaremos un rincón que oculte nuestra dicha; ven, huyamos. Tú me perteneces, me pertenecías, antes de unirte al señor Guzmán. Nuestra desgracia es inmensa, nuestra situación desesperada; pues bien, en estas situaciones no se debe mirar a un lado ni a otro, sino salvar los abismos y vencer los obstáculos, cualesquiera que ellos sean. Ven, ven sígueme...

Álvaro se puso de pie y tomó de una mano a la joven en actitud de partir.

Catalina lo miró con tristeza y con indecible expresión de amargura dijo:

—¡Huir! y ¿a dónde? ¿dónde hallaremos un lugar que nos oculte, a mí de la deshonra, y a ti del remordimiento? ¿Dónde huiremos que no nos siga el recuerdo del amor de Estela, y la maldición de su padre?

—Pues bien, no deben importarnos nada las lágrimas ni las maldiciones de los dos; pues que la fatalidad los ha colocado en nuestro camino, avasallémoslos. Ven, huyamos ahora mismo.

—¡Imposible, imposible! —exclamó Catalina, con desesperado tono a la par que con enérgico acento.

Al escuchar esta contestación, Álvaro mirando a la joven con indecible amargura díjole.

—¡Imposible huir! dices, ¡imposible! —repitió con amarga sonrisa,— ¿y para decirme esto ha atravesado Vd. señora, el Océano y ha venido desde lejana distancia a interponerse entre yo y Estela? ¿acaso ha venido Vd. sólo a entretenerse con mi suplicio, y a divertirse con mi sufrimiento? Preciso es que sepa Vd. que yo vivía, si no dichoso, al menos tranquilo con el cariño de Estela. Gozaba con su amor, y me prometía un porvenir de paz y de felicidad doméstica. Vd. lo ha destruido todo, abriendo un abismo en donde pronto desaparecerá la felicidad de todas las personas de esta honrada y generosa familia.

Después de un momento de silencio Álvaro continuó diciendo:

—La conducta de Vd. se ha hecho para mí inexplicable. Si quince años de conocerla y tratarla, no hubieran arraigado en mi alma la convicción de que Vd. no es una mujer perversa, yo creería que la más refinada maldad, guía todos los pasos de Vd.

—Yo esperaba que Vd. conociera lo que pasa en mi alma, —dijo con tristeza la señora de Guzmán.

—Su conducta, Catalina, es inexplicable, y casi me atrevo a llamarla contradictoria de lo que Vd. pretende manifestarme.

—Y sin embargo, si Vd. mirara más desapasionadamente vería...

—¿Qué? dijo con ansiedad Álvaro.

—Algo que le diera la explicación de ese enigma.

—¡Querida Catalina! exclamó él, como si hubiese adivinado lo que ya esperaba, y dio dos pasos para aproximarse; pero Catalina lo contuvo con el ademán y la expresión.

—Escúcheme Vd. Álvaro. Yo soy muy criminal; tiene Vd. razón al acusarme. Yo misma me horrorizo de lo que he hecho, y créalo Vd. si con mi vida pudiera reparar los males que mi impremeditación ha causado, los repararía. ¡Oh, Dios mío! Es verdad. Yo me casé con el señor Guzmán, con ese noble anciano, sin otro afecto que el que como una maldición llevo en el corazón; me casé sin otro fin, sin más esperanza que la de acercarme al hombre que amaba.

Catalina se ruborizó, cual si le costara trabajo y vergüenza lo que acababa de decir; después con la voz conmovida, más como quien habla de sus faltas, que como quien dice algo que debía halagar a su interlocutor, continuó diciendo:

—Tomé al Sr. Guzmán como un medio, como un instrumento, para realizar mis aspiraciones. No vi en él sino al hombre que debía conducirme al lado del que amaba, y no al desgraciado que yo elegía para que fuera la víctima de mi malhadada pasión. Su amor no era más que una pequeña valla, que mi amor avasallaría.

Pero, ¡ay de mí! yo no creía, no esperaba encontrar un hombre bueno, noble, confiado que me ama, que me estima y ha hecho de mi felicidad un culto, al que se ha entregado completamente. Verme feliz y contenta es la sola aspiración de su vida. Creer que él contribuye con su amor a esa felicidad, es la suprema dicha de su alma. Satisfacer mis más pequeños deseos, reclinar tranquilo y confiado su frente sobre mi seno, he aquí todo lo que él me pide, todo lo que el desea. Créame Vd. Álvaro, no existe en el mundo una mujer que pueda engañar a un hombre como el señor Guzmán.

Álvaro miró con ternura a Catalina, y con voz conmovida dijo:

—¡Cuán buena y noble es Vd. Catalina!

Esta calló un momento y luego lanzando un profundo suspiro dijo:

—Yo desearía que mi esposo me oprimiera, me celara; quisiera que pusiera mil muros que me separaran, de Vd. Entonces me vería Vd. llegar a sus brazos, y decirle:

—Aquí estoy; he salvado todos los obstáculos, he arrostrado todos los peligros, he desafiado todas las iras, aquí estoy. He adquirido con mi valor, con mis sufrimientos, con mis lágrimas, el derecho de ser feliz. He empeñado una lucha, cuya victoria me pertenece, y debe tener por premio tu amor.

Pero ¡ay, Dios mío! traicionar a un anciano, que me deja en libertad, engañar a un esposo, que me ama... no... no ¡imposible!...

Un largo silencio siguió a estas palabras.

Álvaro parecía subyugado, anonadado por la pureza de sentimientos que revelaban las palabras de Catalina. Luego, tomándole una mano, dijo:

—Yo a tu lado, lo olvidaré todo, todo, y si tú me amas, tú también lo olvidarás. Ven, huyamos.

—¡No, jamás, imposible! –dijo ella con resolución.

—¡Jamás! repitió Álvaro moviendo con amargura la cabeza, y mirándola con angustia– ¡imposible! sí, porque ya no me amas, porque tu amor fue, un amor de conveniencias.

Catalina dio dos pasos hacia Álvaro, y con desesperado acento y creciente exaltación dijo:

—Que no te amo, dices, ¡ah! mira, ¿no ves estos ojos enrojecidos por el llanto, y enlutados con la negra aureola del pesar? ¿No ves mi semblante desfigurado, y mi tez marchita, como si las sombras de la muerte se extendieran sobre mí? ¿No sientes esta fiebre que me devora? ¡Ah! es que, me falta la vida que en otro tiempo me daba tu amor. Es que hace tiempo que mi semblante se ha acostumbrado a contraerse sólo con el dolor, porque no sabía alegrarse, sino al rayo de tu mirada. Aplica el oído a este corazón, cuyos latidos acabas de sentir; cada uno de ellos es un golpe que me asesina. Mira, esta vida tan joven se ha tornado sombría como la ancianidad, este corazón ardiente se quiebra de dolor y la fiebre consume mi existencia.

Mira, mírame, ésta es tu obra: Yo era feliz, te amaba tanto que esperé llenar con mi amor, el abismo que la fatalidad había abierto entre nosotros. Te llamé, y hubiérame postrado a tus plantas, implorando tu clemencia, para un crimen que no había cometido. Te abrí mi corazón y esperé que entraras como a tu cielo, considerándote un ángel, mas ¡ah! tú quisiste convertirte en un demonio, y ese cielo se ha convertido en un infierno...

Catalina calló, su semblante, tenía la palidez que se asemejaba a la transparencia que dan las sombras de la muerte, su delicado cuerpo oscilaba mezclado, confundido con los pliegues de su larga bata de cachemira.

En este momento sintióse el ruido de un carruaje, que paraba en la casa, y las voces de muchas personas que hablaban.

—Alguien viene, –dijo Catalina, asustada.

—No sé quién pueda ser, el señor Guzmán y los que fuimos al baile deben estar aún allá.

—Aléjese Vd. pronto, –repuso con precipitación ella.

—Una palabra, ella decidirá de mi porvenir.

—Nada puedo decirle, Vd. no es ya para mí, sino el novio de Estela.

—Sí, Vd. no me ama, mañana me alejo de Lima para siempre.

—Salga Vd. pronto.

—Me quedo si tú me lo mandas, –dijo Álvaro.

—¡Ah! exclamó Catalina, llevando una mano al corazón, como si quisiera ordenarle que guardara silencio.

—Catalina, habla por piedad, –repuso Álvaro juntando las manos en además de súplica.

—Te casarás con Estela, sí, yo te lo ordeno; –preguntó Catalina, como si en ese momento tomara una resolución.

—Mañana mismo, te lo juro –respondió Álvaro con entusiasmo.

—Pues bien, hasta mañana, –dijo ella, empujando con violencia al joven, que partió enviándola con la mano un beso y exclamando: ¡gracias, gracias!...

Catalina cerró precipitadamente la puerta y luego dijo:

—Mañana... él será el esposo de Estela, y yo la esposa fiel del señor Guzmán.– Y si este débil corazón flaquea, me alejaré para siempre del lado de Álvaro.

Y como, si este juramento hubiéralo hecho en presencia de un severo juez, extendió su mano, con austera y firme expresión diciendo: Sí, sí, lo juro.

Álvaro salió loco de alegría, ebrio de amor y esperanza.

En ese momento Estela, no era más que un peldaño que necesitaba pisar para acercarse más a la mujer que amaba con delirio.

Pensó regresar al baile, para hacer las invitaciones, única cosa que faltaba para la realización de su matrimonio.

No bien estuvo en el corredor un momento y sus ojos acostumbrados a la luz, pudieron distinguir en la oscuridad, cuando vio alejarse furtivamente a una persona que parecía haber estado cerca de la puerta del dormitorio, la misma Catalina cerró después que hubo partido el señor Guzmán con su hija.

Álvaro detúvose un momento, sin saber que resolución tomar. Aquel desconocido había sin duda escuchado todo su acalorado diálogo con Catalina.

¿Quién podía ser?

En la casa sólo quedaron los sirvientes, D. Lorenzo y Elisa. De éstos, ¿quién tendría interés en venir a escuchar lo que pasaba en las habitaciones de la señora?...

Álvaro no pudo explicarse la misteriosa presencia de este desconocido, que tan cautelosamente huía de aquel sitio, y aún cuando vio que en lugar de huir hacia la parte de afuera, se dirigió hacia el ala izquierda de la casa, a cuyo lado quedaban las habitaciones de D. Lorenzo y Elisa.

¿Quién era este hombre que sin duda se había impuesto de todo lo que pasó entre Catalina y Álvaro? Este no tuvo tiempo de seguirlo, pues del coche que había parado en la puerta, parecía que bajaban varias personas, que habían entrado a la casa.

– XXXVI –

EL CADÁVER DEL SEÑOR MONTIEL

L a fatalidad concierta y ordena los acontecimientos, cuando quiere perder a una de sus víctimas.

—¿Cuál era la causa de aquel ruido inesperado que acaban de escuchar Catalina y Álvaro, en el momento que ellos creían que sólo su voluntad podía decidir de su destino?

Preciso será, para conocer bien los sucesos, que volvamos al salón de baile, de donde vimos salir a Álvaro no ha mucho, para ir a hablar con Catalina, y al señor Montiel, para ir a donde lo arrastraba, a su pesar, aquel desconocido, que como sabemos, lo condujo a una muerte que debía ser, castigo de sus pasados delitos.

Cuando Álvaro, después de haber bailado con Estela, pidióle permiso para alejarse por un momento, pretextando un asunto de importancia; ésta quedó triste y meditabunda. ¿Qué asunto era éste, que lo alejaba de su lado, cuando él la había prometido que estarían toda la noche juntos?

El señor Guzmán habíase puesto a jugar una partida de rocambor y el señor Montiel conversaba con algunos amigos.

Las dos de la mañana, poco más o menos eran, cuando Álvaro y el señor Montiel, salieron del baile como los vimos, casi al mismo tiempo.

De pronto, todos los concurrentes se agitan, hablan misteriosamente; los unos toman su sombrero, y se disponen a salir para informarse de lo que pasa. Otros miran al señor Guzmán y a Estela con expresión angustiosa. Todos repiten que uno de los concurrentes ha sido asesinado a diez pasos de la casa. Nadie puede explicarse la causa, ni la manera cómo pudo llevarse a cabo este asesinato.

Al fin la noticia y la alarma llegan basta donde el señor Guzmán, que jugaba tranquilamente su partida de rocambor. Este corre, toma su sombrero, y a pocos pasos de la casa se encuentra con el ensangrentado cadáver del señor Montiel.

La primera idea que le ocurre es, buscar a Álvaro para que lo acompañe y se encargue de hacer conducir el cadáver a la casa; pero Estela dice toda angustiada y casi llorosa, que Álvaro, ha más de dos horas, que se ha retirado prometiéndola volver luego.

El terror difundióse entre las señoras, con esa eléctrica rapidez, con que el extremado miedo acobarda los espíritus débiles.

Algunos caballeros, que en esto de ser espíritus débiles, pueden llegar a engrosar las filas del sexo débil, fueron de opinión, lo mismo que las señoras, que debían retirarse todos en el acto.

Unos decían que había sido un conato de asalto, para apoderarse de las joyas de la señora; otros aseguraban que al llegar al baile habían visto grupos de hombres sospechosos que los miraron con ojos amenazadores.

Los más serenos afirmaban que no había temor ninguno, pues, el cadáver estaba con todas sus prendas de valor, lo cual probaba, que el asesino no era ladrón.

No faltaba quien notara, que Álvaro no estaba en el baile; asegurando que hacía dos horas que se le vio salir; algunos aventuraban a decir:

—El arma que ha atravesado el corazón de ese español, es una espada cubana. Nadie pensó ya más en bailar, ni se preocuparon de otra cosa, que del inaudito acontecimiento, que había llenado de consternación a todos los concurrentes.

Los médicos que reconocieron la herida del señor Montiel, aseguraron que era causada por arma blanca y que el golpe había sido asestado con mano firme y segura, causándole la muerte casi instantáneamente.

El señor Guzmán cada vez más angustiado, no cejaba de inquirir por el paradero de Álvaro, como si un vago y lejano temor lo llevara inquieto y desasosegado.

Al fin fuele forzoso hace conducir el cadáver del señor Montiel a su coche.

El ruido de este coche es el que Catalina y Álvaro escucharon poco antes de separarse, el mismo que conducía el cadáver del padre de Catalina acompañado del señor Guzmán y unos cuantos amigos de éste.

Como el coche había parado a la puerta, Álvaro pensó que no tenía mucho tiempo que perder, y apresuróse a descender las escaleras; pero, no bien había pisado el último peldaño, cuando abrióse la puerta de calle, y el señor Guzmán, después de entrar en el zaguán, encendió un fósforo a cuya luz pudo ver Álvaro que venían otras muchas personas, las mismas que acababa de dejar en el baile.

No siéndole ya posible llegar hasta sus habitaciones, cuya entrada estaba cerca de la puerta de la calle, Álvaro no pudo hacer otra cosa que ocultarse en el retrete de debajo de las escaleras.

Desde allí pudo ver todo lo que pasaba, y escuchar todo lo que decían.

Cuando vio entrar el cadáver del señor Montiel frío sudor inundó su frente. Parecióle ver una fúnebre procesión que venía a buscarlo, como a un criminal que se oculta entre las sombras de la noche.

Por una de esas inexplicables intuiciones, Álvaro, lejos de sentir la satisfacción del que ve el cadáver de un enemigo, de un infame que había labrado su desgracia, cuya existencia, pesaba sobre su conciencia como reproche, como acusación del olvido en que yacía la memoria de su padre; sintió un vago terror, algo como si la helada mano de la muerte se posara sobre su frente.

Al pronto no pudo darse cuenta de lo que veía. ¿Qué significaba aquel cadáver? ¿Por qué lo traían a la casa acompañado de las mismas personas que estuvieron en el baile?

Bien pronto salió de estas dudas.

El señor Guzmán abrió la puerta de las habitaciones de su suegro, y volvió a salir con una bujía encendida: a la luz de esta bujía, es que vio Álvaro todo lo que pasaba.

Vio al señor Guzmán, con el mismo cadáver, que con solícito cuidado hizo sacar del coche y colocarlo en las habitaciones que acababa de abrir.

Álvaro respiraba con angustia y horrible zozobra agitaba su espíritu.

Hubiera querido poder salir y hablar con todos, para informarse de lo que acababa de suceder.

No alcanzaba a explicarse lo que veía por más que en ese momento torturaba su inteligencia, dándose así mismo toda suerte de conjeturas.

Recordó haber dejado al señor Montiel departiendo tranquilamente con algunos amigos. ¿Qué había pues sucedido durante su ausencia?

En este momento, el señor Guzmán se dirigió a las habitaciones de Álvaro, que, como hemos dicho, estaban situadas en el patio y al frente de las del señor Montiel. Tocó con fuerza la puerta gritando –¡Álvaro! –¡Álvaro!– y con la voz algo alterada dijo: –este joven ha tenido algún asunto de grande importancia, cuando ha dejado el baile a estas horas.

—¿Qué será esto? murmuró con el semblante nublado y la respiración angustiada.

Largo rato, quedó con la vista fija, meditabundo y silencioso. Oscurecióse su semblante, como si luctuosos pensamientos surgieran en su mente.

Rememoró todos los acontecimientos que pudieran darle luz sobre este misterioso y desgraciado suceso.

La desaparición de Álvaro, presentábasele a cada instante, como un escollo que no podía salvar.

Luego pensó en la pena que tendría Catalina al saber la trágica e inesperada muerte de su padre. Pensó que este pesar, agravaría sus dolencias y alteraría aún más su delicada salud. En consecuencia resolvió, ocultarle esta funesta nueva, todo el tiempo que fuera posible. Economizarle un pesar a Catalina, a esta bella y seductora joven a quien tanto amaba fue el anhelo del amante esposo.

Un segundo coche que paró a la puerta, sacó al señor Guzmán de su profunda meditación.

Apenas la distinguió el señor Guzmán, dirigióse a ella, y casi al mismo tiempo, hiciéronse ambos esta pregunta:

—¿Dónde está Álvaro?

—Algo muy grave debe retenerlo lejos de nosotros. De otra manera no me explico su ausencia, –dijo el señor Guzmán.

Estela no contestó una sola palabra. Levantó los ojos al cielo, y exhaló un doloroso suspiro que Álvaro alcanzó a oír, por encontrarse cerca de allí.

—¡Pobre Estela!, murmuró mirando con tristeza el semblante angustiado de la joven.

En ese momento reflexionó que, tal vez era injusto con Estela, que tanto lo amaba. Meditó cuánto debía agradecerle aquel amor infinito y resignado que ella le profesaba, cuando su condición de novia y de joven mimada, la llevaban a exigir toda suerte de consideraciones.

Álvaro, arrepintióse de los pesares involuntarios, que a Estela había causado y con noble propósito prometíase corregirse.

– XXXVII –

El día siguiente

¡Cuán diversas emociones y cuán amargos pensamientos traían inquietos y apesarados a los moradores de la casa del señor Guzmán!

El viento de la vida que a veces sopla cual blanda brisa y perfumado céfiro, suele tornarse en destructor vendaval, en furioso huracán.

¿Qué invisible y despiadada mano agita las tempestades de la vida y las tempestades de la naturaleza? ¿Por qué no nos es dado huir del rayo que nos mata ni el dolor que nos hiere?

¿Por qué la virtud, la inocencia y el candor no tienen pararrayos ni abrigo?...

¿Por qué el alma inocente y pura, como la erguida palmera del desierto; sucumbe destrozada por el huracán o abrasada por el rayo?

Y, ¡ni el corazón que se desbarra ni la flor que se troncha, alcanzan a alterar un punto el curso de los acontecimientos!

¿Pesa por ventura lo mismo, en la balanza de los destinos del hombre, la flor tronchada por el rayo, que el alma herida por el dolor?

¡Ah! ¡víctimas de ciega fatalidad, implacable y ciego el golpe que hiere a entrambas; y el alma herida por el dolor, suele ser tan inocente como la flor herida por el rayo!...

¡Estela! ¡Catalina!.... ¡Pobres flores que el viento, el infortunio azota cruelmente!...

El señor Guzmán, Catalina y Estela, todos estaban tristes, angustiados. Todos divisaban en el horizonte la nube negra, siniestra, que anuncia la tempestad.

Hasta la misma Andrea, la impasible Andrea, estaba abatida y preocupada; ella que sólo vivía pensando en la salvación de las almas y la conversión de los herejes, sintió en torno suyo la atmósfera cargada de acontecimientos y de electricidad; de aquella electricidad inexplicable que hizo creer a los antiguos en las influencias de un espíritu maligno, a la que más tarde se llamó fatalidad, y luego castigo providencial. ¿No llegará el día en que se la llame llana y simplemente lógica natural de los acontecimientos?...

Catalina había meditado toda la noche en su horrible situación.

¡Haber encontrado la felicidad, el amor, la vida, esa vida del corazón, única que ella anhelaba y perderlo todo, sacrificarlo todo a la felicidad de otros seres!...

Había encontrado el paraíso de la felicidad, pero guardado por el ángel bíblico de espada de fuego que la rechazaba mostrándole el amor de su esposo y la desventura de Estela.

Y cual si lo guardaran los siete círculos del infierno del Dante, no osó penetrar en ese encantado Edén.

Al siguiente día estuvo agitadísima, y por varias veces habló a su esposo del matrimonio de Álvaro, manifestándole la necesidad de apresurarlo tanto como fuera posible.

Y respecto a la inesperada desaparición del Sr. Montiel, Catalina no se manifestó muy alarmada.

El señor Guzmán cuidó de advertirla desde la noche que el señor Montiel iría al Callao a arreglos indispensables para su próximo viaje, pensando decirle después que su padre quedaba gravemente enfermo en el Callao.

De este modo creyó que podía llegar gradualmente hasta noticiarle, la muerte de su padre, evitándole así la terrible impresión de tan inesperada nueva.

– XXXVIII –

El diálogo de dos desconocidos

Acababan de sonar las diez de la noche, cuando principiaron a llegar numerosas personas a casa del señor Guzmán. Todos venían vestidos de luto.

Por los preparativos y el movimiento que se notaba, fácil era comprender que se trataba de llevar a la iglesia el cadáver del señor Montiel.

En aquella época aún estaba vigente la malísima costumbre de depositar en la noche los cadáveres cuyas exequias debían oficiarse al siguiente día, en una de las iglesias de la ciudad.

Era una de esas frías y lluviosas noches del mes de julio.

Por orden del señor Guzmán las boquillas de gas que alumbraban la parte baja de la casa daban tenue luz, lo que imprimía a todo el edificio lúgubre y sombrío aspecto.

Catalina, que había pasado el día agitadísima, salió de su habitación para respirar el aire puro de la noche.

En ese momento distinguió, dos personas que subían las escaleras, dirigióse a ellas esperando encontrar a algún amigo de la casa, que trajera noticias de su padre.

Pronto conoció, por las voces, que eran extraños y retrocedió ocultándose en la parte que quedaba más oscura.

Los dos recién llegados se reclinaron en la balaustrada del corredor y principiaron a departir tranquilamente.

Uno de ellos parecía joven, el otro era de más edad. El más joven miró a todos lados y dijo:

—Aquí estamos bien, ya nos hemos presentado al dueño de casa, y en la confusión de la partida, nadie notará que no somos del número de los acompañantes.

—¡Qué pesados y engorrosos son estos compromisos para acompañar muertos! –exclamó el otro.

Al escuchar esta exclamación, Catalina se asió a la columna que tenía cerca de sí, como si temiera perder el equilibrio. Sin saber por qué parecíale que se trataba de su padre.

Los dos desconocidos hablaban sin volver la cara hacia donde estaba ella y no podían ver que una persona se ocultaba en ese lugar.

Uno de ellos contestando a la exclamación del otro dijo:

—Sí, son compromisos fastidiosos, mucho más cuando se trata de un muerto del que, no se le da uno, maldita de Dios la cosa, que marche al otro mundo bien o mal acompañado.

—Lo que es éste, va cargado con las maldiciones de todos aquéllos a quienes tantos males ha hecho.

—Dicen que era un hombre perverso y cobarde.

—Sí, tan cobarde como perverso.

—¡Cosa rara! se cree que el tigre no engendra palomas, sin embargo la hija tiene dulce expresión de mansa paloma.

—No te fíes de las expresiones dulces de ciertas personas; la que más dulce parece, suele tener a Lucifer en el cuerpo.

—Si ésta lo tuviera, sería uno de los casos excusables.

—¿Por qué tanta lenidad para ella?

—¡Pobrecita! casada con un viejo y obligada por su situación a presenciar el matrimonio de su amante.

Un ¡ay! largo, profundo y doloroso, hizo volver la cara a los dos interlocutores, que fijaron la vista hacia el lado en que se encontraba Catalina; ésta se ocultó poniéndose de costado tras de la columna. El sitio donde ella estaba quedaba casi oscuro y no alcanzaron a descubrir nada.

—¿Has oído? –dijo uno de ellos, mirando fijamente hacia ese lado.

—Sí, algo como un suspiro.

—En la mansión de un marido viejo, casado con muchacha hermosa, deben oírse muchos de estos suspiros.

—Ciertamente, mas no en el caso presente.

—¿Aludes al amante, que vive en la misma casa?

—Es claro, un amante joven y apasionado, es la miel que endulza el tósigo [62] que da un marido anciano.

—El amor de los viejos, es como ciertos alimentos pesados, necesita un licor espirituoso para digerirlo.

—Hombre, acabas de decir una sentencia –contestó riendo uno de los interlocutores.

—Hay para mí un punto oscuro en todo este drama, –dijo el otro cambiando el tono.

—¿Cuál?

—El asesinato del señor Montiel.

Al escuchar estas palabras Catalina se estremeció y un temblor nervioso

---

62 *Tósigo*: veneno (de tóxico)

se apoderó de todo su cuerpo. Algo como un vértigo pasó por su cerebro; pero procuró dominarse y puso mayor atención, para no perder una sola palabra de la conversación.

—¿Qué hay de oscuro en ello?

—¿Cómo es que Álvaro, siendo el amante de Catalina, ha asesinado al padre de ésta?

—Fácilmente me explico ese hecho.

—¿De qué manera? –preguntó el otro.

—Comprendo que el amor no alcanzó a extinguir el odio.

—Hay en ese asesinato algo de ruin y cobarde, ¿no lo crees tú así?

—Verdaderamente, Álvaro ha debido darse por satisfecho con el terror que alcanzó a inspirar a ese pobre hombre; o desafiarlo como caballero: matar a un viejo, débil e indefenso, tendiéndole una celada, para llevarlo a un lugar apartado, es algo que encierra mucha perfidia y traición, –dijo con tono despreciativo el que parecía más joven.

—Me llama la atención –repuso el otro– que la policía permanezca impasible ante un hecho tan escandaloso.

—Así es la policía de este país. Mientras tanto, todos señalan a Álvaro González como al asesino del pobre viejo Montiel.

—Por taimada que ande la policía, me parece imposible que este crimen quede impune.

—Ya veremos –dijo el joven– ya veremos poner en juego las influencias del señor Guzmán.

—¡Hombre! y esto será curioso; porque veremos al marido defendiendo la vida y el honor del amante de su esposa.

—¡Ah pícaro mozo! ¡qué bien ha sabido jugársela al pobre viejo! –dijo el de más edad con sarcástica risa.

—Y el pobre viejo, dicen que adora a su mujercita.

—Es natural: ¡verse dueño de una linda muchacha a una edad en que no se halla una alma caritativa que quiera consolar un corazón de sesenta años!

—En cuanto a que él sea dueño, eso tiene sus bemoles.

—¿Qué importa, si él lo cree al menos así?

En este momento se sintió el ruido que hacían muchas personas que salían de las habitaciones del señor Montiel.

Era la caja mortuoria que salía seguida de todo el séquito de amigos que iban acompañándola.

—Ya lo sacan, esperemos un momento y luego bajaremos. Así nos veremos libres de permanecer media hora más en la iglesia.

El que acababa de hablar se inclinó apoyándose en la balaustrada y mirando hacia abajo, también Catalina, desde el sitio donde se encontraba, vio la fúnebre procesión que conducía el cadáver de su padre.

Cuando hubo salido el último acompañante sintió algo como si le desgarraran el corazón.

Mientras escuchó este diálogo necesitó hacer supremos esfuerzos para reprimir el llanto, que como mano de hierro anudaba su garganta. Al ver llevarse la caja mortuoria que contenía los restos de su padre, fuéle imposible dominarse por más tiempo. La sangre se le agolpó al corazón y cayó sin sentido.

Los dos amigos, que a la sazón se retiraban, con la intención de eludir la enfadosa tarea de acompañar el cadáver de uno, que, como habían dicho, no les interesaba cosa alguna, sintieron el ruido que hizo el cuerpo al caer y deteniéndose súbitamente dijeron:

—Alguien se ha caído.

Pero casi al mismo tiempo dijo uno de ellos; —No importa sigamos.

Y descendieron las escaleras sin detenerse a indagar quien era la persona que acababa de producir aquel ruido como el de un cuerpo que cae desplomado.

Un momento después Elisa, que iba y venía para "no perder nada de lo que sucedía en la casa" dio un grito y exclamó:

—¡Jesús! ¡Ave María! ¡si será éste otro muerto! –y salió corriendo aterrorizada, y volviendo la cara como si luchara entre el terror y la curiosidad que la dominaban en ese momento. Luego que estuvo cerca de las habitaciones de D. Lorenzo, con angustiado acento gritó:

—Papá Lorenzo, venga Vd. ¡Un muerto! ¡un muerto hay allá en el corredor!...

Don Lorenzo, que en ese momento se encontraba departiendo tranquilamente con la virtuosa Doña Andrea sobre los extraordinarios sucesos que se habían realizado en la casa; púsose de pie y sin perder su acostumbrada flema dijo:

—¡Si será esta una nueva desgracia!

—¡Ay Dios mío! Que traigan al señor cura para que eche agua bendita en la casa, –exclamó la supersticiosa Andrea.

Ambos se dirigieron, llevados por Elisa, al lugar donde estaba Catalina.

Andrea, sin dejar de caminar, principió a santiguarse y dijo:

—Si parece que Lucifer en persona se hubiera metido en esta casa ¡Ave María! creo en el misterio de la Santísima Trinidad.

Don Lorenzo moviendo la cabeza y sin dirigirse a nadie, como si hablara consigo mismo, murmuró:

—Sí, hay un Lucifer, uno solo, que concluirá por llevarnos a todos a los abismos del infierno.

Después, al ver la oscuridad del lugar que señaló Elisa en que *estaba el muerto*, detúvose y volviéndose a ella díjole:

—Ve a traer luego una luz.

—Sí, una luz repitió angustiada Doña Andrea, y como si en ese momento le ocurriera una buena idea agregó: —Mira Elisa anda a mi cuarto y tráeme la *cera de bien morir*[63] que está a la cabecera de mi cama.

---

63 *Cera de bien morir*: se refiere a las velas que era costumbre dar a los deudos para acompañar la procesión durante los entierros

Elisa echó a correr y volvió luego con una bujía encendida en una mano y en la otra una cera sucia y amarilla como si hubiera permanecido muchos años recibiendo las injurias del tiempo y del polvo.

Elisa pasó por delante, Don Lorenzo y Doña Andrea la siguieron, esta última dijo:

—¡Cómo olvidé mi devocionario para las oraciones de difuntos!

Cuando Elisa estuvo cerca y la luz dio de lleno en el rostro de Catalina, exclamó asombrada:

—¡Es la señora Guzmán!

—¡Qué nuevo misterio será éste! –dijo D. Lorenzo.

Después que se convencieron que estaba desmayada y no muerta como había creído Elisa, Andrea corrió a llamar a los mayordomos y sirvientes para que vinieran a llevar a la señora a su lecho.

Cuando llegó el señor Guzmán, Catalina estaba ya algo repuesta y habló de la muerte de su padre como una desgracia irreparable, pero sin dejar comprender que sabía los pormenores de ese crimen.

El señor Guzmán abstúvose de hablarle de este asunto que tanto podía contristarla y aunque en el primer momento pasó por su mente vaga sospecha de la culpabilidad de Álvaro, como autor de la muerte del antiguo Gobernador de Cuba, disipóla considerándola del todo inverosímil.

En cuanto a Estela; cuya inocencia jamás hubiera alcanzado a llevar sus sospechas, hasta culpar a Catalina o Álvaro; tenía, por su mal, a Elisa que, con su atisbadora mirada y su penetrante malicia, veía claro, "muy claro" como ella decía, lo que pasaba en el corazón del señor Álvaro.

– XXXIX –

MATRIMONIO Y PRISIÓN

Ocho días después de los acontecimientos que acabamos de referir, notábase en casa del señor Guzmán, el movimiento y agitación de extraordinarios acontecimientos.

La linda Estela debía casarse aquella noche con el amado de su corazón con Álvaro González.

Nadie, al ver a Álvaro, hubiera podido creer que su pensamiento, su espíritu, todo su ser se dirigía hacia otra mujer, hacia otro corazón, que no era el que debía amar; que no era el de su novia.

¿Llamaremos a esto una perfidia una traición?

Por desgracia sucede que los enamorados suelen profesar el principio de Maquiavelo: no pararse en los medios, con tal de alcanzar los fines, y lo que en realidad es una perfidia, una infamia, una traición, suele no ser más que una locura, una debilidad.

¡Y las *debilidades* del amor son tan excusables, cuando las comete el sexo fuerte! Para ellos el amor es niño caprichoso y loco que no admite otros fallos que los que a él plácele dictar. Sin duda por esto los latinos decían, que amar y tener juicio a la vez, era apenas posible a un Dios.

Álvaro aunque impelido por la cruel necesidad que lo obligaba a unirse a Estela, por acercarse a Catalina, no dejaba de valorizar su difícil situación, horrorizándose de tener, a su pesar, que seguir adelante.

Las seis de la tarde acababan de sonar, cuando se encontraban reunidos en el salón de la casa el señor Guzmán, Catalina y Estela.

De pronto sintióse ruido de pasos como de varias personas que venían de la calle.

El señor Guzmán se adelantó esperando que sería a él a quien buscaban.

Dos personajes desconocidos presentáronse a la puerta. Uno traía unos papeles, el otro era un militar.

—¿El señor Álvaro González está aquí? –preguntó el que llevaba los papeles.

—Vive en las habitaciones de los bajos, —contestó con sequedad el señor Guzmán.

—No está allá –contestó el primero, y después de dar una investigadora mirada, retiróse, no sin volver repetidas veces la cabeza.

—¡Qué aire tan misterioso traen esos hombres!, observó Catalina.

—Uno de ellos es escribano, –repuso pensativo el señor Guzmán.

—¿Qué querrán con Álvaro? –dijo con inquietud Estela.

—Será algo relativo a arreglos de matrimonio, dijo con tono sencillo Catalina.

—¡No!, –contestó Estela– todo lo tiene ya arreglado.

¿Quiénes eran esos hombres de sospechoso talante que habían ido a buscar a Álvaro?

¡Ah! ¡era la fatalidad que perseguía a una de sus víctimas!

Como hemos dicho, salieron después de dar una investigadora mirada, como quien espera sorprender, algo.

Por el patio de la casa encontraron a uno de los sirvientes y lo interrogaron de esta suerte.

—El señor Álvaro González vive aquí, ¿no es verdad?

—Sí aquí vive, –contestó sencillamente el criado.

—¿A qué hora se le puede encontrar con seguridad?

—¿Con seguridad? –repitió el criado pensativo.– Ahora no hay seguridad de encontrarlo sino a las ocho de la noche. Está en los arreglos de su matrimonio y no viene sino un momento y vuelve a salir luego.

—¿Se casa siempre esta noche? –preguntaron a una los dos interlocutores.

—Sí creo que se casa, al menos, las órdenes que se dan me lo hacen creer así.

—¿Mañana a qué hora estará aquí?

—¡Caramba! –mañana estará aquí en su dormitorio todo el día. –contestó riendo el criado.

—Quise preguntarle a Vd. si a pesar de su matrimonio seguiría viviendo aquí.

—Es natural, a no ser que también él se marche con el señor y la señora que se van a Lima, mañana según he oído decir.

—Fácilmente se comprende que estos dos hombres venían a tomar preso a Álvaro y para hacer más trágico el lance conviniéronse en llegar en el momento en que se efectuara la ceremonia.

Aquella noche el señor Guzmán estaba sombrío y caviloso, como si en medio de todos aquellos preparativos sólo viera la sombra de su desgracia, que, a su pesar, imaginábase que lo perseguía por todas partes.

Álvaro, aunque en los días anteriores se había mostrado contento y satisfecho estaba pálido y conmovido.

Catalina estaba agitada, nerviosa. En algunos momentos llevaba ambas manos al pecho y respiraba con fuerza, temiendo asfixiarse, tan escasamente le permitía respirar la opresión que sentía. Otras veces una lágrima brillaba en su pupila y luego desaparecía como si su voluntad la hubiera suprimido.

Las ocho y cuarto eran cuando principió la ceremonia.

El señor Guzmán y Catalina se colocaron al lado de los novios por ser ellos los padrinos.

El sacerdote encargado de bendecir la unión pronunció una elocuente alocución, que todos escucharon con recogimiento.

Concluida la ceremonia, todos se acercaron a felicitar a los novios.

Álvaro dio el brazo a Estela y ambos recibían complacidos las afectuosas manifestaciones de sus amigos.

De súbito aparecieron en el salón dos personajes desconocidos. Eran los mismos que poco antes presentáranse preguntando por el señor Álvaro González.

Uno de ellos se dirigió sin trepidar hacia Álvaro, y le entregó un papel, obedeciendo sin duda a un plan convenido. El otro, después de hacer una venia a los concurrentes dirigióse a Álvaro diciéndole con imperioso tono:—Seguidnos.

Álvaro, después de leer el papel, palideció mortalmente y con voz temblorosa y desesperado acento dijo:

—Esta es una celada infame. No puedo seguirlos.

—Caballero, –dijo el que vestía uniforme militar– seguidnos si no queréis exponeros a un mal tratamiento.

—Pero, ¿qué significa esta orden de prisión? –preguntó él con acento de angustia y desesperación.

—No tenemos más orden, –repuso el interpelado,– que la de conduciros esta noche mismo a la cárcel.

—¡A la cárcel! –repitió Álvaro llevándose ambas manos a la cabeza y temblando de rabia.

El señor Guzmán, Catalina, Estela y casi todos los circunstantes rodearon a Álvaro, y le miraban estupefactos sin comprender lo que significaba esta inesperada escena.

Después de mil objeciones y altercados, después de otros tantos impedimentos fue necesario que Álvaro saliera para ir a la cárcel conducido por dis alguaciles.

Cuando Estela vio partir al que era ya su esposo cayó herida por un rayo.

– XL –

Un punto oscuro en el horizonte

Aunque el señor Guzmán no conocía en todos sus pormenores la pasada historia de Álvaro, algo como una sospecha pasó por su mente.

Recordaba el dominio casi tiránico que Álvaro ejerciera sobre el señor Montiel.

Luego la desaparición inexplicable de Álvaro en el momento que se cometía el asesinato era para él seguro indicio de la culpabilidad del joven.

Un incidente, aunque de poca monta en apariencia, agravó horriblemente su angustiosa situación.

Obedeciendo a sus generosos sentimientos y movido por el afecto que profesaba a su hija, pensó poner en juego sus influencias, e inclinar la benevolencia de los jueces en favor del que era ya su hijo político; pero el primer amigo a quien manifestó sus intenciones díjole asombrado: —Va Vd. a perderse, no sabe Vd. que sus enemigos, aquéllos a quienes Vd. ha herido con su recto proceder, quieren herirlo a su turno haciéndolo aparecer como cómplice en este asesinato.

—¡A mí! –exclamó el noble anciano llevando con altivez y dignidad una mano al pecho.

—Sí, amigo mío, sus enemigos... dijo encogiéndose de hombros y dejando suspensa la frase.

— ¿De qué manera puedo yo ser cómplice en este horrible crimen? –preguntó el señor Guzmán.

—Como al señor Montiel todos lo creen rico...

—Bien y qué.

—Y la esposa de Vd. la única heredera.

—¡Ah infames! –exclamó desesperado llevándose ambas manos a sus respetables y encanecidas sienes.

Desde este momento manifestóse severo imparcial, y abandonó al que él creía el verdadero asesino del señor Montiel.

También con su esposa, con la que siempre habíase manifestado expansivo y franco, parecía receloso y reservado, evadiendo estudiosamente todo punto de conversación que tuviera referencias con este desgraciado suceso.

Respecto a la conducta de Catalina, diremos que fue dignamente sostenida en el límite que le correspondía.

Lloraba la muerte de su padre, pero no se atrevía a aventurar ninguna conjetura, respecto a los que ella temía que fueran los autores de ese crimen.

Cualquiera palabra favorable a Álvaro podía tornarse en una acusación contra ella. Y por más que se reconocía inocente comprendía que las apariencias la condenaban.

¿Quién podía atestiguar que Álvaro no había sido llamado aquella noche por ella? ¿cómo probar que, lejos de aceptar las pretensiones del joven, habíalo impulsado, habíalo comprometido a que se uniera a Estela, sin más aspiración de su parte que realizar la felicidad de ésta?

¿Cómo probaría ella que después que adquirió la certidumbre de que Álvaro se casaría con Estela, pensó alejarse de él para siempre?

Cuestiones eran estas que se le presentaban como otros tantos puntos oscuros que no le sería dado aclarar a los ojos de los que quisieran acusarla.

Estela permanecía encerrada en sus habitaciones negándose a recibir a todos.

Sólo Elisa, su compañera y amiga, la cuidaba con solícito afán, informándola diariamente del estado en que se encontraba el juicio criminal que se había entablado contra Álvaro.

Pocos días después el señor Guzmán llegó como de ordinario a saludar a su hija. Por un exceso de delicadeza Estela se abstenía muchas veces de hablarle de este asunto, que tantas escabrosidades tenía para él; por su parte, el señor Guzmán evitaba también hablar a su hija por temor de renovar sus pesares y ver correr sus lágrimas.

Pero este día el señor Guzmán llegó algo más sereno que anteriormente. Era que el corazón del amante esposo se serenaba a medida que las pruebas de la culpabilidad de Álvaro le dejaban conocer la causa de su salida del baile.

Estas pruebas manifestaban claramente que el joven cubano había salido para matar al asesino de su padre y no para asistir a una cita amorosa de su esposa.

Aunque la primera suposición traíale el convencimiento, de que Álvaro era el antiguo novio de Catalina, aceptábala gozoso antes que convenir que ella pudiera darle citas aprovechándose de su ausencia.

Este día quiso consolar a su hija, dándole alguna esperanza, de que Álvaro se salvaría ya que él tenía tantas de que salvaría el amor de su adorada Catalina.

Después de saludarla besándola en la frente, y de informarse del estado de su salud, díjole.

—El juicio de Álvaro está en buen estado, espero que terminará favorablemente.

—¿Es posible? ¿lo crees tú así? —contestó con presteza acercándose a él y estrechándole las manos.

—Sí, hija mía, todo me lleva a hacer esta suposición —dijo el señor Guzmán.

—¿Qué hay? dímelo, líbrame por piedad de esta angustia que me está matando.

—Cálmate, querida Estela, hasta ahora lo más serio, que hay y que es como un punto oscuro que desgraciadamente puede ser causa suficiente para que se le condene: es...

—¡Ah! sí— exclamó Estela con amargura— su ausencia del baile a la hora en que se cometía el crimen.

—Sí, esto es muy grave, pues aunque, del careo del criado que acompañó a Montiel, resulta que el encapado era algo más grueso y más alto que Álvaro, esto no es suficiente, pues un hombre que va a cometer un crimen bien puede disfrazarse poniéndose más abultado y agrandando su talla por medio de grandes tacones.

—¿Y su ausencia del baile es la única prueba desfavorable? —preguntó con ansiedad Estela.

—Hasta ahora no hay otra, el criado, que es el único testigo, no ha reconocido en Álvaro ni la voz, ni la fisonomía ni ningún signo exterior de los del verdadero asesino. De las declaraciones, de los careos, de todas las tramitaciones judiciales, en fin, no resulta ninguna prueba fehaciente en contra de tu esposo. Un sólo punto preséntase oscuro y éste es, de gran fuerza en asuntos judiciales; saber dónde estuvo el acusado en el momento que se cometía el crimen, y Álvaro guarda sobre este punto obstinado y acusador silencio.

Estela levantó su cabeza y con el semblante bañado en lágrimas y la expresión animada por una profunda convicción dijo:

—¡Ah! padre mío, yo tengo evidencia que Álvaro no es el asesino del señor Montiel.

El señor Guzmán arrugó el ceño, como si una idea horrible pasara por su mente y con aire sombrío y angustiado repuso:

—Pues entonces, ¿dónde ha estado Álvaro en aquellos momentos?

Estela palideció como si la misma idea que había pasado por la mente de su padre le desgarrara el corazón,

—No sé, como explicar este misterio, —dijo confusa.

—El señor Guzmán miró a su hija como si quisiera leer en su pensamiento y con voz ahogada y breve dijo:

—Si él no es él asesino ¿por qué no habla? ¿por qué no dice donde se encontraba en aquel momento?

—¡Oh! Yo espero que todo se aclarará, —exclamó Estela, casi asustada de la expresión de su padre.

—Sí, todo se aclarará y entonces ¡ay del culpable! –exclamó el anciano con la voz temblorosa y los puños crispados.

Estela miró a su padre y comprendiendo la amargura que encerraban sus palabras lanzóse a su cuello y sollozando dijo:

—¡Ah, padre mío! ¡cuán desgraciados somos!...

El señor Guzmán procuró desasirse de los brazos de su hija, como si temiera que sus lágrimas próximas a desbordarse revelaran lo que guardaba como un secreto.

Y cual si férrea mano le comprimiera la garganta se retiró silencioso con la respiración sibilante y el semblante contraído por el dolor.

Cuando estuvo fuera de la alcoba llevóse ambas manos a la frente murmurando.

—¡Si Álvaro no es el asesino de Montiel, es sin duda mi asesino! ¡Yo no sobreviviré un momento el día que esta duda sea una convicción!

– XLI –

Angustias y sospechas

El señor Guzmán, cada día más atormentado por los celos y el temor de perder el cariño que creía haber alcanzado en el corazón de su esposa, aprovechaba todas las ocasiones en que podía sorprender en su semblante algún indicio que le guiara en el cúmulo de conjeturas en que se perdía su conturbado espíritu.

Don Lorenzo, que también esperaba sorprender alguna palabra o manifestación que aclarara sus dudas, se encargaba de informar a Catalina de todo lo que tenía referencia con el juicio criminal de Álvaro, y observaba con atención los efectos que producían en ella las noticias que la traía.

Catalina habíase encerrado en un silencio inexplicable para Don Lorenzo, empeñado en investigar aquella alma, que, según él columbraba, era grande, a pesar de estar encerrada en cuerpo de mujer.

En sus ratos de soledad, Catalina, abandonábase por completo a la desesperación, cuya fuerza era mayor, cuanto era más largo el tiempo que tenía que estar reprimiendo sus lágrimas y dominando su dolor.

Ni aun le quedaba el dulce lenitivo que a los desgraciados queda, departir de sus penas, llorar, sobre: el pecho de un ser amado, hacer que sus lágrimas se enjuguen con el beso consolador de la amiga, que siente la generosa y noble compasión que los grandes pesares inspiran.

La reserva y el silencio tenían que ser el perpetuo estado de su alma, envuelta en los senos del misterio; veíase por propia delicadeza y natural reserva, condenada al mayor de los suplicios, a manifestarse serena y tranquila cuando dentro el corazón llevaba un infierno.

Sus párpados orlados de largas pestañas se entornaban, al peso incontrastable de las lágrimas, su cabeza se caía sobre el pecho, como la flor tronchada, sobre su tallo, sus pálidas mejillas, parecían surcadas, por las lágrimas que ocultamente derramaba.

Su respiración agitada, y escasa la obligaba a dar frecuentes y largos suspiros, y algunas veces se llevaba la mano a la garganta como si quisiera arrancar la pena horrible que anudaba su cuello.

Sin libertad ni posibilidad para dar rienda suelta a su dolor, y expansión a su aflicción, veíase necesariamente conducida a reconcentrarse dentro de sí misma, aumentando así su amargura.

Y sin embargo, esta pena no alteraba sensiblemente su hermosura. ¡Ah! es que Catalina tenía aquella belleza soberana, que en las obras de arte como en las de la naturaleza, ostenta sus perfecciones lo mismo a la siniestra luz de un incendio que a la riente claridad del alba.

Como mujer generosa y buena, aunque apasionada y vehemente, veía su situación y se acusaba de los males que por su causa abatían a todos los que la rodeaban.

Veía a Estela, aquella criatura inocente nacida para los goces tranquilos del amor, para las fruiciones serenas del alma, presa de cruel angustia acosada por todos los terrores del infortunio y amenazada por todos los dolores de la viudedad.

Veía a Álvaro a quien el amor, como él habíale dicho, hubiérale ofrecido al lado de Estela si no un paraíso de ventura, un hogar risueño al lado de una candorosa y amante esposa, preso difamado y tal vez próximo al cadalso.

Veía en fin al señor Guzmán, a ese noble anciano, con las sienes coronadas de blancos cabellos y el corazón de agudas espinas; y luego convertía la mirada sobre sí misma y se consideraba como la autora de todos estos desastres, como la caja fabulosa de donde un día salieron todos los males de la humanidad.

¿Qué le quedaba que hacer, a ella que en un momento de loco extravío había venido a colocarse en medio del camino de tantos seres, que lejos de ella serían felices, y que su presencia había tornado en desdichados y mal aventurados?...

¿Qué le quedaba que hacer para reparar tantos males, para rehabilitar su conducta ante su propia conciencia?...

¡Ah! Su corazón, su noble corazón se lo dirá, se lo pedirá. Y así como le obedeció cuando le mandó amar, le obedecerá cuando le mande sacrificarse.

En las almas como la de Catalina no hay términos medios: o aman hasta el sacrificio, como lo hizo ella casándose con un hombre que no amaba, con sólo el objeto de volver al lado de su amante, o se sacrifican hasta la deshonra, como piensa hacerlo Catalina.

¿Cuáles son designios? ¿Cómo puede sacrificarse por la felicidad de Estela y la vida de Álvaro sin arrastrar tras de sí la felicidad y la vida de su esposo, del hombre que ha hecho de su amor un culto y de la felicidad de su esposa un ideal que es la única luz que alumbra aquella vida próxima a extinguirse?... ¿Sacrificará la felicidad y la vida del anciano en holocausto a la felicidad y la vida de los jóvenes? ¿Se cree, por ventura con derecho a tanto?

No, Catalina medita el medio de salvarlos a todos, sin medir ni retroceder, al considerar la magnitud del sacrificio.

Además, no se le ocultó desde el primer momento que, el silencio de Álvaro guardaba por temor de deshonrarla, prefiriendo su condena antes que declarar lo que sería su salvación; esto es, dónde estuvo, en el momento en que se cometía el asesinato; este silencio era, para ella, elocuente prueba de amor y al mismo tiempo noble ejemplo que se creía en el deber de imitar.

Si él sacrificaba su vida por salvarle el honor, ¿no debía ella sacrificar su honor, por salvarle a él la vida?

Estas reflexiones aparecían de continuo en su mente acentuándose a cada momento con mayores argumentos.

Este era el estado en que se encontraba el ánimo de la señora Guzmán, cuando llegó a su conocimiento que Álvaro González había sido condenado a muerte por el juez de primera instancia.

Esta sentencia llenó de asombro aí la sociedad toda, que no vio en ella sino, la mano de alguien que se empeñaba en perder al joven cubano.

Esta mano no podía ser otra que la del señor Guzmán.

Hombre de elevada posición social, y de gran fortuna había desempeñado por largo tiempo el alto cargo de Vocal de la Corte suprema. Su viaje y su matrimonio alejáronlo, de la curul[64] del magistrado; pero conserváronle las influencias a que era acreedor.

Estas influencias iban, por desgracia, a ser las que decidirían de la vida o muerte del antiguo novio de la señora Guzmán.

Nadie que no haya vivido en Lima podrá comprender lo que aquí valen las influencias de la amistad, de la posición social y del dinero.

Triste es decirlo. La sentencia de muerte del joven cubano, era una de las muchas injusticias que se realizan con escándalo de los que ven minadas las más sacrosantas leyes de la moral social, por influjos del prestigio, no siempre del verdadero mérito, sino más bien de algo que debiera llevar la reprobación y castigo.

---

64 *Curul*: se refiere a la silla curul, que usaban los magistrados más jóvenes (ediles) de la clase patricia de la antigua Roma. La silla de tijera con las patas de doble curvatura, anillas para ser transportada y ricamente decorada es de origen Etrusco, y representaba el poder del cargo

– XLII –

LA DECLARACIÓN DE ÁLVARO

¿Qué era mientras tanto de Álvaro? Preciso es decirlo, Álvaro recibió la sentencia de su muerte con admirable serenidad.

¡Muero por ella! –se decía y esta idea endulzaba su horrible situación.

Morir por salvar el honor de la mujer amada tiene tanto de grande y sublime que pocos hombres pueden realizarlo, mucho menos en estos, –que todos admiramos,– tiempos de livianos amores y más liviana despreocupación, en que el tipo de Álvaro, no lo dudamos, será mirado como inverosímil.

Morir por salvar el honor de una mujer, hoy que se alardea y se difama por necia vanidad o caprichoso deseo, tiene, lo confesamos, un tinte romancesco que apenas nos atrevemos a sostener, por más que los sucesos que se desenvuelven en esta historia, háyannos llevado hasta este punto.

A los que nos censuren preciso será que les contestemos con las sublimes palabras de aquel gran escritor a quien sus críticos acusaban de crear tipos tan elevados que se alejaban de la realidad, y a los que él respondió: "Dejadme pintar al hombre no tal cual es, sino tal como yo quisiera que fuera."

Sí, dejadnos a los que, sin dejar de conocer toda la bajeza y miseria, de ese rey de la creación, llamado hombre; queremos vivir creyendo que hay seres que pueden realizar acciones tan bellas, como la de morir antes que cometer una infamia.

Siempre hemos creído que pintar el bien, aunque sea llevado hasta lo inverosímil, será más útil, más necesario, que descubrir la realidad, cuando ella llega hasta las repugnantes y libidinosas escenas de la corrupción y del vicio.

Sigamos pues a Álvaro, empeñado, como se encuentra, en guardar el secreto, por más que comprende que, al salvar así el honor de Catalina, perderá él la vida.

Debemos, sin embargo confesar, que él comprendía, que estando empeñado en perderlo el señor Guzmán, pondría en juego las influencias de la amistad y el poder de su elevada posición social; esas arenas temibles, que entre nosotros son más poderosas que en parte alguna del mundo.

Para formarnos idea cabal del estado en que se hallaba el proceso, de Álvaro, preciso será que asistamos a la primera declaración instructiva que, como es sabido, es la base en que se funda el buen o mal resultado de este género de juicios.

Siguiendo la práctica establecida, en estos casos, organizóse el sumario de oficio, por acusación del Ministerio público, en representación de la vindicta social.

Cuando el juez, seguido de un escribano, se presentó a tomarle la primera declaración instructiva, Álvaro apareció ante él, con la frente erguida, y la mirada altiva, del que recibe de su conciencia, no la acusación, sino la aprobación de su conducta.

Ésta casi insolente apostura produjo en el juez desfavorable efecto.

Esperaba él ver, un reo abatido por el remordimiento de su crimen, y agobiado, con su enorme peso. De suerte que en su conciencia, formulóse de antemano el fallo, que con certeza esperó ver confirmado en las declaraciones del reo.

Con sujeción a las formalidades de estilo el juez dirigió a Álvaro, todas aquellas preguntas que tienen por objeto investigar cómo, en qué lugar, a qué hora y a qué circunstancia había sido apresado.

Álvaro con acento tranquilo y afable expresión, contestó a las preguntas, y refirió en pocas palabras la escena acaecida la noche de su matrimonio.

Luego se le preguntó si sabía o presumía la causa de su detención.

A lo que con aire de dignidad y noble altivez contestó:

—Ignoro la verdadera causa de mi prisión; pero presumo que se me acusa del crimen de asesinato del señor Montiel.

Se lo preguntó si conocía a Montiel y si había tenido alguna relación de amistad con él.

Álvaro a quien esta pregunta trajo a su mente, todo un mundo de dolorosos y horribles recuerdos, contestó con la acerba entonación del hombre a quien se toca una herida que aún sangra en su corazón.

—En un tiempo, –dijo,– fui su amigo; después, fue para mí, el hombre más odioso que ha existido en el mundo.

El juez miró atentamente a Álvaro, como si le causara asombro que diera una contestación, que ella sola, era suficiente a agravar todas las consecuencias quo debían desprenderse de su declaración.

Después de un momento volvió a preguntarle.

—¿Tenía Vd. algún motivo de queja o resentimiento para él?

Álvaro que no trataba de desfigurar los hechos, ni ocultar, la verdad de lo que había pasado; con la expresión de honda amargura dijo; —Tenía quejas y resentimientos de aquellos que no se olvidan jamás.

El juez permaneció un momento pensativo, y luego preguntó:

—¿Qué clase de ofensas le infirió a Vd. el señor Montiel?

Álvaro meditó un momento, temiendo dar una contestación, reveladora para el señor Guzmán y para Estela; pero como sí tomara al fin una resolución suprema y definitiva dijo, dando a su voz un tono de dolorosa indignación:

—Él fue el cobarde y alevoso asesino de: mi padre.

El juez miró con tristeza a Álvaro como si quisiera decirle; eres víctima de un noble sentimiento.

Después de una corta pausa le preguntó:

—¿Le consta a Vd. que el señor Montiel fue el asesino de su padre?

Con la voz llena y tranquila que da la convicción contestó:

—Sí, me consta, y esa muerte quedó impune porque el señor Montiel era Gobernador de Cuba.

Después de algunas otras preguntas que no son de gran interés, el juez dijo:

—¿Dónde en qué lugar, en compañía de quiénes se hallaba Vd. cuando se cometió el crimen?

Al escuchar esta pregunta Álvaro palideció visiblemente; pero pronto serenóse y aunque con la voz algo opaca, pero firme y resuelta dijo:

—No sabría decir donde me encontraba, ni con qué personas estuve; pues ignoro la hora en que se cometió ese crimen.

El juez hizo un ligero movimiento de disgusto, como si esa respuesta estuviera en desacuerdo con el tono de sinceridad y el sello de verdad, que hasta ese momento había encontrado en todas las palabras del que, a sus ojos, no era más que un delincuente, más digno de interés que de aversión.

Después de una corta pausa el juez, mirando fijamente a Álvaro le dijo:

—Cuando se descubrió el cadáver del señor Montiel fue público y notorio que Vd. había salido del baile dos horas antes. ¿Dónde fue Vd.? y ¿con qué personas estuvo?

Álvaro se estremeció ligeramente, y luego dijo:

—Salí para un asunto particular mío, no estuve con ninguna persona.

—No puede Vd. designar el sitio o lugar donde estuvo Vd.

—No puedo, –contestó él, con visible expresión de angustia.

Cuando, según lo establecido, se le preguntó si antes había sido enjuiciado, Álvaro volvió a palidecer como la primera vez y con acento de dolorosa angustia dijo:

—Sí, en Cuba fui enjuiciado criminalmente.

—¿Cuáles fueron las causas de ese juicio?

—Se me acusó del crimen de homicidio frustrado, y aunque ésta fue calumnia infame, fui preso y encarcelado.

El juez volvió a meditar un momento; de las declaraciones de Álvaro, se desprendía algo ya muy claro para él.

—¿Y cuál fue el resultado definitivo del juicio?

Álvaro, tomando, la expresión tranquila y serena que al principio tuvo, dijo:

—Resultado definitivo no lo hubo, antes que concluyera el juicio, se me puso en libertad, a condición de que abandonara el país antes de veinticuatro horas.

El juez que, como la mayor parte de la sociedad limeña, conocía algunos detalles de la pasada historia del joven cubano, creyó conveniente hacerle una pregunta que, a su parecer, sería decisiva y dijo:

—Y ese homicidio frustrado del que se le acusó a Vd. ¿fue contra la persona del mismo señor Montiel?

—Sí —contestó Álvaro con voz firme; aunque con el semblante visiblemente inmutado.

Concluido el interrogatorio, y después de llenar todas las formalidades de ley, retiróse el juez llevando la íntima convicción de que el joven cubano era el verdadero asesino del señor Montiel.

Por su parte, Álvaro quedó triste, contrariado. La prueba por que acababa de pasar, había sido demasiado cruel, para no abatirlo. Luego que se vio sólo exclamó:

—¡Fatalidad! ¡fatalidad! ¿tu fatídica mano me perseguirá aun más allá de la tumba?...

– XLIII –

Defensor y defendido

El abogado de Álvaro era un joven de clara inteligencia y bello carácter. Era además amigo suyo y por consiguiente vivamente interesado en salvarlo. Convencido como estaba de la inocencia de su amigo, desesperábase del obstinado silencio que su defendido guardaba respectoal lugar en que se encontraba en el momento en que se cometió el crimen.

Después de la declaración de Álvaro, de suyo adversa para él, habíanse presentado las de muchos testigos, todos uniformes, de cuyas declaraciones se deducía claramente que Álvaro, cumpliendo el juramento hecho a su moribundo padre, había dado muerte al asesino.

Entre los declarantes figuraban las tres personas, que vieron, como recordará el lector, a los dos jóvenes cubanos, después de haber dado muerte al señor Montiel.

En estas declaraciones constaba lo que ya conocemos, esto es, que cuando ellos venían en dirección opuesta, oyeron que uno de los dos con la pronunciación algo gutural y el acento bien conocido, de los cubanos, dijo:

—*Hay venganzas que parece que el cielo las protege. He librado a Cuba de un monstruo que le amenazaba. Al fin puedo decir que he cumplido un juramento sagrado.*

Estas tres personas, no alcanzaron a distinguir la fisonomía de estos misteriosos personajes, que, tarde de la noche, hablaban de venganzas realizadas; pero las señas del cuerpo y del vestido de uno de ellos correspondían todas, como ya lo hemos hecho notar, al cuerpo de Álvaro y al traje que esa noche llevaba.

A pesar de todos estos datos, que en declaraciones de personas intachables constaban; el abogado, conocedor del carácter y tal vez también de la pasión de Álvaro por Catalina, seguía creyendo en la inocencia de su amigo.

Más de una vez habíalo compelido e impulsado para obligarlo a hablar, diciéndole: –¿Por qué se empeña Vd. en guardar silencio respecto al lugar donde estuvo aquella noche?

—Porque no debo hablar, –contestaba Álvaro arrugando el ceño, y tomando severa y dura expresión que más de una vez detuvieron al astuto abogado en su deseo de arrancarle una confesión.

Otras veces, decíale el abogado: —Amigo mío no hay defensa posible, si Vd. se empeña en callar lo único que puede salvarlo. ¿Qué importa que el criado que acompañó al señor Montiel no lo reconozca a Vd. cuando se puede argüir que Vd. ha debido disfrazarse o también mandar un emisario que le condujera a su víctima?

Otras veces le decía, desesperado: —Vd. mismo se ha preparado el camino que lo ha conducido a este extremo. Todas las circunstancias agravantes están en contra nuestra. De la exposición de los hechos resulta, que Vd. refirió a varias personas el suceso del asesinato de su padre, designando al señor Montiel como autor de ese crimen. Las personas a quienes Vd. hizo esa relación han prestado su declaración y no ha faltado quien agregara que Vd. abrigaba el designio de vengar ese asesinato. Ahora bien, lo que aparece de la muerte dada al señor Montiel, pocos momentos después de haber Vd. salido cautelosa e intempestivamente del baile, no es más, que el cumplimiento de un asesinato premeditado, y que por las circunstancias que lo acompañan, aparece de los que la ley clasifica a traición y sobre seguro. Es decir un homicidio alevoso y premeditado. Alevoso por cuanto la víctima fue llevada con ensaño al lugar del crimen y premeditado por cuanto Vd. ha manifestado su resolución de vengar a su padre.

Álvaro calló y el abogado continuó diciendo: —Las declaraciones de los testigos son todas adversas para Vd. Las personas que lo vieron salir del baile dicen que se cubrió Vd. la cara, como el que quiere no ser conocido. Hay algo más, y esto es lo más grave, dada la circunstancia de haberse Vd. ausentado del baile; las tres personas que encontraron el cadáver de Montiel, han declarado que habían encontrado dos individuos de porte distinguido y al parecer *jóvenes decentes*, y afirman haber oído que con una pronunciación y un acento que ellos dicen ser los mismos con que Vd. les habló el día del careo, había dicho el uno al otro:

—*Hay venganzas que parece que el cielo las protege.*

Las señales de uno de los individuos corresponden todas a las que ha dado el criado que acompañó a Montiel, y las del otro, aparecen corresponder a Vd. ni más ni menos.

El abogado calló por un momento, y mirando con fijeza a Álvaro dijo:

—Todo esto, Vd. lo sabe, Vd. lo ha visto, que consta en el proceso. ¿Qué podemos hacer, si Vd. se empeña en callar lo único que puede salvarlo?

—Álvaro contrajo con dolorosa expresión el señor su respiración agitada y dificultosa manifestaba que su alma era presa de cruel angustia.

No nos admire que esto suceda; la fuerza moral como la fuerza física, tienen sus momentos de decaimiento y postración.

Después de un momento, con acento de cruel desesperación dijo:

—¿Por qué se me aplica la pena de muerte, como a un asesino salteador de caminos?...

—El homicidio, –dijo el abogado,– aparece con circunstancias agravantes, y aunque entre nosotros pocas veces se aplica la pena de muerte, ahora todo nos es adverso. Ni aun he podido alegar que Montiel hubiera sido víctima de un asalto: pues Vd. sabe que se le encontraron todas sus prendas inclusive su cartera con dinero.

Esta vez, como otras muchas, Álvaro dejó partir a su abogado sin decir una sola palabra que aclarara sus dudas.

Después que la sentencia de muerte fue confirmada por el tribunal superior y Álvaro no tenía más esperanza que la resolución de la Corte Suprema; entonces el abogado creyó llegado el momento de que flaqueara en sus temerarios propósitos, y hablóle de esta suerte:

—¿Insiste Vd. en ir al patíbulo sin decir una palabra que pueda salvarlo de una muerte ignominiosa, que será afrenta para toda su familia?

—Sí, amigo mío, moriré tranquilo; mi madre me perdonará el crimen, si cree, que lo he cometido, valorizándolo como el cumplimiento de un juramento sagrado.

Después de meditar un momento, el abogado quiso intentar una última prueba, hiriendo a su defendido en aquello que más lo interesaba, y mirándolo atentamente le replicó:

—Pero este sacrificio es estéril, puesto que no salva el honor de la mujer con quien Vd. pasó la noche y por la que ha resuelto sacrificarse.

—Amigo mío, no comprendo lo que quiere Vd. decirme; yo no hago ningún sacrificio.

—Sí, Vd. prefiere morir antes que deshonrar a la mujer que, aprovechándose de la ausencia de su esposo, lo llevó a su alcoba, y lo encadenó con sus brazos.

—Calle, calle Vd. se lo pido, no mancille el honor de la mujer más virtuosa que hay en el mundo, –exclamó Álvaro tomando la mano de su amigo.

—Yo no hago más que repetir lo que toda la sociedad de Lima dice, –dijo con naturalidad el joven abogado.

—¡Oh, qué infamia! –exclamó Álvaro.

—Sí, querido mío, –continuó diciendo el letrado con tono complacido, esperando que este ataque tuviera resultado favorable;– sí, amigo mío, esta convicción está arraigada en el ánimo de todos, y crea Vd. que los jueces tendrían para Vd. mucha lenidad si no tuviera Vd. en contra los trabajos embozados pero activísimos de su suegro.

Y luego, como si quisiera dar a la conversación un tono festivo, a la par que confidencial agregó:

—¡Suegro y rival! ya me imagino cuánta actividad habrá desplegado en contra de Vd. y no se detendrá hasta que no vea confirmada en última instancia su sentencia.

—¡Pobre anciano! –exclamó con amargura Álvaro, yo le perdono todo el mal que me hace, quiera el cielo que alcance la convicción de que su esposa es tan pura como inocente.

El letrado que, como todos los de su calidad, era malicioso y escéptico sonrió, y haciendo un sonido con los labios que denota incredulidad exclamó:

—¡Pardiez! Inocente y pura se atreve Vd. a llamar a una mujer que se casa, con un caballero y a más respetable anciano, con solo el pérfido intento de que la conduzca al lado de su antiguo amante, y esto ¿para qué? para impedir que él se case con la hija del que ha hecho su víctima y labrar así la desgracia de la joven, después de haber sellado la del anciano. Inocente y pura dice Vd.: y esa mujer, cuando ve que ese matrimonio va a realizarse, cuando pierde la esperanza de inmolar a sus perversos instintos a un anciano a quien pretende hundir en la deshonra y cubrir del ridículo, y a una candorosa joven que quiere separarla de su novio y abandonarla, sumiéndola en el dolor y la desesperación; cuando pierde la esperanza de poder cometer estas infamias, lo atrae, lo arrastra a Vd. hasta su alcoba, sin duda con el dañado intento de pedirle que no se case Vd. con la hija de su esposo: y lo retiene a Vd. toda la noche con daño de su honra y perjuicio de la felicidad de su novia, ¡ah!...

Y poniendo una mano en el hombro del joven y recalcando con acerba entonación sus palabras, agregó: —Señor D. Álvaro González, preciso es estar celado por la pasión y extraviado por el error para sacrificarse por mujer que de esta suerte procede, preciso es haber llegado a la insensatez y la locura de una pasión criminal, para creer que se puede, muriendo tontamente, salvar el honor de una mujer que para el mundo entero; no es más que una mujer vil, pérfida, que, con su corrupción, ha arrastrado una familia honrada, a la desgracia de unos, a la deshonra de otros, y por fin, lo ha arrastrado a Vd. a la muerte más ignominiosa.

Álvaro escuchó esta terrible acusación con el semblante angustiado y la respiración agitada. Después de un momento, con el pulso trémulo y la voz sofocada como si una mano de hierro le comprimiera la garganta, asió fuertemente por el brazo a su amigo y díjole:

—Todo lo que acaba Vd. de decir es falso y calumnioso. Esa mujer es inocente; sí, le repito a Vd. que es inocente y pura. Y Vd. que arrogantemente la acusa y me reprocha el que muera tontamente, Vd. moriría como yo, sí, como lo creo, es Vd. caballero, que sabe cumplir su deber.

—Se equivoca Vd. yo no he dado en la profesión de cándido, y me infiere Vd. una ofensa al creerme con aptitudes para imitarlo, –dijo con ironía el abogado; a lo que Álvaro con enérgico tono y casi enojado contestó:

—Le repito que si Vd. es caballero, me imitaría a pesar de no haber dado en la profesión de cándido.

—Ciertamente, –replicó con burlona expresión el abogado, yo me sacrificaría como Vd. cuando se tratara de una mujer virtuosa, que no fuera culpable en manera alguna, cuando yo hubiera ido sin su aprobación, sin su consentimiento a sorprenderla, no como sucede ahora, llamado por ella, y quizá con el intento de perderlo, separándolo para siempre de la señorita Estela.

Álvaro quedó por un momento pensativo y como si le arrancaran una confesión que a su pesar salía de sus labios dijo:

—Pues bien, esa es precisamente mi situación. Yo fui donde ella, como un ladrón sin que ella lo esperara, sin que siquiera me diera la más pequeña esperanza de recibirme, valiéndome de una llave de la que felizmente me apoderé. Fui loco, frenético de amor a pedirla postrado a sus plantas, que huyéramos, que lo olvidáramos todo, que abandonáramos al padre y a la hija, y no pensáramos más que en nuestra felicidad; fui a sorprenderla en el recinto sagrado de su alcoba, y vi sus lágrimas, y escuché sus plegarias... Y cuando yo la hablé de amor ella me habló de deberes, y cuando quise alejarme para siempre, rompiendo mi matrimonio, me obligó a comprometerme para que me casara con Estela, sin más interés ni más anhelo que el de salvar la felicidad de la hija de su esposo.

Álvaro calló un momento y luego en un arranque de desesperada amargura agregó:

—Yo, sólo yo, soy criminal, debo morir y moriré tranquilo y sereno, pues que mi vida se ha convertido en piélago de males para mí, y de infortunios para todos los que me rodean, no me faltará el valor para arrostrar la muerte.

Los dos amigos quedaron mudos. Al fin el abogado con expresión de profunda pena dijo:

—¿Es verdad lo que acaba Vd. de decirme?

—Lo juro por mi honor, –respondió llevando con ademán grave una mano al pecho y levantando la otra como para acentuar su juramento.

Cuando el joven abogado se retiró, murmuró estas tristes palabras.

—¡Lástima grande; nada puede salvarlo. Tan joven y tan desgraciado!

Ciertamente muy desgraciado, pues como acabamos de oír al defensor de la causa de Álvaro, todas las declaraciones, todas las apariencias, todos los antecedentes, éranle adversos, y luego una mano oculta, parecía venir preparando los acontecimientos de tal suerte, que Álvaro, no podría librarse de la pena que nuestra legislación señala para el homicidio calificado.

– XLIV –

Revelación inesperada

Pocos días después el señor Guzmán, taciturno y meditabundo, paseábase solo en su alcoba, queriendo descifrar el misterioso e inexplicable enigma, que los acontecimientos le dejaban entrever, sin alcanzar a darles explicación satisfactoria.

Aunque conocía en todas sus partes la declaración le Álvaro; no alcanzaba a explicar su conducta.

Pensaba que era imposible que hubiera elegido aquella noche para consumar un asesinato, siéndole necesario dejar el baile en momentos en que todos podían notar su ausencia.

Luego pensaba, que si Álvaro no había salido para realizar su venganza había salido con algún otro fin oculto, tan oculto, que prefería arrostrar la muerte antes que revelarlo. ¿Cuál podría ser? Al hacerse esta pregunta, un frío sudor inundaba su frente, su boca se contraía con nerviosa expresión, y su mirada, siempre serena, tornábase torva amenazadora y terrible.

Largo tiempo hacía que, presa de estas angustias, se paseaba con acelerados pasos, cuando dos golpes dados a la puerta lo detuvieron súbitamente; dirigióse a la puerta de salida como sí pensara alejarse de allí, algo se detuvo y esperó un momento.

—¡Dios mío! exclamó,– ¿Quién vendrá a molestarme en estos momentos en que no puedo ocuparme de nadie?

Otros dos golpes se dejaron oír.

—¡Adelante! –dijo– con voz imperiosa el Sr. Guzmán.

Un joven de aspecto elegante y simpático se adelantó traspasando el dintel de la puerta.

—¿Es el señor Eduardo Guzmán a quien tengo el honor de hablar?

—Sí señor, tome Vd. asiento, –contestó éste con ese tono afable y dulce que no abandonaba ni en los momentos más amargos de su vida.

—¿Podría tener una conferencia con Vd.?

—¿Es algo relativo al despacho de la Corte Suprema?

—No, señor, es algo relativo a los sucesos que han tenido lugar en la casa de Vd.

—¡Ah! exclamó el señor Guzmán sin poder ocultar un ligero estremecimiento.

—Sí, señor, vengo a hacerle importantes revelaciones.

A pesar de la invitación del señor Guzmán, el joven permaneció de pie manteniéndose a una respetuosa distancia.

—Tenga la bondad de tomar asiento.

—¡Gracias! ¿Estamos solos? –preguntó con aire misterioso el desconocido.

—Sí, completamente solos.

Como una precaución, el señor Guzmán cerró la puerta de la habitación contigua, que daba al peinador de su esposa. Pensó que Catalina estaba en su dormitorio. En cuanto a Estela y a Elisa, tenía seguridad de que estarían en el departamento del lado opuesto al suyo.

Aunque hemos llamado desconocido al joven que acaba de presentarse a nuestra vista; no lo es del todo. Alguna vez lo hemos visto, esgrimiendo una espada con todo el brío y la nobleza de un caballero.

El Sr. Guzmán tomó un asiento e hizo una señal, con la que designó otro al joven, quien se apresuró a seguir la indicación: ambos quedaron el uno frente al otro.

—Señor, soy cubano y me hallo desterrado en este país.

—Bien y qué...

—Un deber de conciencia, y de caballero me impulsa a hacer a Vd. una revelación, para pedirle al mismo tiempo un consejo.

—Hable Vd. –dijo con ansiedad el señor Guzmán.

—Sé que es Vd. un caballero, pero más que al caballero vengo a hablarle al magistrado recto y honrado, en quien voy a depositar un secreto.

El señor Guzmán hizo un movimiento de impaciencia que quería decir: –acabe Usted.

—Un secreto, agregó el joven, en el que están comprometidos mi honor y mi vida misma; pero se trata de evitar una injusticia, de salvarle la vida a un compatriota mío, y no he retrocedido ante ninguno de los peligros que me amenazan.

—Explíquese Vd., no lo comprendo.

—En fin señor, se trata de salvar a su yerno, a Álvaro González, que es inocente del crimen de que se le acusa.

—¡Inocente! exclamó el señor Guzmán poniéndose mortalmente pálido.

—Sí, inocente, señor, y la obstinación del señor González, en callar el lugar donde se encontraba en esos momentos, es para mí tanto más inexplicable, cuanto que yo lo vi salir tranquilamente del baile y tomar la dirección de su casa.

—Usted lo vio, ¿dirigirse en la dirección de esta casa? ¿tiene Vd. seguridad? —preguntó con voz enérgica y mirada investigadora, el señor Guzmán.

—Sí, tengo completa seguridad.

El joven quedó por un momento pensativo asombrado de que el señor Guzmán no mostrara un gran placer, al comprender que el esposo de su hija no era criminal.

—¿Es con referencia a este suceso lo que tiene Vd. que comunicarme?

—Sí señor, quiero que el señor Álvaro González se salve, y vengo a revelarle quién es el verdadero...

—¡Hable Vd.! se lo ruego, —dijo con ansiedad el señor Guzmán.

—El señor Montiel no ha muerto asesinado: yo me he batido con él, y tuve la suerte de darle una estocada, en un duelo a muerte.

—Pero habrá testigos de ese duelo, el que sin duda se habrá realizado con todas las formalidades del caso, —dijo el señor Guzmán.

—Padrinos no ha habido. Dios solo debe ser testigo, cuando se trata de castigar a un delincuente cuyos crímenes la justicia humana ha dejado impunes.

—¡Caballero! sin duda olvida Vd. que ningún hombre tiene derecho de juzgar y castigar en causa propia.

—Las ofensas inferidas a mi persona, las olvido fácilmente; las que hieren a mi patria, he jurado vengarlas todas, —dijo con tono arrogante el desconocido.

—¿Son ofensas a su patria, las que ha pretendido Vd. vengar asesinando al señor Montiel?

—¿Por qué califica Vd. de asesinato la muerte dada en un duelo ajustado a las leyes del honor?

—Eso que Vd. dice no puede probarlo.

—Señor Guzmán; cuando un hombre de honor, revela un secreto, llevado tan sólo de un deber de caballero, no necesita pruebas para manifestar que dice la verdad. Además, al acercarme aquí creí, hallar apoyo, creí hallar hasta gratitud, pues que vendo a salvar de la deshonra y la ignominia, el nombre que en adelante llevará su hija.

—Sí... es verdad... se lo agradezco, dijo el señor Guzmán con una expresión que era más bien de amargura que de gratitud.

El joven quedó mirándolo estupefacto, sin comprender lo que pasaba en el ánimo del anciano.

—He venido, —dijo— resuelto a salvar al señor González de la pena que se le impondrá y para ello necesito que me dé Vd. un consejo.

—Un consejo, —repitió el señor Guzmán sin saber lo que decía, tan abstraído se hallaba en sus profundas cavilaciones.

—Sí señor, un consejo que, como parte interesada y como magistrado, espero no me negará.

—Dice Vd. que vio a Álvaro dirigirse a esta casa.

—Sí, lo que prueba que él no tuvo ni la más pequeña participación, en los sucesos que tuvieron luir durante su ausencia.

El señor Guzmán apoyó la cabeza en una mano, inclinando el cuerpo hasta apoyar el codo en el brazo del ancho sillón en que estaba sentado. Parecía no ver ni oír nada de lo que pasaba en torno suyo. Las palabras del joven aclaraban a cada momento más una duda espantosa.

—Señor, –dijo aquél, cada vez más asombrado de la expresión triste y amarga del padre de Estela,– ¿dime qué debo hacer? Anhelo salvar a Álvaro González, que aunque no es mi amigo, es mi compatriota; es un joven a quien todos los cubanos miramos con admiración y respeto; pues la causa de Cuba le debe importantes servicios e inmensos sacrificios. Antes de tomar ninguna resolución, he querido recibir de Vd. señor, un consejo y saber su parecer. ¿Le parece bien que me presente ante la justicia, declarando verdad y pidiendo se me juzgue conforme a las leyes, no como asesino, sino como contendor, de un duelo a muerte? ¿Cree Vd. que así podría salvarse el señor González?

—¡Ah! no haga tal cosa –dijo el señor Guzmán.

—¿Pero qué es lo que puedo hacer? dígamelo Vd. a quien una larga experiencia en el foro, puede sugerir arbitrios, desconocidos, para mí.

El señor Guzmán guardó silencio sin fijarse en la mirada ansiosa que tenía fija en él el joven cubano, luego dijo.

—Déjelo Vd. todo a mi cuidado.

—Señor, no olvide, que yo llevaría un remordimiento eterno, si el señor González sufriera, por consecuencia de este desgraciado suceso, alguna pena o castigo que labrara su desgracia.

—Confíe Vd. en que yo lo arreglaré todo.

—Sí, confío en Vd., puesto que se trata del esposo de su hija; de un joven de conducta intachable que ha entrado a formar parte de su distinguida familia. Ya que me da esta esperanza, creo de mi deber referirle todo lo relativo a aquel suceso, todo lo que pueda aclarar sus dudas, si es que alguna abriga de la veracidad de mis palabras.

Y el joven cubano, con el acento de la verdad y con la sencillez del que no intenta desfigurar los hechos, refirió al señor Guzmán todo lo que ya conocemos. Es decir, aquella escena que tuvo lugar una noche, en que se sortearon cuatro patriotas cubanos con el objeto de saber quién debía desafiar al señor Montiel. Ya sabemos que la suerte agració al que acababa de presentarse al señor Guzmán, llevado por el noble deseo de revelar la verdad, para salvar a su compatriota Álvaro González.

El señor Guzmán necesitó hacer gran esfuerzo para poder fijar su atención en aquel relato, que cada vez más, lo llevaba a meditar sobre algo que lo hacía desviar su atención, de aquel punto. Contra su costumbre, manifestóse reservado, sin dejar conocer su opinión, sino por palabras indecisas y casi entrecortadas.

Al fin, el joven, después de haber referido todo lo que sucedió aquella noche; después de haber dejado conocer sus deseos e intenciones, retiróse llevando una impresión poco favorable, de la decantada bondad y reconocida lealtad del señor Guzmán.

Mientras tanto, éste tan luego como se vio solo, dio rienda suelta a la amargura que torturaba su corazón.

—¡Dios mío! –dijo levantando trémulo de rabia y desesperación las manos al cielo,– ya no pudo tener duda; Catalina me engañaba, ella, ella es una infame...

Y hondos, amarguísimos sollozos salieron de aquel corazón, que, a pesar de sus sesenta años, tenía para el placer, como para el dolor, la exquisita sensibilidad de un joven de veinte años.

Después que el llanto hubo desahogado su pecho se serenó un momento y con el acento de una profunda indignación, dijo:

—Y ese miserable, ese infame, que ha vivido a mi lado traicionando la confianza que deposité en él y engañando pérfidamente a mi hija, pagará muy caro su infamia: su vida, sí, su vida aún es poca cosa para lo que él merece. ¡Álvaro González, desde este instante los días de tu existencia están contados!

Y el señor Guzmán ese noble corazón no fue, como esperaba el joven cubano el apoyo de su compatriota y el defensor de su causa criminal, sino el terrible y poderoso rival que había jurado perderlo irremediablemente.

– XLV –

El sueño tranquilo de Catalina

C atalina y su esposo encontrábanse el uno frente al otro, en difícil y escabrosa situación.

La duda, esa cruel tortura del alma, convirtiéndose casi en certidumbre había penetrado, como un puñal, en el corazón del amante esposo; pero esta duda, lejos de apagar su amor, habíalo aumentado, y como sucede siempre, amaba con mayor anhelo, a medida que era mayor el temor que le asaltaba.

—¡Cómo! –decía, hablando consigo mismo,– habré probado la felicidad tan sólo cual un sarcasmo del destino, para gustar de ella, como de un delicioso sueño de horrible despertar. ¿Será preciso que a Catalina, a este ángel de bondad, a quien adoro como a un ser superior, y cuya conducta, no ha desmentido ni un momento la alta idea que de ella tuve formada; será preciso que en adelante la vea como una mujer pérfida, como sierpe que anidó en mi pecho, para morderme en el corazón? ¡Ah! no, imposible; no, el amor a mi edad no puede cegar hasta el punto de haberme yo dejado conducir como víctima inocente, en medio de la trama infernal, de este drama que se desenvuelve a mi vista. ¡Álvaro es el antiguo amante de Catalina! ¡Sí, de esto no me queda ya la menor duda! Y yo soy, yo quien se la ha traído a vivir a su lado... ¡Ah! ¡miserable! ni la cándida inocencia de Estela, ni la ciega confianza con que yo lo albergaba, fueron suficiente estímulo para detenerlo en sus pérfidos planes. ¡Ah! desgraciado de ti, tu vida es nada para pagarme tamaña deslealtad: largo me parece el plazo en que he de verte ir al cadalso, pero yo lo apresuraré, y la muerte será el castigo de tu culpa.

Después de un momento de meditación, como si una idea que aún le hubiera ocurrido surgiera de su mente, dijo:

—¡Qué horrible situación! ni aun me es dado saborear el placer de la venganza. Llevarlo al cadalso es darle el placer de morir por ella, es elevarlo ante los ojos de Catalina, elevarlo a la categoría de un mártir, de un amante sin igual, que muere por salvar el honor de su amada ¡ah!... Y en esos momentos el bondadoso y pacífico semblante del señor Guzmán encendíase de furor, y sus pupilas se llenaban de lúgubre y extraordinaria claridad. Y ese benigno y generoso anciano, no era ya un hombre que mira a otro hombre, ni un enemigo que mira a otro enemigo; era más, era la fiera que a lo lejos divisa al cazador que viene a sorprenderla en su apartada y feliz soledad.

Catalina lo veía, lo adivinaba todo, y como si temiera que sus lágrimas insultaran el dolor de su esposo, ocultaba su llanto, presentándosele tranquila y serena.

Algunas veces sucedía que mientras ella leía o bordaba, sentía sobre sí la mirada fija, investigadora de su esposo. Otras veces se le acercaba, y como si quisiera pedirla perdón por los pensamientos, que a su pesar surgían en su mente, acariciábala, y la colmaba de halagos, cual si deseara reparar oculta falta.

Un día, eran las cinco de la mañana, cuando se despertó Catalina sobresaltada. Le pareció haber sentido en la frente, algo como el roce de un objeto áspero. Incorporóse y a la luz del alba, vio a su esposo que se alejaba volviendo a cerrar la puerta.

El desgraciado esposo había pasado la noche sin dormir, mirando el sueño tranquilo de Catalina. Comprendía que ese sueño de ángel no podía ser el de la mujer culpable: pensaba que si ella amara a Álvaro, si lo engañara a él, a él que tanto la amaba, que tanto la veneraba y tan ciega fe tenía en ella, no dormiría así, con la sonrisa apacible de los justos en los labios, y la aureola luminosa de los ángeles, en la frente.

Cuando vio rayar la luz del día, después de haber contemplado toda la noche el semblante tranquilo de su esposa; sintió algo como si se solazara su espíritu, como si se calmara la tempestad de su corazón, y la luz del alba penetrara, disipando la lobreguez de su alma.

Por una de aquellas inexplicables coincidencias, que se llaman casualidad, suerte o felicidad, Catalina durmió bien aquella noche, después de largas noches de insomnio.

Como si el ángel bueno, apiadado de sus males, hubiera querido derramar dulce beleño, Catalina durmió soñando con una felicidad inmensa, que sólo en sueños podía atreverse a esperar.

– XLVI –

Estela y Álvaro

U n mes hacía que Álvaro permanecía preso e incomunicado.

Al fin, el día que le dieron a conocer la sentencia pronunciada por los jueces, le concedieron el bien de suspenderle la incomunicación.

Cuando Estela supo que podía hablar con su esposo, alzó los ojos al cielo y por primera vez, después de un mes de angustia y lágrimas, sonrió con indecible expresión de felicidad.

Media hora después, estaba a la puerta de la prisión de su esposo.

Este con la vista fija y los brazos cruzados, se paseaba con acelerados pasos, profundamente preocupado.

Estela quedó en el umbral de la puerta, contemplándolo temblorosa.

Hubiera querido penetrar con su mirada, en los abismos del alma de su esposo, llena para ella de misterios y sombras.

A pesar del ensimismamiento en que Álvaro se encontraba, sintió sobre sí, la mirada fija, observadora de su esposa.

El saludo de ambos jóvenes fue afectuoso y tierno.

De parte de Estela había ternura, entusiasmo, dolor; esa inexplicable mezcla de alegría y pena de dolor y gozo, que en ciertos momentos sentimos.

Estela reía y lloraba al mismo tiempo.

Él, profundamente conmovido con la presencia de Estela, estrechóla en sus brazos prodigándole toda suerte de halagos.

La conversación fue tierna y afectuosa, hasta que naturalmente vino a tocar aquel punto oscuro, que como un abismo miraban ambos, queriendo alejarse de él.

Estela habló de varios planes de fuga que él no aceptó, manifestándole los inconvenientes.

Ella, al fin, desesperada, y dando a su acento toda la acerba expresión que de su corazón rebosaba, dijo:

—¡Ah! si tu quisieras, saldrías hoy mismo.

Álvaro hizo un movimiento al comprender toda la significación de estas palabras, y procurando tomar una actitud serena, dijo:

—Dime qué puedo hacer para salir hoy mismo.

—¿Qué puedes hacer? –replicó ella, levantando su pálido semblante anegado en lágrimas.

—Sí, dime qué debo hacer.

—¡Ah! tú lo sabes bien.

—No comprendo que quieres decirme.

Estela, con la dolorida expresión de la mujer que ama, y teme descubrir algo, que sería tan horrible como la muerte, dijo:

—Álvaro, tú no eres el asesino del señor Montiel.

Álvaro palideció súbitamente, como si estas palabras fueran un puñal que acababa de herir su corazón.

—Estela –dijo,– te ruego que no hablemos de esto.

—Esta contestación la esperaba, –dijo Estela, dejando caer con amargura la cabeza sobre el pecho, y dando de nuevo curso a sus lágrimas.

—¿Por qué quieres que hablemos de lo que comprendes que es horriblemente desagradable para ambos?

—Más terrible mil veces es la duda que me destroza el alma.

—La duda ¿de qué? –replicó Álvaro.

—Todo lo que ha sucedido es para mí un misterio.

—Misterio que tú mejor que nadie debes explicarlo.

—Sin embargo, no alcanzo comprender...

—¿Qué? –preguntó con ansiedad Álvaro.

—No alcanzo a comprender, –replicó Estela,– qué es lo que te ha impulsado a cometer un crimen.

Álvaro calló un momento, su fisonomía se anubló como si le costara trabajo sostener la situación en que se encontraba, y luego con tono resuelto dijo:

—Nadie podrá convencerme que matar al asesino de mi padre, cumpliendo el juramento que le hice antes de morir; matarlo como yo lo he hecho, es un crimen.

Después de un momento Estela, estrechando las manos de su esposo y procurando dar a su voz suplicante, cariñoso tono, dijo:

—Álvaro, tú ocultas la verdad; tú no eres el infame asesino del señor Montiel: sí, el corazón me dice que tú eres inocente; que tú, no sé cómo ni de qué manera, te ves envuelto en una trama incomprensible que no alcanzo a descifrar, ni puedo explicármela, por más que algo horrible se presenta muy claro a mi vista.

Estela calló. Álvaro estaba pálido, frío sudor bañaba su frente. Las palabras de su esposa cayeron en su corazón como gotas de plomo candente, sobre la dolorosa herida que el amor a otra mujer le causara.

Ya lo hemos dicho, él no era hombre de mal corazón, y costábale gran trabajo cometer una perfidia.

En ese momento hubiera él dado su vida por decir la verdad y poder abrir su corazón a la desgraciada joven a quien estaba obligado a fingirle pasión, o cuando menos, a ocultarle lo que sentía por otra mujer.

La ficción se avenía mal con su altivo y leal carácter.

Hubo un momento en que sintió impulsos de referirle todo lo que había acaecido, desde el día que la conoció; hubiera querido pedirle perdón, aunque sin reconocerse culpable, y jurarle ser para ella un amigo fiel y sumiso a su voluntad, ya que se sentía sin fuerzas para ser amante esposo; pero comprendió que si estos deseos estaban conformes con sus nobles y leales intenciones, eximiéndolo del rol indigno de esposo infiel, que se veía obligado a representar, eran crueles, cruelísimos, tratándose de Estela que tanto lo amaba, y a la que, debía hacer feliz, aunque para ello tuviera que sacrificar sus afectos y convicciones.

Otra consideración se presentó a su mente.

El honor y la felicidad de los esposos Guzmán estaba de por medio.

Revelar la verdad a Estela era lo mismo que revelársela al esposo de Catalina; era cometer una traición, casi una infamia, dando a conocer un secreto que comprometía el honor de la mujer amada.

Todas estas consideraciones pasaron por su mente rápidas como el pensamiento.

Después de corto silencio, Estela, estrechando entre las suyas la mano de su esposo dijo:

—¡Álvaro! ¡querido mío! ¿Por qué me ocultas la verdad? Háblame, dime una palabra que consuele este corazón que tanto te ama. Mi vida, Álvaro, está unida a la tuya, ¡como la yedra al árbol que la sostiene! Mira, escúchame, yo no vengo a pedirte sino el que vivas: y si tú quieres, puedes vivir: Háblame Álvaro. Si tu me lo ordenas dejaré de llorar, pero háblame. Yo creo que tu palabra será para mí bálsamo dulcísimo. ¡Ah! no sabes cuánto he sufrido. Y tú nada me dices, que me consuele; yo creía que luego que tú me vieras, me dirías todo lo que ha pasado. ¿Acaso yo vengo a reconvenirte? No, Álvaro, lo que tu me digas, eso creeré, porque nunca he dudado de tú lealtad, tú eres bueno; ¿Por qué habías de querer que yo muriera?, cuando acabo de probar la felicidad, que tú mismo me has dado, llamándome tu esposa; háblame, te lo ruego te suplico de rodillas.

Y Estela, sin que su esposo pudiera evitarlo se arrodilló ante él, mirándolo con suplicante y angustiada expresión.

Álvaro cogiéndola suavemente la levantó y acercando su silla, a la de ella, díjole con cariñoso tono:

—Cálmate, querida mía, ven, hablemos; puesto que así lo quieres, hablemos de este desgraciado suceso.

Estela mirándolo con ternura dijo:

—Álvaro, por piedad, dime la verdad, no me ocultes lo que hay en tu alma.

—Escucha, querida Estela, y, no dudes de lo que voy a decirte, –dijo él profundamente conmovido.

—¡Habla, habla! –exclamó ella mirándolo ansiosa.

—Tienes mucha razón al decir que, sin saber cómo, me veo envuelto en un lance que bien hubiera querido evitar; más aún, en los momentos en que ambos nos hallábamos; pero, ¡qué hacer! la fatalidad me arrastra y no es posible evitarlo.

—Mientras no conozca la verdad en todos sus pormenores tu conducta será para mi incomprensible.

—Pues bien, sábela de una vez, –dijo Álvaro con tono resuelto.

—¿Qué? –preguntó ella mirándolo aterrada.

—Que yo soy el asesino del Sr. Montiel.

—¡Tú! –exclamó Estela mirando fijamente a su esposo con expresión de duda y recelo.

—Sí, yo: ¿por qué negarlo? –dijo con entereza Álvaro.

—¡Luego Catalina es tu antigua novia! exclamó la joven más horrorizada de esta convicción que de las reveladoras palabras de su esposo.

—¿Y por qué te asustas de ello? entre yo y la Sra. Guzmán no hay más relación que la que debe haber entre personas que el respeto y el deber mantiene alejadas.

Estela casi no oyó estas palabras, tan absorta se hallaba en sus dolorosas reflexiones.

Desde que conoció a Álvaro, había sufrido tanto que ya no era esa candorosa y sencilla joven que conocimos.

La desgracia es maestra cruel y severa que en poco tiempo nos alecciona enseñándonos, a fuerza de rigores, cuantos escollos y abismos hay en la vida.

Aunque Estela acababa de decirle a Álvaro que no dudaría de sus palabras, esto no era verdad y sin darse ella cuenta, la desconfianza había penetrado en su corazón, al mismo tiempo que el dolor.

Su lenguaje mismo no era ya, como en otros días, dulce, sencillo, como fue su corazón.

Después de un corto silencio Estela, con amarga sonrisa dijo:

—Debes estar muy satisfecho; has realizado tu venganza a costa de mi felicidad.

Álvaro, dando a su voz un tono natural y tranquilo contestó: —Confieso que he sido temerario: yo debí esperar mejor ocasión, pero, ¿qué quieres, amada mía? hay momentos en que no es posible dominarse. Mucho tiempo había ya soportado la presencia de ese infame, que me encendía la sangre y me torturaba el corazón. Confieso que he sido imprudente, pero si el señor Montiel viviera lo volvería a matar como lo he hecho.

Al oír estas últimas palabras Estela, con la voz entrecortada por los sollozos exclamó:

—¡Ah! necesitaba oírlo de tus labios, para creerlo. En tanto que a mí me parecían cortas todas las horas del día para pensar en ti y en nuestro enlace, tú te dabas a meditar planes, y a concertar venganzas, que, bien lo comprenderías, deberían ser un abismo que tú ibas a abrir a nuestra felicidad. ¡Mi felicidad! –repitió Estela con el acento de la más profunda amargura, como si en ese momento se acentuara más la cruel duda que la atormentaba– ¡Qué te importa ya, si has dejado de amarme!

Estela calló y luego continuó diciendo:

—Yo te entregué mi corazón, te consagré mi amor, y te hubiera dado mi vida, sintiendo tan sólo no poderte ofrecer algo que valiera más. ¡Y tú no has sabido estimar estas ofrendas! Y cuando yo llego a las puertas de tu prisión para concertar un plan de fuga que me devuelva tu vida, y con ella mi felicidad, te encuentro frío, adusto, resuelto a morir, sin pensar en mí, sin recordar siquiera, que con tu muerte, dejas una viuda que no te sobrevivirá un momento... ¡Oh! algo muy espantoso se presenta muy claro a mi vista.

Álvaro escuchó a su esposa sin atreverse a interrumpirla.

Luego, procurando dar a su voz acento tranquilo dijo:

—No me culpes, querida mía. La muerte de Montiel era para mí cruel e imperiosa obligación. Bien sabes que juré sobre el cadáver de mi padre, vengar su muerte; sin embargo, confieso que procedí impremeditadamente, atendida la situación en que tú y yo nos encontrábamos. ¡Qué hacer! ¿no me perdonarás esta falta, querida Estela?

Estela movió la cabeza con incredulidad, y asiendo a su esposo por el brazo díjole con voz enérgica:

—Álvaro, basta de ficciones, basta de mentiras que no alcanzan a cubrir la verdad.

—¿Por qué dices eso? –repuso él asombrado.

—Porque tú, por más que digas, no me convencerás de lo que no puedo creer.

—No comprendo lo que quieres decirme.

Estela calló un momento, luego con aire resuelto y aunque profundamente conmovida púsose de pie y dijo:

—Álvaro tú no eres el asesino del señor Montiel; pero sí eres el amante de su hija. Entre nosotros se ha abierto un abismo... ¡Adiós para siempre!... Y dio dos pasos dirigiéndose a la puerta; pero como si su cuerpo no obedeciera a su voluntad, se tambaleó como una persona ebria, y dando traspiés cayó desplomada sin sentido.

Álvaro corrió a recibirla y pudo apenas impedir que la cabeza de Estela chocara contra las piedras del enlozado.

– XLVII –

UNA NUEVA DESGRACIA

Era el 4 de Agosto y todos sabían en la casa del señor Guzmán, que la causa criminal que se seguía a Álvaro tocaba a su término.

¡Cosa rara! decían muchos: la historia criminal, no contará otro caso de un juicio que se haya terminado en el Perú en poco más de dos meses.

¿Qué había contribuido a acelerar el juicio criminal de Álvaro?

Dos pasiones que casi siempre son móvil de todas las acciones humanas: el interés y la envidia.

Los que creían inocente al acusado se interesaron, esperando captarse el favor del señor Guzmán y obedeciendo a sus ruegos, aceleraron el momento de darle una prueba de su *desinteresada* amistad.

Los que lo juzgaron culpable aceleráronlo para tener el placer de humillar al orgulloso anciano, que se creía invulnerable a los golpes de adversa suerte.

Lo cierto es que jamás se vio en Lima juicio que anduviera a su término más aprisa.

Estela estaba inconsolable. Una siniestra oscuridad parecíale que rodeaba todo lo que a su vista se presentaba.

Nada podía salvar a Álvaro, nada podría tampoco iluminar su espíritu, que no alcanzaba a ver más luz que la que el amor de su esposo la trajera.

Hacia tres días a la sazón, que veía en los semblantes de todos los que la rodeaban, algo, misterioso, sombrío, que la llevaba a presentir que alguna infausta nueva traía a todos acongojados y pesarosos.

Elisa, que siempre se manifestaba alegre y esperanzada, tornóse también taciturna y cavilosa. Cuando su amiga la interrogaba sobre la cuestión que a todos llevaba preocupados, contentábase con responder: —Nada sabemos, temo que todo se descomponga.

Eran las cuatro de la tarde de un día frío y lluvioso.

Estela, escuchó los pasos de una persona que subía aceleradamente las escaleras.

Abrió la puerta que daba al corredor, y desde allí pudo ver a un hombre que, con una carta en la mano, subía las escaleras; ansiosa de noticias dirigióse al hombre preguntándole ¿qué decía?

—Traigo esta carta para la señorita Estela Guzmán de González.

—Soy yo, –dijo la joven adelantándose y tomando la carta que abrió precipitadamente. Antes de principiar a leerla dijo:

—¿Necesita contestación?

—No, señorita, contestó el portador de la carta, retirándose después de hacer un ligero saludo.

Estela corrió a su cuarto a leer esta carta que, sin saber por qué creía que debía traerle algún consuelo. Decía así:

Señorita de todo mi respeto:

Me hallo a la puerta del sepulcro, antes de morir quiero revelarle lo que ya antes de ahora revelé al señor Guzmán, padre de Vd.

Álvaro González es inocente del crimen de que se le acusa. Él salió del baile y se dirigió a su casa sin duda por algún asunto particular.

Yo, como cubano y patriota, desafié y maté al señor Montiel, y para que esta declaración que solemnemente hago, conste debidamente, dos escribanos certificarán mi firma.

Quiera el cielo que esta declaración sea suficiente prueba de la inocencia del señor Álvaro González, a quien tantos servicios debe la causa santa que defendemos los cubanos.

Esta carta traía la firma del joven y de dos escribanos de Lima.

Apenas concluyó Estela de leerla, volvió a salir, para ir a buscar a todos los de la casa, y enseñarles la prueba de la inocencia de su esposo; pero no bien hubo andado algunos pasos se detuvo. Una idea horrible cruzó por su mente.

La prueba de la inocencia de Álvaro ¿no sería prueba de su mayor culpabilidad?

Maquinalmente siguió caminando, hasta que se encontró tras la puerta del salón, donde se hallaban su padre, Elisa y algunos amigos de confianza.

Por un movimiento involuntario, Estela al ver, desde el sitio donde se hallaba, a tantas personas, guardó la carta que acababa de recibir.

En ese momento entró al salón don Lorenzo. Estaba pálido y demudado.

—¿Qué hay? –preguntáronle todos a una.

—La sentencia ha sido confirmada por la Corte Superior, –contestó el buen hombre con el semblante angustiado, y limpiándose el sudor como si se hallara en pleno verano.

—¡Dios mío, qué horror –exclamó Elisa juntando las manos sobre el pecho.

—¡Pobre Estela! –repuso el señor Guzmán.

En otras circunstancias, esta exclamación hubiera encerrado, todo el dolor de un padre amante que ve acercarse una horrible desgracia que va a herir el corazón de su hija; ahora que luchaban dos afectos, esta exclamación, fue fría, quizá estudiada, como si en su corazón hablara más alto el amor de esposo que el de padre.

—Aún nos queda la Corte Suprema, –dijo uno de los amigos del señor Guzmán.

—La Corte Suprema confirmará la sentencia, puesto que todo es desfavorable para Álvaro, –agregó el señor Guzmán con voz acerada y sentenciosa.

Un sollozo ahogado salido de entre los cristales de la puerta, respondió a estas palabras. Nadie fijó la atención, y uno de los circunstantes preguntó:

—¿La Corte Superior ha confirmado en todas sus partes la sentencia?

—Sí, –respondió desolado don Lorenzo– Álvaro está sentenciado a muerte.

Un grito desgarrador y el ruido de un cuerpo que caía desplomado dejóse sentir tras de la puerta.

Todos corrieron y encontraron a Estela privada de sentido, presa de horribles convulsiones...

Como si un velo hubiérase descorrido a su vista, Estela, después de escuchar las palabras de su padre, abarcó toda la inmensidad de aquel caos en que iba a hundirse su felicidad.

– XLVIII –

Catalina en el dormitorio de Estela

Desde este momento Estela no dio razón de lo que por ella pasaba.

La congestión cerebral presentóse acompañada de una fiebre de más de cien pulsaciones, que trajo por consecuencia el delirio.

Acababan de sonar las diez de la noche.

Los espaciosos salones de la casa del señor Guzmán, estaban apenas alumbrados por una débil luz que contrastaba con los lujosos tapices que decoraban las habitaciones.

Un sepulcral silencio reinaba en toda la casa.

Sólo en el dormitorio de Estela sentíase el rumor que producen varias personas que hablan quedo y caminan apresuradamente, aunque sin golpear el piso.

Todos entraban y salían con el semblante angustiado.

Acababan de aplicarle una copiosa sangría a Estela. Esta era la causa de la agitación que se notaba.

El doctor al salir, dijo a don Lorenzo:

—Creo pasará tranquila la noche; es necesario dejarla dormir. El sueño es, en este momento el mejor medicamento que podemos darle.

Elisa y Andrea, algo retiradas de allí, habían escuchado las palabras del doctor: —Ella estará tranquila con tal que no vuelva a ver a Catalina, decía Elisa.

En este momento se acercó don Lorenzo, y con el semblante compungido y bajando la voz, dijo:

—El doctor recomienda mucha tranquilidad. Es necesario que nos retiremos todos: yo velaré en la pieza contigua, por si es necesario llamar a alguna persona.

—Yo descansaré recostada en un sofá, –dijo Andrea.

Un momento después, todos se retiraron para dejar a Estela, como había recomendado el doctor, en la más completa tranquilidad.

Poco después, Catalina salió de su dormitorio y atravesando los grandes salones que la separaban de las habitaciones de Estela, se dirigió hacia el dormitorio donde se hallaba ésta.

Al verla con su severo y largo vestido de luto, con su pálido y macilento rostro, diríase que era uno de esos fantasmas con que la imaginación de las gentes ignorantes y sencillas, pueblan las tinieblas. Una de esas almas que vagan por este mundo, buscando su perdida felicidad.

En los pocos días que han trascurrido desde que hemos dejado de verla, ha enflaquecido notablemente.

El sonrosado de su tez, hase tornado pálido mate, y el círculo del ojo ha tomado color amoratado, que le da expresión de gran sufrimiento.

Sí, Catalina sufría, y sufría horriblemente.

El dolor silencioso, es el dolor más horrible: así como el fuego que se reconcentra, abrasa y devora con mayor fuerza.

Hay naturalezas que son para el dolor lo que ciertos metales para el fuego: no se funden sino a un calor elevadísimo. Tal era Catalina.

Cuando llegó al aposento de Estela se detuvo y miró a todos lados: estaba sola.

Lenta y majestuosa adelantó hasta colocarse delante del lecho de Estela, que, con las manos cruzadas sobre el seno, dormitaba tranquilamente. Su pálido semblante aparecía circuido por los rizos de sus rubios cabellos y sus ojos hundidos, parecían apagados y extintos, oscurecidos por sus amoratados párpados. De vez en cuando agitaba ligeramente los labios como si el delirio que poco ha la hiciera hablar en alta voz, continuara agitando su espíritu.

Más de veinticuatro horas hacía que Catalina no veía a Estela; al verla un movimiento de asombro, casi de espanto, la detuvo un momento.

La enfermedad y el sufrimiento habían desfigurado el semblante de la joven.

Después de corto momento de muda contemplación, arrojó doloroso suspiro exclamando: ¡Pobre Estela!

Al volver la vista en torno suyo miró con atención el gabinete de Estela.

Con poca diferencia estaba todo tal cual estuvo el día del matrimonio.

Todo revelaba que aquella alcoba había sido preparada para encerrar bajo sus lujosos tapices la felicidad de dos esposos, mas no la horrible amargura de la que en ese momento creíase próxima a enviudar.

El mueblaje, lo mismo que las cortinas y los cobertores de su lecho, eran de raso celeste bordados con seda blanca.

Aunque alumbrada por la tenue claridad de un quinqué[65], aquella estancia tenía toda la lujosa y elegante apariencia del dormitorio de una novia.

Catalina volvió a contemplar a Estela y dos lágrimas desprendiéronse de

---

65　*Quinqué*: del francés Antoine Quinquet (1745-1803), nombre del primer fabricante de estas lámparas, con tubo de cristal y generalmente con pantalla sus hermosos ojos y fueron a perderse entre los pliegues de su vestido de luto.

Como si cayera postrada por el peso de su infortunio, dejóse caer de rodillas y apoyando la frente en el lecho, dijo:

—¡Perdón, Estela, yo no soy culpable!

Estela hizo un ligero movimiento como si hubiera reconocido esa voz.

Luego con la fisonomía impasible de los sonámbulos y como si continuara un sueño principiado mucho ha, dijo:

—¡Siempre esta voz, siempre ante mi vista su fatídica figura!...

Luego, cambiando de tono agregó: —Yo no podré curarme mientras la vea... ¡Elisa, aleja de mi vista a esa mujer! bien sabes cuanto daño me causa su presencia.

—¡Dios mío! ¡Dios mío! ¡ten compasión de mí! –exclamó Catalina levantando al cielo los ojos y las manos con ademán desesperado.

Estela, sin cambiar de postura y con la misma entonación pausada e igual del enfermo que repite por la centésima vez, una idea fija en su mente dijo:

—Álvaro la ama, la ama, hasta preferir la muerte que de mí lo separa a la vida lejos de ella.

¡Infame! mientras mi buen padre, que la hizo su esposa la colmaba de caricias, ella lo traicionaba, y cuando yo la llamaba madre, ella meditaba sus pérfidos planes. Como el ángel del mal, vino a traernos a todos la desgracia y el infortunio: su presencia, como la de un espíritu maligno, se dejó sentir cerca de mí, por influencias fatales. Y hoy ¿por qué no puedo alejarla? su imagen me persigue aún en sueños. ¡Qué desgraciada soy! Y no poderla alejar, no poderla maldecir, arrancándole la máscara de bondad con que se cubre.

¡Ah! ¡maldita seas, Catalina!... Mi padre deshonrado, su hija viuda, Álvaro infamado con muerte afrentosa... ¡He aquí el cuadro espantoso que nos rodea!

Estela calló un momento.

Dos gruesas lágrimas corrieron de sus ojos hasta humedecer el almohadón, en que tenía recostada la cabeza.

Catalina la escuchaba ansiosa, pálida y con la fisonomía contraída por el dolor.

—Álvaro no es el asesino del señor Montiel, –continuó diciendo Estela.– Álvaro no puede ser criminal: él pasó la noche con ella, con esa infame, que me arrebata su amor. Nadie sino ella, podrá salvarlo, pero no lo salvará porque no lo ama.

—¡Dios mío! –exclamó Catalina en el colmo de la amargura y dejó caer su cabeza sobre el lecho de Estela.

En ese momento ésta abrió los ojos y miró en torno suyo como si buscara algo.

Catalina alzó la cabeza y la miró con ternura como si intentara suplicarle que no la acusara.

No bien húbola reconocido Estela, cuando lanzándose violentamente al lado opuesto, dio un agudo grito y dijo:

—¿Por qué me persigue esta mujer? ¡Elisa! ¡Andrea! ¡ah!–y dejándose caer ocultó el rostro entre los cobertores del lecho.

En ese momento aparecieron entrando por distintas puertas D. Lorenzo, Andrea y Elisa, éstas corrieron asustadas hacia Estela, mientras que D. Lorenzo dirigiéndose a Catalina —Señora –le dijo– el médico ha recomendado sumo silencio y completa tranquilidad para la señorita Estela, cualquiera impresión desagradable podría matarla.

—Lo sé, amigo mío, –contesto con tristeza ella.

Don Lorenzo miró a Estela que, aterrorizada, tenía aún la cabeza oculta, hablando y sollozando al mismo tiempo, y luego dirigiéndose a Catalina dijo:

—Señora, ya ve Vd. cuánta impresión le hace la vista de cualquiera persona; es preciso velar por su tranquilidad.

En ese momento se descubrió el rostro Estela, e incorporándose, hasta levantarse sobre sus rodillas, dijo:

—Sí, ¡alejen a esa mujer de mi presencia! Que al menos no saboree el placer de regocijarse, con mis lágrimas –luego dirigiéndose a Catalina con enérgico ademán, dijo: —Salga Vd. de aquí señora, si no quiere Vd. que yo muera maldiciéndola y revelando al mundo entero el secreto que me mata, salga Vd. presto de aquí.

Catalina palideció aún más de lo que estaba: dio dos pasos para apoyarse en el respaldo de un sillón, miró a Estela con expresión suplicante, y con la voz ahogada, dijo:

—¡Me acusa y soy inocente!

—Por piedad, señora, salga de aquí, –dijo don Lorenzo, prestando su apoyo a Catalina, que, desesperada y sin tino, salió del aposento de Estela y se dirigió a su dormitorio.

Al dirigirse Catalina poco antes donde Estela, había llevado la intención de revelarle todo lo que había pasado entre ella y Álvaro. Pensó que la verdad no era para ella desdorosa, y que dejarla conocer era rehabilitarse ante los ojos de la hija de su esposo.

Catalina había pensado también jurar a Estela que salvaría a Álvaro, aunque fuera a costa de su honra; salvarlo a todo trance, aunque para ello tuviera que revelar públicamente, que aquella noche Álvaro había estado en su aposento a la hora en que se consumaba el asesinato.

Bajo estas impresiones fue que Catalina se dirigió donde Estela, esperando poder hablarle como a hermana, como a amiga, para recoger, en cambio de su abnegación y de sus sacrificios, palabras de tierno afecto y sincero perdón.

Ya hemos visto como Estela, bajo la influencia de la fiebre y el delirio, la dejó oír sólo palabras de terrible acusación y cruel reproche.

Cuando Catalina llegó a su aposento, se dejó caer sobre un canapé, exclamando:

—¡Horrible castigo para tan involuntaria falta!...

– XLIX –

¿HAY ESPERANZA?

L as palabras de Estela, quedaron impresas en el alma de Catalina, como un candente hierro las hubiera grabado.

A las ocho de la mañana, sintió los pasos del médico que venía a ver a Estela y corrió donde él.

—Doctor, –díjole,– ¿qué piensa Vd. de la enfermedad de Estela? ¿la cree Vd. mortal?

—Anoche la dejé en un gran peligro, no sé como haya pasado la noche, volveré a contestarle a Vd.

—Lo espero aquí, –dijo Catalina.

Poco después volvió el médico, y moviendo tristemente la cabeza, dijo:

—El caso es muy serio.

—¿Lo cree Vd. de muerte?

—Si de hoy a mañana no se opera un cambio favorable, dificulto su salvación.

—¿Y qué pudiera influir para operar ese cambio favorable? –preguntó con ansiedad Catalina.

—Los medicamentos son en estos casos de poca eficacia, –dijo el doctor.

—¿Y qué podríamos hacer?

—Lo que sería preciso hacer, no depende ni de Vd. de mí, –contestó con tono indiferente el doctor.

—Hable Vd. amigo mío, –repuso angustiada la señora de Guzmán.

—Soy de opinión, –contestó él,– que sólo haciendo desaparecer la causa de la enfermedad, es decir, el pesar que la ha ocasionado, podría salvare la enferma.

—¡Ay! ¡Comprendo! –exclamó Catalina.

El doctor quedó pensativo largo rato, después dijo:

—Podríamos recurrir a un medio.

—¿Cuál?

—En cuanto pueda comprender lo que se le hable, dígale Vd. que su esposo ha salido absuelto del crimen que se le imputa.

—¿Tan mal está, –dijo asombrada Catalina,– que no comprende lo que se le habla?

—Malísimamente; hay completa enajenación mental, y una fiebre de más de cien pulsaciones.

—¡Dios mío! –exclamó la señora de Guzmán,– luego ¿corre peligro de muerte?

—Sí, peligro inminente.

—¿Cree Vd. que se cure, dándole el convencimiento de que su esposo se ha salvado? –preguntó con grande interés Catalina.

—Señora, la ciencia y también la experiencia me traen esa convicción.

—¡Ah! –exclamó la señora Guzmán con indecible expresión de alegría,– aún nos queda ese recurso.

—Sí, nos queda ese recurso, aunque corremos el riesgo, de que en el momento en que conozca la realidad, sufra retroceso mucho más peligroso.

—¡La realidad! –repuso ella sin comprender lo que quería decir el doctor.

—Sí, la realidad, señora, porque Vd. no ignora que el esposo de la señorita Estela está condenado a muerte.

Catalina palideció mortalmente, y con voz ahogada y apenas perceptible, contestó:

—Sí, lo sé.

—Si pudiéramos sostener el engaño hasta que ella convaleciese, podría darnos un buen resultado, pero esto es casi imposible, y temo que salgamos mal en nuestra prueba.

—Descuide Vd. doctor, yo haré lo posible porque todo salga bien.

—Si alcanza Vd. engañarla hasta que pase la fiebre y recupere la razón, es probable que pueda salvar, –dijo él sonriendo con incredulidad.

—Ya veremos lo que puedo hacer, –contestó la señora de Guzmán con aire misterioso

Después que se hubo retirado el doctor, Catalina se retiró a sus habitaciones a meditar las palabras del médico, las que pesaron sobre su corazón, con la inmensa pesadumbre de las faltas irremediables.

Cuando Catalina se preguntó a sí misma ¿qué haré? su corazón y su razón, de acuerdo, contestáronle: –salvar a Álvaro: –¿De qué modo? He aquí que a esta pregunta surgía un mundo de dificultades, de inconvenientes, que eran otros tantos abismos insalvables.

En medio de este caos, una idea presentábasele clara y distintamente: Álvaro iba a morir, y ella era la causa de esa muerte, y aunque causa involuntaria; se creía en el deber de salvarlo, para devolvérselo a Estela.

—¡Y pensar, –decía– que con una sola palabra podría librarlo de ese suplicio, de esa muerte ignominiosa, y devolverle su felicidad, su vida, la estimación del mundo! Sí, con una sola palabra, puedo devolvérselo a Estela, puedo llevarlo a los brazos de esa infeliz criatura, que hoy se acerca al sepulcro, víctima de inmensa desventura. ¡Ah! con una sola palabra puedo causar inmensos bienes, pero ¿podré decirla? ¡No! ¡imposible! Mi honor, el de mi esposo, están de por medio. ¡Ah, ¡Dios mío! ¡Álvaro morirá, y yo cargaré sobre la conciencia, el peso de eterno remordimiento!... ¡Y no puedo, no debo salvarlo!...

Detúvose un momento; por una de esas frecuentes reacciones, su pensamiento, dando una vuelta, presentóle otro hemisferio; éste tenía algo que la deslumbraba, algo que a su pesar la atraía.

—Álvaro va a morir, –decía,– va a morir por salvar mi honor. Y yo ¿qué debo hacer? Al dirigirse esta pregunta, veía de antemano formulada en su mente esta repuesta: –Imitar su ejemplo; sacrificar el honor para salvarle la vida.

Luego, como si esta idea la espantara, agregaba: —Cuán pequeña me considero con mis vacilaciones, mis temores y recelos, cuando me comparo con él, que arrostra sereno y valeroso la horrible muerte que le espera.

Y cual si quisiera disculparse a sí misma dijo: —Si yo arrostrara sólo la muerte, tendría más valor, pero la deshonra ¡Dios mío! ¡que situación tan espantosa!

Catalina se cubrió el rostro, y por largo tiempo su pensamiento enmudeció como anonadado por el peso de sus reflexiones.

¡El honor! exclamó levantando su hermosa cabeza, cuya corrección de líneas, dábanle perfil escultórico:¡el honor! he aquí una palabra que, en ciertos momentos, es un enigma, más aún, es un caos. Yo soy inocente, ¡Cuántos sacrificios he hecho para conservar inmaculada esta virtud, la única que me da derecho a llamarme honrada! ¡cuántos sacrificios que nadie comprende, que nadie conoce, ni tampoco estima! Y al hacer uno nuevo, que me realza a mis ojos y me enaltece a los del hombre que amo, tiemblo, trepido, me siento débil... ¡Ah! no, ese sacrificio lo haré, sí, ¡lo haré!

Y como si la acción apoyara su pensamiento, levantó la mano y movió la cabeza con firme y resuelto ademán.

Luego, cual si quisiera darse a sí misma una explicación, dijo:

"Yo debo proceder así, me lo pide el corazón y me lo ordena la razón. La vida de Estela, la de Álvaro, el deber y la felicidad misma, se salvarán.

Mi esposo ¡ah! ¿por qué lo olvido a él que es tan bueno? A mi pesar me ocurre la idea de que él vivirá pocos años, y la felicidad de los que se acercan a la tumba, debe pesar menos que la de los que aún tienen que vivir largos años."

Después de un momento de reflexión dijo como para consolarse del mal fue podía causar a su esposo: "Yo soy inocente, y si él me ama verdaderamente, creerá mis palabras, y me perdonará." Catalina dejó caer la cabeza entre las manos, como si apelar de sus reflexiones, el péndulo atormentador de la conciencia golpeara sobre su corazón.

Al fin, venciendo todas las perplejidades de su espíritu, y llevando ambas manos al corazón dijo:

—Tú me dices lo que debo hacer y te obedeceré. Álvaro se salvará. Estela será feliz, y yo, ¡ah! ¡yo viviré satisfecha pues que he cumplido mi deber, y si alcanzo el perdón de mi esposo se completará mi felicidad!

– L –

Catalina intenta salvar a Álvaro

Dos días después, la señora de Guzmán, en uno de los lujosos salones de su departamento, hablaba con aire misterioso, y en voz baja con un individuo al que no ha mucho vimos en el teatro. Es el mismo que refirió al señor Montiel y a ella, la manera como después de estar prisionero y sentenciado a muerte, Álvaro le salvó la vida, o más bien diremos se la perdonó por sólo haber invocado el nombre adorado de Catalina.

Suponemos que no se habrá olvidado que al encontrarse de la manera más imprevista, con Álvaro, el señor Venegas le dijo:

—Señor González, si algún día tiene Vd. necesidad de mí, no olvide que le debo la vida.

A lo que Álvaro, muy lejos, por entonces, de llegar al trance terrible en que se hallaba, contestóle con aire indiferente: "Gracias, señor Venegas".

Catalina, que había oído esas palabras, pensó que nadie mejor que el buen español podría acompañarla en su propósito de salvar la vida a Álvaro.

Cuando Catalina se dirigió a él, ya Venegas había movido cuantos resortes estuvieron a su alcance, y esperaba verificar la fuga de su antiguo benefactor.

Después de un corto silencio, el señor Venegas se levantó y dijo:

—A las siete en punto estaré en la puerta de la Intendencia y la acompañaré hasta la prisión del señor Álvaro González.

—Le quedaré eternamente reconocida, —contestó Catalina, poniéndose de pie y acompañando hasta la puerta del aposento al buen español, el que antes de salir miró cautelosamente a ambos lados como si deseara no ser visto.

Catalina también miró con recelo, hacia el lado por donde se alejaba el Sr. Venegas y cuando lo vio desaparecer exclamó:

—¡Al fin voy a verlo! me arrojaré a sus pies y le pediré que se salve, que viva, ¡aunque viva sólo para Estela! ¡Qué horrible sacrificio... Álvaro! ¡Álvaro mío! ¡si tú alcanzarás a comprender mi suplicio, comprenderías cuanto te amo!

Y Catalina, con el semblante iluminado por el amor y la esperanza, parecía una diosa digna de personificar, en la antigua mitología, los sentimientos más puros y bellos del humano corazón...

Las siete de la noche sonaban cuando se detuvo delante del cuartel de la Intendencia de policía un coche, del que descendió precipitadamente una mujer, cubierto el rostro con el espeso encaje de una manta puesta al uso del país, y que le ocultaba casi por completo el rostro.

En el momento de poner el pie en el estribo un hombre de simpático aspecto acercóse a ella y tendiéndole la mano díjole:

—Ha sido Vd. muy puntual: todo está arreglado.

—¿Puedo pasar sin cuidado? –contestó ella

—Sígame Vd., –dijo el señor Venegas, que era el que había esperado a la señora de Guzmán para conducirla, conforme a su promesa, a la prisión de Álvaro.

El centinela no dio el *alto* de ordenanza y ambos pasaron sin tropiezo alguno; dirigiéndose hacia el costado donde quedan los cuartos que sirven de cárcel a los presos.

Al atravesar el primer patio, Catalina sintió flaquear sus fuerzas y con un movimiento de involuntario terror se asió al brazo de su generoso conductor.

—No tema Vd. nada, –dijo éste– igualando su paso al de su bella acompañante.

—¡Gracias! –contestó ella sin poder contener el temblor que estremecía todo su cuerpo.

—Aquí está, –dijo el Sr. Venegas señalando una puerta entornada, y que dejaba escapar la luz que estaba encendida en el cuarto.

—¿Llamaremos? –preguntó la señora de Guzmán pudiendo apenas articular estas palabras.

En el momento en que el buen español levantaba la mano para tocar la puerta, ella lo detuvo y asiéndolo por el brazo dijo: —¡Todavía no!

—Está Vd. muy conmovida, –dijo él mirando a Catalina que temblaba hasta el punto de no poder sostenerse en pie.

—¡Ah sí! –contesto ella cubriéndose el rostro algo más con el encaje de su manta para ocultar una lágrima que rodaba por su mejilla. Luego, como si hiciera un supremo esfuerzo, dijo:

—Vamos, no perdamos tiempo, –y pasó empujando al mismo tiempo la puerta, que se abrió sin ruido.

Álvaro que escribía a la luz de un quinqué, levantó bruscamente la cabeza, y al ver una mujer cubierta, arrugó ligeramente el ceño, murmurando entre dientes:

—Otra vez Estela ¡qué martirio!

Tan lejos estaba Álvaro de esperar la inmensa felicidad de ver a Catalina, que en el primer momento creyó que la mujer que tenía delante era Estela, sin notar que ésta era de más baja estatura y algo más delgada que Catalina.

Recordó la dolorosa y desagradable explicación a que dio lugar su visita y sintióse profundamente contrariado, al pensar que volvería a repetirse.

Con un movimiento de involuntario disgusto, púsose de pie y permaneció mirando a la que el creía ser su esposa, luego con la voz un tanto destemplada, dijo:

—Haces mal en venir a esta hora.

Catalina guardó silencio, miró a la puerta y vio que el señor Venegas se había quedado al lado de afuera sin atreverse a penetrar en la prisión. Luego vio que la puerta volvía a cerrarse, quedando algo entornada. Sintió los pasos del señor Venegas que se retiraba, lo que le dio a comprender que estaba completamente sola.

Dio dos pasos adelante y levantándose el velo, dejó completamente descubierto su pálido y hermosísimo rostro, y con voz ahogada y breve, dijo:

—¡Álvaro! He venido a salvarlo a Vd.

Álvaro transportado de júbilo, corrió hacia la joven y estrechando sus manos, las llevó al corazón, exclamando:

—¡Catalina, mi adorada Catalina! tú vienes a salvarme, luego tú has pensado en mí, tú has sufrido por mí, tú me amas aún... ¡Oh suprema felicidad!... ¡Y yo que creía haber perdido tu amor! ¡Vienes a salvarme! ¡Gracias! Ya me has salvado, me has salvado de lo que era para mí, más horrible que la muerte misma, la duda de tu amor. Saber que tú me amas y que estimas mi sacrificio y lo comprendes, ¡oh! esto es todo lo que yo ambicionaba, es todo lo que me emocionaba esperar.

Catalina, desfallecida de emoción, cedía involuntariamente a la atracción de las palabras de su antiguo novio, y sin poderlo evitar, sintióse estrechada en sus brazos, y como la flor doblada por el aquilón[66], inclinó su frente apoyada en el hombro del joven que, ebrio de amor y felicidad, continuó diciendo:

—Catalina, mi bella Catalina, dime que no es un sueño lo que en ese momento estoy viendo: dime que no eres una de esas visiones encantadoras que tantas veces toman tu forma para consolarme un momento y desaparecer luego. ¡Habla! dime cómo has venido. Muchos inconvenientes tuviste que salvar, ¿no es verdad? ¡Ah! ¡tú has sufrido por mí! ¡Gran Dios! ¿cómo podré pagarte este sacrificio? Pero ya tu me verás morir sereno, tranquilo, tal vez contento con la idea de que muero por ti...

En este momento la señora de Guzmán, como si volviera del éxtasis que la embargaba, desasióse de los brazos del joven, y tomando grave expresión,

---

66 *Aquilón*: comunmente llamado *Cierzo*, viento seco y frío que en Europa sopla del noroeste

dijo:

—Álvaro, yo he venido a salvarte. Todo está preparado: he traído vestidos dobles y tú podrás fugar, quedando yo en tú lugar.

Álvaro, sonrió con la suprema satisfacción del enamorado que recibe la mayor prueba de amor, que puede darle su amada.

—¡Fugar yo, sin ti! –exclamó con la sonrisa de la duda y del amor satisfecho.

—Sí, yo te lo ruego, –exclamó ella plegando las manos en ademán de súplica.

—La vida lejos de ti, no tiene para mi precio ninguno.

—¡Ah! –exclamó ella como si viera hundirse todo el plan que con tanto esmero había urdido.

Álvaro miraba a Catalina, no con la mirada de gratitud del hombre condenado a muerte, y al que se le presenta la ocasión de salvarse, sino más bien con la mirada apasionada del amante que ve llegar a su amada arrostrando toda suerte de peligros, para darle la más elocuente prueba de su amor.

Catalina comprendió que necesitaba desviar a su amante de la situación en que se encontraba, y procurando dar a su voz toda la gravedad que le fue posible, con expresión severa, dijo:

—Señor González, la situación en que ambos nos encontramos está sembrada de grandes peligros y amenazas; amenazas que comprometen la vida de Vd. y mi amor. Mirar estos peligros con indiferencia e impasibilidad, es ligereza e imprevisión; más aún, es falta imperdonable, pues que a ellos se encadenan, la felicidad, la tranquilidad, de seres para con los que ambos tenemos grandes y sagrados deberes. ¡Álvaro! en nombre de esos deberes, en nombre de nuestra pasada felicidad, yo le pido que se salve, le pido que viva, que huya...

Y sin que Álvaro pudiera evitarlo, la señora Guzmán dobló ambas rodillas y postróse a los pies del joven con el semblante acongojado y la voz suplicante, y asiéndole una de las manos continuó diciéndole:

—Todo está arreglado, el señor Venegas lo aguarda a la salida, y lo acompañará hasta que esté Vd. fuera de peligro.

Y después de un momento, en un arranque, de desesperado amor agregó:—Álvaro, huye, yo te lo ruego. Escúchame, si tú mueres yo moriré contigo, es tu antigua novia, es tu Catalina la que te lo suplica y tú no puedes desatenderla.

Álvaro con la mirada iluminada por la felicidad y el semblante contraído por la emoción, estrechaba las manos de Catalina, diciéndole:

—Sí, huiré y accederé a todo lo que me pides, con tal que no sea alejarme de tu lado. Huiré hasta el fin del mundo; hasta donde no hallaremos más que la tierra y el cielo, únicos testigos de nuestra felicidad... Ven Catalina y verás cómo, a tu lado, tengo valor para arrostrar todos los peligros y desafiar todas las iras sin importarme el que vengan del cielo o de los hombres.

Catalina meditó un momento, y luego como si obedeciera más que a su corazón a un premeditado pensamiento, dijo:

—Usted debe vivir para Estela, para esa desgraciada joven a la que sin querer hemos conducido al borde del sepulcro, víctima del más espantoso suplicio.

Álvaro hizo un movimiento lleno de tristeza y amargura y dijo:

—Es a nombre de Estela que me pide Vd. que vi va, ¡ah! Lo comprendo. Es ella la que le ha pedido este sacrificio. ¡Y yo que creía haberlo merecido!... yo que creía ver llegar a la mujer amada, para decirme ¡huyamos! ¡ah! perdóname Vd. señora: cuando se ama como yo la amo, es tan fácil forjarse ilusiones, sin pensar que serán desvanecidas por la misma mujer que supo inspirarlas. Perdone Vd. señora, a mi pesar, le he hablado un lenguaje que no debía emplear con Vd.

Catalina quiso desviar de este punto la conversación y procurando serenarse, se sentó tranquilamente en la silla de madera en que pocos días antes estuvo Estela.

—Señor Álvaro, –dijo con tono severo,– es necesario que meditemos con calma, y hablemos con tranquilidad.

—Hable Vd. Señora –dijo él con tono de tristeza.

La sentencia de muerte dada en primera instancia, ha sido confirmada por la Corte Superior.

—Lo sé, –contestó con tristeza Álvaro.

—Mi esposo trabaja activamente para que sea confirmada por la Corte Suprema.

—Desde que me leyeron esa cruel e injusta sentencia, comprendí que el señor Guzmán había alcanzado arrancarla, prevalido de sus influencias. Todo lo comprendo, necesita de esa sentencia para realizar una venganza.

—No se trata de una venganza sino de una convicción, –contestó Catalina con expresión de profunda amargura.

—Lo sabe todo, ¿no es verdad? –dijo con voz tranquila Álvaro.

—Sí, lo sabe, o cuando menos lo adivina todo; pero no sabe ni adivina lo que me es favorable, lo que podía darme tranquilidad, para mirar el porvenir sin ruborizarme en su presencia, sin temblar ante sus acusaciones.

Al escuchar estas palabras, Álvaro, comprendiendo que Catalina aludía a su inocencia y a su actual inculpabilidad, dijo con amargo sarcasmo.

—Sí, tiene Vd. razón, señora, si lo supiera todo, sabría que, si en otro tiempo me amó la que es hoy su esposa, ese amor se ha extinguido por completo, quedando sustituido por una compasión, muy digna de admiración ciertamente, pero que se le da al primero que se acerca a nuestra puerta; esa compasión, señora, es la que la ha traído a Vd. hasta aquí. Ha venido Vd. a salvar a un desgraciado, a un insensato que ha resuelto morir por una mujer que no lo ama... Gracias, gracias, señora; pero puede Vd. volverse, porque ese desgraciado, ese insensato no acepta ningún sacrificio impuesto por la necesidad o dictado por la compasión.

—Álvaro, es Vd. injusto y cruel.

—Señora, – repuso Álvaro con amargura,– desde que ha principiado Vd. a hablarme ha procurado hacerme comprender que no es Catalina, la angelical y bella joven que yo amaba en otro tiempo y que por mi mal he continuado amando hasta hoy, la que viene a salvarme la vida, sino la señora de Guzmán, la esposa del padre de Estela, que viene a cumplir un deber, que viene a descorrer el velo que podía embellecer los últimos momentos de mi existencia, diciéndome: *vive*; porque tu deber es vivir, porque tu vida es necesaria a la felicidad de otra mujer; vive para cumplir un deber... ¡Ah! señora, he sacrificado toda mi existencia al cumplimiento de mis deberes y a la felicidad de los que me rodeaban, déjeme Vd. disponer de mi muerte en cumplimiento de un deber que el amor me dicta.

—Pero la muerte que le aguarda es ignominiosa y horrible.

—¡Qué importa! aunque me esperara el más espantoso suplicio, lo arrostraría tranquilo; –y con apasionado acento agregó:– la muerte, el martirio mismo es la suprema aspiración de los corazones que aman como el mío.

Catalina inclinó la frente para ocultar su emoción; por un momento no supo qué contestar a las apasionadas palabras del joven.

Sentíase anonadada.

Después de un momento, con voz conmovida elijo:

—Álvaro, amigo mío, no perdamos un tiempo precioso en discutir sobre los móviles que aquí me han traído, no quiera Vd. hacer estéril mi sacrificio, ya que hasta aquí tan feliz he sido. Sí, yo se lo ruego. ¡Álvaro! sálvese Vd.

—Catalina, estoy listo a huir, pero ha de ser en tu compañía. De otra amanera, imposible, prefiero la muerte.

La señora de Guzmán quedó pensativa un momento con la mirada fija y la respiración agitada; luego, poniéndose de pie con ademán resuelto dijo:

—¡Entonces, señor González, nada tengo que hacer aquí; vine a salvar la vida de un hombre de cuya muerte era yo la causa, y aunque causa involuntaria, creí que era deber mío hacer este sacrificio; si no lo acepta Vd. nada tenemos que hablar! ¡Adiós!

Y Catalina, con la imponente altivez de una reina, dirigióse a la puerta, resuelta a retirarse, Álvaro corrió hacía ella y deteniéndola con el ademán y el gesto díjole:

—Una palabra más, por piedad, Catalina. Dime que estimas mi sacrificio y qué comprendes el móvil que me lleva a él.

—¡Adiós! –contestó ella abriéndola puerta para salir.

—Catalina, no me prives del único consuelo que puede endulzar los últimos instantes de mi vida; una palabra, una sola y muero feliz: ¿Me amas como yo a ti?

Catalina detúvose un momento y al fin con voz conmovida dijo:

—Huye y luego te lo diré.

—Huir dejándote a ti en mi prisión, sería cobardía que me haría indigno de tu amor.

—Pero es que no hay otro medio, –contestó Catalina con desesperación.

—¡Ah!, Dios mío, –replicó Álvaro llevándose ambas manos a la frente.

—Salvate tú, y después, si Dios se apiada de mí me salvará.

—¡Imposible! sin ti no puedo partir.

—Álvaro, por última vez te lo ruego.

—Calla; tus palabras me destrozan el corazón.

—¡Ah! no sabes cuán desgraciada seré si tú mueres.

—Ya que no he podido ofrecerte mi vida te ofreceré al menos mi muerte.

—¡Huye, Álvaro, huye!

—Ven, huyamos, Catalina, Catalina.

—¡Imposible!

Dos golpecitos dados en la puerta interrumpieron el diálogo de los dos jóvenes.

Catalina palideció mortalmente, Álvaro tornóse sombrío y ceñudo como si temiera un lance de honor.

—¡Señora Catalina! –dijo con voz tranquila y suave una persona.

—Es el señor Venegas, –dijo Catalina reponiéndose de su susto.

—¡Ah! ¡bienvenido sea! –exclamó Álvaro.

—Pase Vd. adelante, –dijo Catalina abriendo la puerta.

—Señora, estamos perdiendo un tiempo precioso, aún puede salir el señor González sin peligro ninguno.

—Hay un gran peligro, –dijo Álvaro.

—¡Cuál! –preguntaron a una los dos interlocutores.

—El peligro que amenaza al que puede salvar la vida y perder el honor.

—No comprendo... –dijo Catalina.

—Explíquese Vd., señor González, –dijo el señor Venegas.

—Oiganme ustedes, ¿de qué manera quieren que yo fugue?

Venegas miró a la señora Guzmán con una mirada llena de asombro, como diciéndole: ¿y qué es lo que habéis hablado? Ella recibió tranquila esta muda interpelación y luego dijo:

—Ya le he dicho a Vd. señor González, que al venir aquí traía todo arreglado para que Vd. saliera disfrazado y acompañado del señor Venegas.

—¡Ah! –exclamó Álvaro con risa burlona a la par que triste, –¿es así como esperaba Vd. que pudiera yo fugar?

Catalina se ruborizó como si hasta ese momento no hubiera comprendido el lado ridículo que tenía la propuesta que había venido a hacerle; pero como el soldado que está resuelto a vencer, se reanimó luego y con gran entereza dijo:

—¿Y por qué no había Vd. de fugar así, cuando se trata de salvar la vida?

—Y Vd. señora, se quedaría aquí sola.

—Sí, –contestó con resolución ella,– me quedaría cumpliendo un deber.

—No hablemos más de esto, –dijo Álvaro, dando a sus palabras el acento más indiferente.

—¡Ah! señor González, es que se trata de aprovechar momentos supremos que no será posible recuperar, dijo Venegas.

—Comprendo mi situación y estoy resuelto a arrostrarla con serenidad y valor.

—Señor González, pierde Vd. la más propicia ocasión, –dijo el señor Venegas, tomando entre las suyas una de las manos del joven.

Álvaro arrugó el ceño como si se tratara de asunto importuno, y contestó:

—Señor Venegas: el hombre que en mi situación fugara dejando en su lugar a una mujer que sacrifica su honor por salvarle la vida, ese hombre sería un infame, a quien yo escupiría a la cara, y lo consideraría indigno de llamarse un caballero.

—Perdone Vd., no había reflexionado.

—Repito, amigo mío, no hablemos más de esto, dijo Álvaro aparentando aire festivo.

El señor Venegas, algo confuso y cortado, quedó por un momento meditabundo y luego dijo:

—Señor González, le debo a Vd. la vida, y con la vida la felicidad de mi familia, acepte Vd. en cambio, un pequeño sacrificio que no puede traerme fatales consecuencias y puede ser su salvación.

—¿Cuál? –preguntó el joven con indiferencia.

—Huya Vd., yo quedaré en su lugar; previendo este caso he traído todo lo necesario y he arreglado todos mis asuntos.

Álvaro, en un momento de indecisión, miró a Catalina como diciéndole: ¡Huyamos! Ella, como si hubiera adivinado lo que esta mirada quería significar, dijo:

—Sí, señor González, piense Vd. que lo espera una esposa que lo ama, y una familia sobre la que su muerte va a echar ignominioso borrón.

—¡Señora! –exclamó Álvaro mirándola con amargura, como si le reprochara el recuerdo que en esos momentos evocaba,– no he olvidado que tengo una esposa que me ama y una familia que me espera, pero antes que todo tengo grandes deberes que llenar.

Catalina se puso de pie y con ademán desesperado dijo:

—Adiós, señor González.

—Adiós, señora, –contestó él estrechando la helada y temblorosa mano de Catalina.

—¿Se va Vd. señora? –preguntó Venegas.

—Nada tenemos que hacer ya aquí.

Y Catalina salió resueltamente de la habitación seguida del señor Venegas, que no podía darse cuenta de lo que acababa de presenciar. Al ir a acompañar a la señora de Guzmán, él creyó que todo estaba arreglado para la fuga, quedando a su cargo el vigilar las salidas, que según dijo quedaban expeditas, con tal que no salieran más que un hombre y una mujer como habían entrado.

Preciso fue, pues, renunciar a este medio de evasión, y el buen español quedó triste y abatido por el mal resultado que sus activos e importantes trabajos habían dado.

– LI –

La revelación

Amaneció el día 4 de Agosto.

La sentencia de muerte pronunciada en primera y segunda instancia en contra del joven Álvaro, debía resolverse definitivamente en el tribunal de la Corte Suprema.

Un numeroso y agitado gentío esperaba ansioso, en los corredores del Palacio de justicia, la resolución inapelable, que llevaría al joven cubano al cadalso, o lo absolvería definitivamente.

Según costumbre, el portero abrió con estrépito las puertas y anunció en alta voz la causa que se iba a fallar.

Álvaro, usando del derecho que concede la ley en estos casos, había querido ir personalmente a hacer su defensa y escuchar su sentencia.

Custodiado por dos soldados llegó al recinto donde se hallaban reunidos sus jueces, y con mirada altiva y serena abarcó el imponente espectáculo que a su vista se presentaba.

Al atravesar los corredores del Palacio recibió repetidas y elocuentes muestras de simpatía, que alentaron su espíritu y consolaron su, entonces, entristecido corazón.

Un amigo díjole al paso: —Eres un amante ejemplar, quieres morir antes que deshonrar a tu amada.

Álvaro se estremeció; estaba persuadido de que su secreto no podría andar en boca de aquéllos que iban a presenciar las escenas que debían tener lugar, y estas palabras fueron para él, cruel revelación.

Iba resuelto a vindicarse, alegando las grandes causas que lo impelieron a cometer ese crimen, mas nunca pensó negarlo, ni confesar la verdad.

Aunque en los primeros momentos, cuando se esparció la noticia del asesinato del señor Montiel, todos condenaban severamente al alevoso joven, que abusando de su fuerza y superioridad había victimado a un anciano; bien pronto, por una de esas reacciones siempre frecuentes en el humano espíritu, el que ayer era alevoso y cruel asesino, aparecía hoy como desgraciada víctima, arrastrado hasta el crimen por nobles sentimientos e inevitable fatalidad.

Las mujeres que siempre gustan de ver personificados el amor y el sacrificio, en la gallarda figura de un apuesto joven, miraban a Álvaro con grande interés, considerándolo como víctima de inmensa pasión.

La muerte, aunque se acerque a un verdadero criminal, rodéalo de la aureola de la desgracia, que siempre inspira interés y mueve a compasión. Entonces, fácilmente olvidamos el crimen para compadecer al criminal.

Es que el pueblo comprende intuitivamente, que el crimen no lo lava, ni puede borrarlo la sangre del cadalso, sino las lágrimas y el arrepentimiento del culpable.

Un hombre, aunque sea delincuente, cuando se le quita la vida, no es más, a los ojos del pueblo, que una víctima, no de la justicia sino de la tiranía de los hombres.

Por esto no debe asombrarnos que Álvaro recibiera expresivas muestras de interés y simpatía, aun de las pocas personas que lo miraban como el verdadero asesino del señor Montiel.

Con las formalidades del caso se principió la relación de la causa que debía fallarse definitivamente.

El abogado del acusado hizo una brillante defensa, que produjo en todos los circunstantes favorable efecto; apeló a todos los recursos de la oratoria forense. Manifestó la vida intachable y casi ejemplar del acusado, exhibiéndolo como víctima de nobles sentimientos, elevados hasta el sacrificio, por exagerado amor filial, que habíalo conducido a la perpetración de un crimen por ser fiel a sus juramentos. Al hacer esta defensa, que era más bien la declaración de la criminalidad de Álvaro; el abogado, obedeció a las instrucciones que recibiera de su defendido que, como sabemos, se empeñaba en aparecer culpable, con el noble designio de salvar el honor de la señora de Guzmán.

Aunque la defensa estuvo bien fundada y causó favorable impresión en los concurrentes, parecía no haber producido el mismo resultado, en los jueces, que, según las apariencias, habían formulado ya su juicio, resueltos a no dejarse seducir por la elocuencia del defensor.

Todo parecía adverso a la causa del joven cubano, y los numerosos espectadores que concurrieron llevados, los unos por el interés del amigo, los otros por la curiosidad de saber el resultado, contemplaban ansiosos y mudos los menores movimientos de los señores Vocales que debían fallar inapeiablemente.

Cuando iba a procederse a la votación, acercóse al abogado un individuo y con aire misterioso díjole algunas palabras al oído, las que produjeron en él viva sorpresa, luego con tono angustiado dijo: —Diga Vd. que desgraciadamente es demasiado tarde para hacer importantes revelaciones.

—Señor, –insistió respetuosamente el emisario,– es una señora, que, aunque lleva el rostro cubierto parece ser distinguida. Además, manifiesta estar vivamente interesada en el fallo que va a darse, y creo que no se retirará tan fácilmente.

Apenas acababa de salir el emisario, cuando regresó para hablar nuevamente con el abogado. Éste aunque manifestó gran repugnancia, tomó nuevamente la palabra y después de exponer lo extraordinario del caso pidió se escuchara a una señora que demandaba ser atendida. Vivamente interesado en la difícil situación que se presentaba y que según colegía sería favorable a su defendido: —Se trata, díjoles, de una Sra. que pide con instancia ser escuchada, prometiendo hacer importantes revelaciones que decidirán de vuestro fallo.

Alegáronse mil razones en contra de la solicitud de la misteriosa dama. Ninguno fue de opinión que se escuchara a esta desconocida que ofrecía hacer importantes revelaciones.

Unos dijeron que el procedimiento de recibir nuevas pruebas en esos momentos era contra la ley, de la que ellos no eran más que fieles ejecutores. Otros alegaron que permitir la palabra a persona extraña aunque ésta trajera pruebas irrecusables, era involucrar innovaciones que les ocasionarían pérdida de tiempo y recargo de trabajo. Por último no faltó uno, y éste era venerable anciano, de aquellos que, como dice un ingenioso escritor: cuando los vicios los dejan hacen mérito de ser ellos los que los han dejado; pues bien este veterano retirado de las filas de Cupido, con tono enfático dijo: –Que esto de que se presentaran misteriosas damas en el momento de fallar sobre asunto de tanta gravedad, manifestaba que sin duda esa mujer era alguna aventurera que abrigaba la insensata esperanza de que ese Supremo e incorruptible Tribunal fuera susceptible de torcer sus rectos fallos o atenuar su severa justicia ante la provocativa sonrisa o la ardiente mirada de una mujer. En consecuencia, fue, como los demás, de opinión de que se desechara la absurda pretensión de esa misteriosa dama.

Es de notar que ninguno hablara sobre la inmensa responsabilidad que pesaría, no diremos sobre su conciencia sino sobre la reputación del Supremo Tribunal, si, como podía suceder, dictase terrible fallo, el que, después de llegar a su cumplimiento, recibiera la manifestación de haber llevado al cadalso a la inocente víctima de injustos fallos.

¿No veremos por ventura jamás, lucir el día en que el hombre pueda invocar *la justicia y la verdad* en lugar de *la ley y la necesidad!*

Justicia y verdad nacidas de la conciencia de un corazón honrado que se antepone a las necesidades del desempeño de un puesto y al cumplimiento, muchas veces exagerado, de leyes mil veces mal interpretadas.

A pesar de todas las razones que hubo en contra, preciso fue conceder la entrada a aquella dama, que por tercera vez insistió diciendo, que estaba resuelta a hablar aunque para ello tuviera que cometer ruidoso escándalo.

¡Qué hacer! no era posible exponerse a un escándalo, ni provocar una asonada tratándose de persona que ofrecía hacer importantes revelaciones que tal vez apoyarían el fallo fatal que se proponían dictar; concedieron pues la palabra a la incógnita que, rompiendo la tradición y avasallando la ley que prohíbe recibir nuevas pruebas, venía a pedir audiencia en tan supremos momentos.

Cuando era mayor la ansiedad de todos los circunstantes, las miradas se volvieron hacia la puerta fijándose en una mujer que apareció vestida de riguroso luto y cubierta con un denso velo que le ocultaba el rostro. Un sordo murmullo dejóse oír en el espacioso recinto, lleno en ese momento de personas que contaban los segundos por las angustiosas palpitaciones de sus corazones.

¿Quién era esa mujer que aparecía con aire resuelto y paso seguro?...

¿Vendrá a salvar o a perder al acusado?

¿Por qué se dirige al Tribunal en estos supremos instantes?

Rápidas como el pensamiento cruzaron estas ideas, sin que nadie alcanzara a presagiar lo que debía suceder, ni pudiera explicar la presencia inesperada de aquella desconocida.

Después de corto silencio, adelantóse con paso mesurado y majestuoso, y levantando rápidamente el velo que la cubría, dejó ver su pálido y hermosísimo semblante.

Un grito semejante al rugido de un león herido de muerte, dejóse oír, quedando perdido entre las exclamaciones de los que decían.

—¡La hija del señor Montiel!

—¡La señora de Guzmán!

—¡Pobre señora! Vendrá a pedir castigo para el asesino de su padre.

Catalina pálida, temblorosa, conmovida y más que nunca hermosísima, parecía una de esas consoladoras apariciones que los condenados a muerte, en su loco desvarío, esperan ver llegar, como la paloma de la leyenda bíblica, con el ramo de oliva, símbolo de paz y ventura.

Al murmullo de las primeras exclamaciones sucedió profundo silencio.

Catalina fijó sus grandes, ojos algo entornados pero de penetrante mirada, en los jueces, sin duda queriendo escudriñar el efecto que su presencia producía.

Todos permanecieron inmóviles como si se hallaran perplejos y anonadados ante la presencia de la señora Guzmán, de la esposa de un compañero y amigo.

Al pronto todos la juzgaron como la terrible acusadora del asesino de su padre.

—Todo está perdido —murmuró el joven abogado inclinándose al oído de su defendido, que, como de costumbre, estaba sentado a su lado. Álvaro movió la cabeza con indecible expresión mezcla de angustia y placer que parecía decir: —¡Sí, todo se ha perdido!

La señora de Guzmán después de descubrirse paseó una mirada serena a la par que altiva por la sala, y con voz temblorosa dijo:

—Soy la hija del señor Montiel, cobardemente asesinado.

—¿Tenéis algo que decir? –preguntó el Presidente.

—Sí, algo que decidirá la opinión de los que deben dictar la sentencia.

Un nuevo murmullo se dejó oír, distinguiéndose claramente, los sollozos de una joven que, con el rostro cubierto, parecía negarse a escuchar las palabras que iba a decir la señora de Guzmán.

Todos miraron a Álvaro como para decirle ha llegado el momento de oír tu inapelable acusación.

—Hablad señora –dijo el Presidente.

Catalina se estremeció; luego, con voz aptada pronunció estas terribles y reveladoras palabras:

—El señor Álvaro González es inocente del crimen de que se le acusa. En el momento que se cometía el asesinato, él estaba a mi lado, en mi alcoba.

Un rayo que hubiera caído no hubiera herido con más rapidez a mayor número de personas.

Todos miraban asombrados a la señora de Guzmán creyéndola víctima de una enajenación mental.

Nadie podía dar crédito a lo que acababa de escuchar, recordando que Catalina venía a revelar lo que todos vagamente sospechaban, esto es, que Álvaro era su antiguo novio y tal vez su actual amante.

Al fin, después de largo silencio, el Presidente dijo:

—Señora, ¿estáis segura de lo que acabáis de decir?

—Sí, lo estoy –contestó ella con firme y sonoro acento.

—Ved que se trata del hombre a quien se acusa y las apariencias presentan como al asesino de vuestro padre.

—Sí, lo sé, y porque él es inocente he venido a revelaros la verdad.

—¿No obedecéis a alguna extraña sugestión? –repuso el Presidente, sin duda esperando que Catalina dijera alguna palabra que la hiciera aparecer como instrumento de una trama infernal.

—No, no obedezco sino a un sentimiento de justicia que me ha impelido a salvar la vida de un inocente.

Álvaro con el semblante demudado y mortalmente pálido miraba a la señora de Guzmán, cual si más que de su salvación tratárase de su condena.

Por uno de esos generosos movimientos del espíritu, él no alcanzaba a ver en la escena que acabamos de describir, sino la espantosa situación que Catalina iba a crearse cerca de su esposo y de Estela.

Cuando un sentimiento llega hasta sobreponerse a instintos tan poderosos, como es el instinto de conservación, el hombre puede alejarse de toda idea egoísta, colocándose a la altura de un héroe; Álvaro encontróse en esta situación y sólo pensó en la deshonra de Catalina.

Con el ademán imponente púsose de pie, y mirando a sus jueces dijo:

—Señores, sin duda la señora de Guzmán obedece a un noble sentimiento de conmiseración, viniendo a sacrificarse por salvarme. Soy el asesino del señor Montiel, del hombre infame que victimó a mi padre, y cuya sangre yo estaba en el deber de vengar: pido pues que se me juzgue y se me condene conforme al rigor de la ley.

Catalina dio dos pasos cual si fuera a caer desfallecida. Por un momento vio desvanecerse la inmensa y dificultosa obra de su sacrificio, pero luego se reanimó y haciendo un supremo esfuerzo levantó la mano con solemne ademán y dijo:

—Juro por las cenizas aún calientes de mi padre, que he dicho la verdad.

Las sugestiones del señor Guzmán, habían inclinado la opinión de toda la Corte en contra del joven cubano. Si Catalina se hubiera presentado como acusadora, hubiese alcanzado apoyo y aprobación de parte de los jueces; al presentarse como reveladora de la inocencia del acusado, no alcanzó sino miradas de disgusto y desaprobación.

Después de un momento de silencio, Catalina, como si se sintiera sin fuerzas para resistir las miradas curiosas o investigadoras que se fijaban en ella, cubrióse de nuevo el rostro y se dirigió a la puerta. Antes de traspasar el umbral se volvió hacía la respetable asamblea, y con solemne y sentenciosa voz,

—Señores, –dijo,– me retiro con la conciencia de haber cumplido un deber, y la responsabilidad de una sentencia injusta, pesará sólo sobre vosotros.

El Presidente quiso decir algunas palabras más, que aclararan la revelación que acababa de hacer la señora de Guzmán, pero ésta había ya desaparecido, dejándolos a todos atónitos y confusos, sin saber qué resolución tomar.

Ya hemos dicho que el punto esencial y culminante en que estaba fundada la acusación, era el silencio del acusado, respecto al lugar en que se encontraba, en el momento en que se cometía el asesinato.

Una vez descubierta la verdad, fácil era deducir las consecuencias y llegar al convencimiento de que, estando de por medio el honor de una dama, que además de su alta posición, pertenecía a la familia del acusado, éste había preferido la muerte a la deshonra de esa mujer.

Luego que Catalina hubo salido, el abogado aprovechando de los primeros momentos de sorpresa y estupor, tomó nuevamente la palabra, y apoyado en la revelación de la hija del señor Montiel, pronunció un elocuentísimo discurso, cuya contundente lógica no dejaba lugar a duda. Aprovechó esta ocasión, para dar lectura a la declaración hecha a Estela, por el verdadero autor de la muerte de Montiel, oculta hasta ese momento, por temor de lastimar el honor de la señora de Guzmán.

En cuánto a la acusación que de sí mismo hizo Álvaro, sabido es que no tiene valor ninguno aquel acto, estando prohibido que el delincuente se acuse a sí mismo. Como una reparación en favor de la inocencia de Álvaro, la votación se hizo inmediatamente[67]. El noble y valeroso joven salió, pues, absuelto y libre, de aquel recinto donde fue con la heroica resolución de morir por salvar el honor de la mujer amada.

---

67 No ignoramos que el procedimiento judicial del Perú, no es, en algunos pequeños detalles, del todo igual al que hemos seguido en el curso de esta historia. Creemos, no obstante, no haber faltado a la verosimilitud literaria, ajustándonos solamente a lo más sustancial de las prácticas legales. (La Autora)

– LII –

Catalina en el convento de la Encarnación

Catalina no meditó toda la enormidad del paso que acababa de dar, sino cuando salió del Palacio de Justicia.

¡Cuántas veces sucede que, considerando el lado noble y bello de una acción, olvidamos que hay un público, frío, impasible, casi siempre fastidiado y malévolo, que sólo quiere ver el lado adverso de todas las acciones!

Por esta vez no disculparemos a Catalina, ni increparemos a los que la condenaron.

Nadie está en el deber de investigar el lado oculto de las acciones, y al presentarse Catalina como la querida de Álvaro, todos procedieron con justicia considerándola como extraviada y convicta del delito de adulterio.

Los amigos de su esposo la miraron horrorizados, como si hubieran querido fulminar con sus ojos un rayo que la exterminara. Los indiferentes, los ociosos (esa plaga de nuestra sociedad) rieron y festejaron el lance como el más sorprendente que vieran jamás.

Catalina daba traspiés como una persona ebria: hubiera querido que la tierra la tragara, y desaparecer para siempre del número de los vivientes.

El señor Venegas, aquel buen español que tan cariñosamente la seguía para prestarle su apoyo, acercóse a ella y tendiéndole la mano le dijo:

—¡Es Vd. una mujer admirable!

—¡Ah! ¡soy una víctima de la fatalidad!

—¿Necesita Vd. algo, señora?

—Mi coche tráigame mi coche, señor Venegas —dijo ella, pudiendo apenas articular estas palabras.

Después de un momento, un siglo para Catalina que tuvo que aguardar que su coche se abriera paso por entre los que habían tomado la delantera, volvió el señor Venegas seguido del coche, al que subió ella apoyándose en su brazo.

El coche partió rápidamente tirado por una pareja de magníficos caballos.

No bien hubieron caminado algunas calles, cuando Catalina detuvo al cochero que había tomado la dirección de su casa; si éste hubiera podido oír la exclamación de Catalina hubiera oído estas palabras:

—¡Dios mío! ¿dónde iré? no tengo valor para verlo, a él.

El cochero miró por la ventanilla y dijo:

—¿Adónde vamos?

Después de un momento de indecisión, como si no supiera qué dirección dar, dijo:

—Al convento de la Encarnación.

¿A qué iba la señora Guzmán a un convento? Sin duda a llorar sus culpas y a esperar su perdón.

¿Era acaso culpable?, se nos dirá.

Sí, la conciencia acusa a la mujer honrada, no sólo de las culpas que comete, sino también de las que da lugar a que se le inculpen.

Catalina, aunque era inocente, sintióse anonadada con el peso de su temeraria conducta.

Aunque era mujer de grandes pasiones y templado carácter, faltóle ese desprecio y despreocupación, que sólo tiene la mujer de alma corrompida, para arrostrar la opinión pública, cuando las apariencias la condenan.

¡Pobre Catalina! Nada le quedaba que sufrir en el mundo, había apurado hasta las heces [68] la copa de la amargura.

Perdido para siempre el ser a quien amaba y con él su fe, sus esperanzas, sus ilusiones, el dolor tomaba esa calma terrible, tenebrosa que sucede a las grandes tempestades.

Cuando el coche se detuvo delante de la puerta del convento de la Encarnación, bajó precipitadamente y tocó el torno.

—Hermana portera, –dijo.

—¿A quién busca? –contestó una voz triste y débil como son casi todas las de las monjas.

—A la madre superiora.

—No puede salir.

—Decidle que la señora de Guzmán necesita hablar con ella.

—Esperad en el locutorio.

Catalina se dirigió a aquel sitió, y dejóse caer sobre una de las bancas.

Parecíale que su cerebro se desorganizaba, sus ideas estaban confusas, como cuando se sienten los primeros síntomas de la embriaguez.

Un momento después llegó la superiora.

—¿A qué suceso inesperado debemos la felicidad de verla, señora de Guzmán? –dijo con tono afectuoso la monja entreabriendo las cortinas.

—Vengo a pediros un asilo.

---

68 *Heces*: residuos terrosos de los líquidos que, al ser más pesados, se depositan en el fondo de los recipientes

—¡Cómo! vos, señora, ¿venís a refugiaros a un convento?

—Sí, yo que os lo pido por compasión.

—¡Virgen Santísima! si me parece estar soñando; ¿vos, modelo de virtud, ídolo de los de vuestra familia, venís aquí donde sólo llegan las que lloran las decepciones del mundo o las que consagramos la vida al Señor?

—¡Madre! recibidme como a una mujer desgraciada, –exclamó Catalina con acento desesperado.

—Señora, estoy en el deber de abriros, no sólo las puertas de este convento, sino también de ofreceros cuanto tenemos: sois la esposa del hombre que más importantes servicios nos ha prestado, no sólo en su larga y honrada carrera de abogado, sino también haciéndonos toda suerte de caridades.

Y la superiora, después de abrir la puerta, dijo:

—Pasad, señora, y disponed como gustéis.

Catalina entró, y con una reverencia, dijo: —¡Gracias, gracias!

Ambas se dirigieron a la celda de la superiora, pasando ésta por delante.

Al atravesar los corredores, Catalina, vio pasar las figuras mudas y sombrías de las monjas, cubiertas con el velo negro que llevan delante de los extraños, y sintió algo como un frío que le llegara al alma.

Cuando llegaron a la celda, la religiosa se detuvo e hizo una venia, para que pasara Catalina.

Después que ambas se hubieron sentado en las dos únicas sillas de madera que había en la celda, la superiora con tono dulce, dijo:

—¿Necesitáis algo por el momento?

—Necesito recado de escribir.

Un momento después la señora de Guzmán, sola ya, escribía una carta dirigida a su esposo.

En la palidez que cubría su semblante y la emoción que agitaba su pecho, se conocía que aquella carta tenía para ella importancia decisiva.

¿Era tal vez la consumación de su inmenso sacrificio?

Luego lo veremos,

—He dado el primer paso y debo seguir adelante, –dijo con un estremecimiento nervioso:–así Álvaro aparecerá inocente y podrá vivir con Estela y con su padre: la vida para mí no tiene ya precio alguno. Este dolor que me desgarra el alma, acabará pronto con mi existencia, y en mi hora postrera tendré al menos el consuelo de haberme sacrificado por la felicidad de los que me acusan.

Y Catalina con mano convulsa doblaba la carta para el señor Guzmán, y le ponía la dirección.

—Madre, –dijo a la superiora, que con cauteloso paso acababa de asomar a la puerta,– el cochero debe estar aguardando, haced que le entreguen esa carta y que vaya a llevársela a mi esposo inmediatamente.

Un momento después el ruido de un carruaje que se alejaba, le dio a comprender que su orden había sido cumplida.

Catalina dijo a la superiora:

—Ahora, madre, dadme una celda, la más apartada de todas; quiero estar sola, completamente sola.

—¿Pero qué sucede, señora? Hasta ahora no salgo de mi estupor. ¿No merezco vuestra confianza? Depositad vuestras penas en mi pecho; los consuelos de la religión, son los únicos que pueden calmar los grandes pesares de la vida.

Catalina refirió en pocas palabras la historia de su vida, revelándole su inocencia y la situación en que se hallaba respecto a su esposo.

La religiosa oyó con interés y pena, la triste relación de las desgracias de Catalina.

Cuando ésta hubo terminado, la estrechó llorando contra su corazón, diciendo:

—Tened confianza en Dios; las almas buenas como la vuestra reciben siempre su recompensa.

—No ambiciono más que una felicidad.

—¿Cuál? –dijo la superiora con interés.

—Saber que Estela y Álvaro son felices y vivir siempre aquí, después de obtener el perdón de mi esposo.

—Quiera el cielo concederos tan grande felicidad, –dijo con emoción la religiosa.

Era ya casi de noche, cuando Catalina y la superiora se separaron, ésta para ir a cumplir con los deberes que su alto cargo le imponía, aquella para ir a llorar y meditar en su solitaria celda.

– LIII –

UN GOLPE DE MUERTE

E l señor Guzmán había asistido a la Corte Suprema con la grata esperanza, de saborear el placer de ver salir a su rival, cargado con la reprobación del mundo entero y con la sentencia de muerte que él, con
sus influencias, había contribuido a que se dictara.

Cuando vio a Catalina presentarse y declarar que Álvaro era inocente,
descubriendo su deshonra como Agripina su seno desnudo, para que la hirie-
ran los emisarios de su hijo; salió loco, frenético, con los puños crispados y la
mirada extraviada, sin saber a donde dirigirse.

Cuando llegó a su casa, principió a pasearse agitadísimo.

Sus ideas eran oscuras y confusas, no sabía lo que deseaba ni podía darse
cuenta de lo que le pasaba.

Unas veces se enternecía hasta derramar lágrimas, pensando en la desgracia de Estela, a quien él debía sacrificar todos sus resentimientos, todas sus pasiones, sin tener en cuenta más que la felicidad de su hija; otras, dominado
por su gran pasión a Catalina, se estremecía, y la sed de venganza invadía su
corazón.

Matar a Álvaro, beber su sangre, pisotear su cadáver, se le aparecía como
deleitosa esperanza. En su celosa rabia, imaginábase verse con los ojos en-
cendidos y el pulso acerado, arrastrando a su rival, al pérfido amigo, hasta sus
plantas y clavándole el puñal, hasta desgarrarle las entrañas... Luego detenía-
se, y su fisonomía se iluminaba, imaginándose, con dulce gozo, con salvaje
alegría, ver correr a borbotones la sangre del infame.

—¡Ah! –decía, apretando los puños,– él va a venir aquí, sí, ese miserable
vendrá creyendo que seguirá en mi casa, gozando de la libertad que mi ciega confianza les dejaba. Ya vendrá, ¡y él mismo confesará sus culpas!... Catalina no es tan culpable, no, muchas veces, recuerdo haberla visto huir hasta con imprudencia de su lado, él, sólo él, es el culpable, él la ha perseguido,
la ha asediado... ¡Necio de mí que no he comprendido mi situación, cuando

tan claramente se presentaba a mi vista! Álvaro se ha casado con Estela para poder vivir tranquilamente al lado de su... ¡Ah! mi hija, yo, hemos sido víctimas de ese infame, ¡ah! morirá, sí, morirá en mis manos... ¡Cuánto tarda Dios mío! el momento de la venganza.

Y el señor Guzmán, ese hombre pacífico, bondadoso, amable, que sólo entreabría sus labios, para dejar escapar halagüeñas palabras y bondadosas sonrisas, habíase trasformado bajo las terribles emociones que agitaban su noble espíritu.

Con la frente ceñuda, los ojos llameantes, los labios apretados y ligeramente arqueados, diríase que no era el amante esposo y cariñoso padre que poco ha conocimos, sino un hombre feroz, inaccesible a la clemencia, empedernido a la compasión y obcecado en el mal.

Es que, en las naturalezas delicadas y en los caracteres tranquilos y bondadosos, en los que predominan nobles sentimientos, la idea de justicia, está profundamente grabada en su alma, y estas explosiones de indignación y dolor, son, por esto mismo, más vehementes y terribles que en los demás.

Después de largos y acelerados paseos, dejóse caer en un sillón apoyando la cabeza en una mano.

Una lágrima rebelde, que más de una vez había humedecido sus ojos, rodó al fin por su rugosa mejilla.

—¡Catalina! –murmuró angustiado,– será preciso odiarla, alejarla de mi lado, vivir solo, solo como un oso en una caverna: desconfiando de todos los que me rodean, y odiando a todos los que tanto he amado. Será preciso a todas horas, repetirle al corazón solitario, que Catalina es una infame, ella, cuyas manos yo besaba, con la veneración con que se besa las manos de una diosa.

Después de un momento de reflexión, como si todos sus recuerdos le trajeran el convencimiento de que ella era inocente, con la expresión de inefable esperanza, dijo:

—¿Y si Catalina fuera inocente? Si en vez de una mujer pérfida y criminal, encontrara una alma grande y generosa, ¡que se ha sacrificado por salvarle la vida al esposo de Estela! Si la viera venir amante, y arrepentida del paso que acaba de dar, a ofrecerme su vida, su afecto, sus cuidados, todo lo que este fatigado espíritu necesita... ¡ah! yo la perdonaría, sí, la perdonaría y olvidaría todo lo que ha pasado. Ella es tan buena, tan bella, cómo no amarla, cómo no perdonarla.

De súbito oscurecióse su semblante, su ceño, se contrajo violentamente, como si acabara de ver un fantasma, que hasta ese momento no había distinguido, y apretando los clientes con rabia: exclamó:

—¡Ah! y el ridículo, ¡el espantoso ridículo que cedería sobre mí! Aunque Catalina fuera inocente, el mundo entero me señalaría con el dedo, riéndose de mi desgracia. ¡He ahí, dirán, un marido complaciente! seré la befa, la irrisión de todos... No, ¡venganza! ¡sangre! la sangre del culpable sólo puede lavar las manchas del honor.

Un estremecimiento como el de una pila eléctrica, interrumpió el acalorado monólogo del señor Guzmán... Acababa de sentir pasos en la escalera, y poniéndose precipitadamente de pie, dijo:

—Ya llega, compongamos el semblante, nadie me ha visto en el salón de la Corte, es preciso que crean que ignoro lo que ha pasado.

Y pasando sus manos por sus desordenados cabellos, procuró serenar su semblante y aparecer tan tranquilo cuando le era posible.

Los pasos aproximáronse, y Álvaro, seguido de un numeroso acompañamiento de compatriotas y amigos, apareció en el dintel de la puerta.

Todos felicitaban calurosamente al amigo que con tan inesperado suceso había salvado la vida.

No faltó alguno que felicitara al amante afortunado que acababa de recibir la más elocuente prueba que un amante puede alcanzar.

—¡Silencio! –contestaba él,– no juzguéis por las apariencias; es la fatalidad que me teje su red, con visos de felicidad.

Al llegar al dintel de la puerta, Álvaro se detuvo bruscamente. Por un momento parecía que sus pies se hubieran enclavado en el suelo, tan imposible le fue dar un paso adelante. El señor Guzmán, más dueño de sí mismo, miró tranquilo el lívido y demudado semblante del joven, y adelantándose, dijo:

—Siempre esperé que la Corte Suprema lo absolvería a Vd.: jamás ese Supremo Tribunal ha desmentido sus justicieros fallos, con una sentencia temeraria, como hubiera sido la que condenaba a muerte a Vd.

—Sí, es verdad, –contestó Álvaro turbado.

—Tanto más temeraria, –agregó el señor Guzmán, – cuanto que, según he sabido, no había en contra de Vd. más que una sola prueba, que a la verdad tiene gran valor: no saber dónde estuvo Vd. aquella noche, en el momento que se cometía el asesinato.

Álvaro palideció mortalmente, y no atinó a eludir tan duro ataque; pero un amigo suyo, vino en su auxilio, diciendo:

—Esa prueba ha sido plenamente destruida por otros argumentos que el abogado ha expuesto, el que ha pronunciado un discurso que es una defensa ciceroniana.

Al escuchar estas palabras, el señor Guzmán que estaba profundamente alterado, podía apenas conservar su fingida calma.

Algo como la mordedura de una víbora le atenaceaba el corazón, quiso hablar y las palabras se le anudaron en la garganta, después de un momento pudo serenarse y con voz temblorosa y creciente exaltación dijo:

—Es decir que ha probado Vd. que no es Vd. el asesino del señor Montiel o lo que es lo mismo, que es Vd. un fanfarrón cobarde, que vino presentándose como un caballero, como una víctima de la fatalidad, condenado a ser el vengador de su padre, al que le juró Vd. antes de espirar darle una cumplida venganza. ¡Bah! Señor González, sus jueces lo han absuelto, pero el mundo entero debiera escupirle a la cara.

—Señor, me insultáis, –dijo Álvaro dando dos pasos adelante trémulo de rabia.

—Sí, os insulto y os hago la mayor ofensa que puede recibir un hombre.

Una ruidosa bofetada resonó en el salón y Álvaro, cerrando los puños, se lanzó sobre el padre de su esposa.

Todos los circunstantes, que hasta ese momento habían permanecido de pie agrupados cerca de Álvaro, interpusiéronse y pudieron impedir que ambos vinieran a las manos.

—¡Queréis un desafío! –gritó Álvaro forcejeando con los que lo sujetaban, y dirigiéndose con el ademán al señor Guzmán.

—Sí, ahora mismo, a muerte, –contestó éste furioso.

En ese momento llegó el cochero que había conducido a Catalina al convento, y entrando por la puerta que quedaba al costado, pudo acercarse libremente al señor Guzmán; pero éste hablaba acaloradamente, sobre la necesidad de arreglar el duelo sin demora y bajo las condiciones más severas para un duelo a muerte.

—Señor, –dijo al fin el cochero aprovechándose de la primera ocasión que pudo hallar.

—¿Qué hay? –preguntó con sequedad el señor Guzmán volviendo la cara.

—Perdone Vd. la señora me encargó que entregara inmediatamente esta carta.

—¿De quién es esa carta?

—Creo que es de la señora que se ha quedado en el convento de la Encarnación.

—¡Dios mío! –exclamó tomando con mano trémula la carta que le presentaba el cochero.

Un momento fue suficiente para que la leyera aprovechando de la animada conversación que sostenían los amigos de Álvaro, que, como sucede siempre en estos trances, cada cual decía ser él, el que impidió que ambos contendientes llegaran a las manos.

Hasta ese momento, todos permanecían de pie y ninguno atinaba a tomar un asiento ni a pasar adelante.

¿Qué decía la carta de Catalina? vamos a verlo: decía así:

Convento de la Encarnación.

Señor Guzmán:

Desde este asilo donde he venido a llorar mi desventura, me atrevo a implorar su perdón. No me maldiga Vd. Soy tan culpable como desgraciada. Una pasión irresistible me arrastró a Lima para acercarme al hombre que amaba. Él es inocente. Muchas veces se negó a seguirme recordándome mis sagrados deberes de esposa. Perdónelo Vd. pues sólo ha cometido la falta de obedecer a una mujer, que, ciega y loca de amor, lo arrastró, a su pesar, obligándolo a cometer la infamia de engañarlo. Yo estoy resuelta a morir en esta solitaria mansión, continúe Vd. viviendo al lado de Estela y Álvaro, ambos son dignos de su afecto.

CATALINA MONTIEL.

El señor Guzmán concluyó de leer esta carta y sintió en su cerebro, algo como el que recibe un fuerte golpe que lo priva del sentido; pálido y tembloroso dio dos pasos bamboléandose y llevándose ambas manos a la garganta dijo:

—¡Dios mío, me ahogo!... y cayó desplomado como si hubiese sido herido por un rayo.

– LIV –

LA CARTA DE CATALINA

Las diez de la noche acababan de sonar en todos los relojes de Lima.

Cinco horas habían trascurrido desde el momento en que el señor Guzmán, presa de violento ataque cerebral, cayó sin sentido después de leer la carta de su esposa.

Álvaro, agobiado por las violentas emociones del día, retiróse a sus habitaciones.

Meditaba sobre el género de vida, que debería seguir. Pensaba, lleno de dolorosa angustia, cuánto la felicidad de Estela y la del señor Guzmán, pesarían en el porvenir, sobre su conciencia.

Un momento después de estar recostado en un sillón, oyó pasos en el corredor. Dos golpes dados a la puerta, anunciáronle una visita.

—Adelante, –dijo con la indolencia del que no desea ver a ninguna persona.

La puerta se abrió y apareció el señor Venegas.

Después del saludo de estilo ambos se sentaron como dos buenos amigos.

—¡Qué sucesos tan asombrosos los que han tenido lugar hoy! dijo el antiguo prisionero de Álvaro, deseando entrar de lleno en el asunto que traía entre manos.

—Sí, en verdad asombrosos y desgraciados.

—No tan desgraciados para Vd. –dijo aludiendo a su absolución en la Corte.

—¡Cuántas veces es preferible perder la vida a perder la tranquilidad!

—Son tempestades que pronto se conjuran, amigo mío, y de las que no debe asustarse el que ha merecido que mis paisanos le den el soberbio epíteto de *Corazón de león*.

—¡Ah! ese apodo merecí cuando luchaba en los campos de batalla, cuando no arrostraba sino la muerte y no desafiaba más que a un destino, al que entonces miraba sereno, indiferente a sus rigores. Confieso que ahora, que me hallo en situación de arrostrar la desgracia de los otros, de presentarme sereno viendo correr las lágrimas de una mujer, merezco que se me llame corazón de cordero, o mas bien de paloma.

Y Álvaro rió con esa risa nerviosa, forzada, que muchas veces está más henchida de amargura, que el llanto mismo.

—¡He aquí una cosa curiosa! ¡Un guerrillero temido por su audacia y su valor, que tiembla a la idea de ver correr una lágrima de mujer!

—Sí, lo confieso, y en mi prisión, no me atormentaba tanto la idea de morir, cuanto el terror que me inspiraba el imaginarme, ver llegar a Estela, llorosa y desesperada a pedirme que viviera.

—¡Corazón noble y generoso! —dijo el buen español asiendo con entusiasmo la mano del joven cubano.

Álvaro, casi avergonzado de esta espontánea muestra de admiración retiró suavemente su mano y luego dijo:

—¿Sabe Vd. algo de la señora de Guzmán?

—Sí, precisamente venía a traer una carta para Vd.

—¿De ella? exclamó Álvaro sin poder disimular su alegría.

—Sí, de ella. Desde el día que tuve el honor de que me confiara sus secretos y me hiciera depositario de su confianza, le ofrecí servirla y sacrificarle, si fuere necesario mi vida por cumplir sus deseos, en la seguridad de que así cumplo los de Vd.

—Gracias, gracias señor Venegas, —dijo Álvaro, tomando la carta que le presentaba y la que leyó en seguida.

Catalina, después de manifestarle las causas que la llevaban a aquel retiro y la necesidad en que se encontraba de permanecer allí, mientras su presencia pudiera turbar la felicidad de Estela, por la que pedía a Dios diariamente, concluía así:

"A Vd. no tengo derecho de pedirle ninguna gracia. Pero, si quiere Vd. endulzar el acerbo dolor que me tortura el alma; si cree Vd. que el sacrificio que hice presentándome ante sus jueces, para salvarle la vida, merece alguna recompensa, le pido una sola: haga Vd. la felicidad de Estela; noble criatura que tiene derecho a tanto y a quien con tan poco puede Vd. hacer feliz. Refiérale Vd. todo lo que ha sucedido. Ella, que es buena y generosa me perdonará. Dígale Vd. que a pesar de mi anhelo para su felicidad sólo alcancé labrar su desventura.

Y cuando el dolor y el remordimiento hayan concluido con esta triste existencia, dígale Vd. que deposite una flor sobre mi tumba, en señal de su reconciliación. Mientras tanto ¡Adiós para siempre!"

CATALINA MONTIEL.

Al concluir la lectura de esta carta, Álvaro enjugó furtivamente una lágrima que había empañado su pupila.

—¡Pobre Catalina! –murmuró dando un triste suspiro y luego preguntó:

—¿Tiene conocimiento de la escena de esta tarde?

—Sí; le he prometido referirle todo lo que suceda y le cumplido mi compromiso.

Álvaro guardó silencio, y quedó absorto en sus tristes pensamientos.

Un momento después el buen español dejó solo a su amigo, comprendiendo que su presencia podía ser embarazosa.

Álvaro sacó la carta de Catalina que había guardado en el bolsillo del pecho.

Con gran atención leyóla por segunda vez.

Luego la llevó a los labios y besándola con reverente amor, dijo:

—¡Alma noble y generosa! Tú me enseñas el camino que debo seguir. Te sacrificas y me pides que te imite, te imitaré, y seremos dos víctimas inmoladas en aras del deber. Tú me lo ordenas y te obedezco. Tú tendrás el mérito del sacrificio yo sólo tendré el de la obediencia.

Mientras que de esta suerte hablaba Álvaro con su antiguo prisionero, haciendo el propósito de sacrificarse imitando a Catalina; el señor Guzmán, repuesto ya de su ataque, aunque débil y abatido, conversaba con don Lorenzo.

Este hábíale hecho largas e importantes confidencias, resultarlo de sus observaciones y también de sus atrevidas acechanzas.

Las primeras palabras del señor Guzmán fueron para informarse de la salud de Estela.

Don Lorenzo con tono de gozosa satisfacción contestole:

—Está casi buena, ha bastado la presencia del señor Álvaro para que recobre la salud y la alegría.

El señor Guzmán arrojando un doloroso suspiro y con la voz alterada por la emoción, exclamó:

—¡Pobre Estela! ¿cómo pude olvidar que yo ya no tengo derecho a pensar sino en su felicidad?

—Deseche Vd. señor, esas ideas que tanto pueden agravar sus males, –dijo don Lorenzo.

—Mi mal no tiene remedio, lo conozco y lo presiento, por eso quiero, antes que la enfermedad me conduzca hasta el extremo de no poder hablar, ahora ver mismo a Álvaro.

—Precisamente es a la única persona que el médico ha prohibido se acerque a Vd.

—Es porque no sabe lo que por mí pasa.

—Señor, desista Vd. de esa idea –dijo don Lorenzo con suplicante voz.

—No puedo desistir. Necesito hablar esta misma noche con Álvaro. Yo se lo ruego, amigo mío, vaya Vd. inmediatamente a llamarlo.

Don Lorenzo quiso insistir, pero el señor Guzmán con un imperioso movimiento de cabeza, obligolo a salir en cumplimiento de lo que, más que una súplica, era una orden.

Luego que estuvo sólo, el señor Guzmán, levantó pausadamente la mano y pasola repetidas veces por la frente.

¿Quería, tal vez, disipar las últimas huellas de sus hondos pesares?

Después reclinó la cabeza en una mano apoyando, el codo en uno de los almohadones y con profunda amargura exclamó:

—¡Pobre Álvaro! ¡Él también es desgraciado! ¡También él es víctima de la fatalidad que a todos nos ha herido! Yo no debo pensar sino en olvidarlo todo para que Estela sea feliz y, si es posible, ignore lo que ha pasado entre nosotros.

Un ligero golpe dado en la puerta de entrada, interrumpió este angustioso monólogo.

Álvaro, con la frente inclinada y el semblante triste, apareció en la puerta de la alcoba.

—¿Me llamaba Vd. señor? –dijo con la voz apagada y apenas perceptible.

—Sí, hijo mío, necesitaba hablar con Vd.

—¡Señor! –exclamó Álvaro juntando las manos y dando algunos pasos, como si aquel nombre de *hijo* hubiera conmovido hasta la última fibra de su corazón, y sintiera la necesidad de arrojarse a sus pies.

—Sí, necesitaba hablar con Vd. por eso he mandado a rogarle que se acercara Vd. un momento.

—No necesitaba Vd. rogar sino ordenar.

—Aquí tiene Vd. un asiento acérquese Vd. bien.

Álvaro tomó el asiento que le señalaba y acercándolo se sentó en él, más como el criminal delante del juez que como el hijo delante de su padre.

Un corto y penoso silencio siguió a las palabras del señor Guzmán. Luego con voz dulce y tranquila dijo:

—La escena de hoy fue por demás violenta, lo confieso; pero por el ataque cerebral de que fui víctima habrá Vd. conocido el estado en que se encontrara mi ánimo. Todo ha pasado, felizmente. Ahora, sólo necesitamos ocuparnos de las personas cuya felicidad depende de nosotros.

Álvaro miró atónito al señor Guzmán creyendo que le hablaba de Catalina, pero luego se tranquilizó, pues continuó diciendo:

—Me refiero a Estela, a esa infeliz criatura que, apenas entrada en su primera juventud, sólo ha saboreado del amor las decepciones y amarguras.

Álvaro no osaba contestar una sola palabra.

—Como padre creo que tengo el derecho de preguntarle ¿qué es lo que piensa Vd. hacer?

—Señor, haré lo que Vd. se digne ordenarme.

Después de un momento de silencio el señor Guzmán dijo:

—Vd. partirá mañana mismo con Estela.

—¿Cree Vd. que Estela quiera seguirme?

—Está Vd. en el deber de rogarla y alcanzar de ella esa gracia.

—En el estado de enfermedad en que Vd. se encuentra creo imposible que ella consienta en alejarse de su lado.

—Mi enfermedad no es de cuidado, dentro de doy días, tal vez, podré dejar la cama.

Y al decir estas palabras el señor Guzmán exhaló un doloroso suspiro, como si hubiera querido decir: dejaré la cama para pasar al sepulcro...

—Señor: espero nos concederá Vd. el favor de permitirnos permanecer a su lado hasta que esté Vd. fuera de peligro.

—No se preocupe Vd. de esto: mi enfermedad no es de gravedad, –dijo el señor Guzmán con tono algo seco y casi sarcástico.

—Pero un viaje en estas circunstancias y así, tan de improvisto, es casi imposible.

—¿Y qué es lo que quiere Vd.? replicó desagradado el anciano, sin poder disimular la cólera que por momentos se apoderaba de él.

Álvaro mirolo algo confuso y contestó:

—Creo necesario que esperemos a que Vd. esté completamente restablecido para que podamos irnos todos.

El señor Guzmán hizo un movimiento convulsivo que pudo apenas dominar.

La palabra *todos* había sido un dardo lanzado a su corazón. Incorporóse y con los ojos centellantes y el semblante, hasta entonces pálido, ligeramente coloreado, dijo:

—¿Cree Vd. que puedo vivir un día más bajo el mismo techo que Vd. habita? ¡Miserable! si pienso perdonarle su infamia, es sólo a condición de que se aleje Vd. de mi vista.

Álvaro se puso de pie pálido y tembloroso sin poder dominar su furor. Asió con ímpetu el sillón, pero como si una súbita idea lo calmara volvió a soltarlo. Luego inclinó la frente con expresión de resignación.

Hubo un momento de silencio. Sólo se oía la respiración agitada del joven y la dificultosa e interrumpida del anciano.

El soberbio y valeroso Álvaro que jamás consintiera ni aun el que le hablasen con altanería, vióse obligado a soportar las ofensivas expresiones del señor Guzmán. Pero se trataba del padre de Estela, del esposo de Catalina, del hombre, en fin, a quien había ofendido con su loca pasión. Y ese hombre se hallaba en su presencia enfermo, débil, inhábil para defenderse, tuvo, pues, que hacer un supremo esfuerzo y procurando darle a su voz el tono más sereno que le fue posible, dijo:

—Señor, le ruego que no abuse Vd. de su situación, para insultarme.

—Mañana mismo partirá Vd. sin dilación ninguna.

—Cumpliré mi deber, —contestó Álvaro dirigiéndose a la puerta para retirarse.

—Una palabra más, —dijo el señor Guzmán suavizando el tono de su voz.

—Señor, —dijo Álvaro deteniéndose y procurando dominar su agitación.

El señor Guzmán quedóse mirándolo un momento. Aquella mirada revelaba la lucha de afectos tiernos, y pasiones violentísimas.

Luego con voz ahogada y profundamente conmovida, dijo:

—Haga Vd. la felicidad de mi hija, y le perdonaré todo el mal que me ha causado.

Álvaro miró al señor Guzmán; cuyo venerable semblante expresaba el dolor y la súplica. Comprendió que la idea de la felicidad de su hija, llevábalo hasta a olvidar sus odios y acallar sus celos, y participando de tan favorable cambio:

—Señor, —dijo,— si la felicidad de una esposa depende de las consideraciones y el respeto que su esposo le tributa, yo le prometo a Vd. que Estela será feliz.

—¿Y nada más puede Vd. darle? —dijo el señor Guzmán, sin poder disimular toda la amargura que encerraban estas palabras.

—Ella no aceptará mi amor, —dijo Álvaro con tristeza.

—Haga Vd. por merecer su perdón, y entonces aceptará su amor.

Álvaro, confuso y entristecido por este justo reproche, y al ver al anciano con su habitual expresión bondadosa, con su rostro demacrado y su mirar macilento, sintióse profundamente conmovido, y plegando las manos en ademán de súplica, dio dos pasos, diciendo:

—Señor, para merecer el amor de Estela, necesito antes el perdón de su padre.

Y Álvaro cayó de rodillas delante del lecho del señor Guzmán, exclamando: —¡Perdón! ¡padre mío!

—¡Hijo mío! —exclamó éste con la voz temblorosa y ahogada por las lágrimas, y extendiendo los brazos como para estrechar al joven, dijo:

—Yo te perdono... haz la felicidad de mi hija.

Álvaro se arrojó en los brazos del noble anciano que acababa de concederle su perdón.

Tres días después, Estela y Álvaro salieron, feliz la una, resignado el otro, para dirigirse al Callao y partir en el mismo día para los Estados Unidos, donde fijarían su residencia.

Estela, a pesar de llevar la convicción de que dejaba a su padre fuera de peligro, enjugaba a cada paso sus lágrimas, sin poder ocultar su amargura.

Al fin, fuele preciso partir, después de abrazar a su padre, exigiéndole el juramento, de que antes de un mes iría a reunirse con ellos.

No estaba lejos de su mente, ni se ocultaba a su penetración, la imperiosa necesidad de que su padre dejara de ver, siquiera fuera por un poco de tiempo a Álvaro, al que era la causa de sus desgracias y pesares, al que él no podía mirar sino como al rival que le robara el amor de su adorada Catalina.

– LV –

Reconciliación

La separación de su hija, las impresiones repetidas en los días anteriores, habían influido fatalmente en el estado del señor Guzmán, tanto, que pocas horas después, más que un enfermo, era un agonizante próximo a morir.

—Vaya Vd. a decirle a Catalina que quiero que ella cierre mis ojos, que quiero morir dándole mi perdón, dijo, dirigiéndose a don Lorenzo, que, esperando esta orden, preguntábale a cada instante:

—¿Necesita Vd. algo? ¿quiere Vd. que vaya a alguna parte?

El señor Guzmán no dio la orden de llamar a Catalina, sino cuando algunos amigos que habían ido a acompañar a los viajeros, dijeron, de regreso del Callao, que el vapor había zarpado llevándose a Álvaro y a Estela.

Pocos momentos después apareció Catalina en el dintel de la puerta; estaba pálida y conmovida.

Al ver el semblante cadavérico de su esposo, detúvose espantada.

Un calor frío corrió por su cuerpo, al mismo tiempo que un desvanecimiento ofuscó por un momento su razón. El que tenía a su vista era, más que un enfermo, un cadáver.

Adelantóse hasta llegar al lecho de su esposo, y tomando entre las suyas la fría y descarnada mano del anciano, con voz débil y suplicante, dijo:

—Aquí estoy, vengo a implorar tu perdón.

El señor Guzmán, que había quedado por un momento embargado por ese sopor que acompaña a las enfermedades agudas, cuando han pasado el primer período de excitación; abrió los ojos que tenía casi cerrados, y mirando con asombro a su esposa, exclamó:

—¡Catalina! ¿eres tú?

—Sí, yo, vengo a postrarme a tus pies para alcanzar la gracia de acompañarte en estos supremos instantes.

—Gracias –¡Dios mío! Ya puedo morir tranquilo, –y el señor Guzmán reclinó su cabeza en el seno de Catalina, que se había acercado hasta confundir su aliento con el de su esposo.

—¡Dios mío! –exclamó Catalina,– si cometí una falta que mil veces quise reparar, bastante castigada estoy con el remordimiento que en estos momentos destroza mi alma.

—¿Por qué hablas de remordimiento, si yo sólo soy culpable por haberme unido a una mujer joven y hermosa, de quien yo no era digno ni por mis años ni por mis méritos?

—¡Alma generosa y noble! –exclamó Catalina, besando los canos cabellos de su esposo.

—Sé todo lo que ha pasado. Don Lorenzo escuchó tus palabras aquella noche, en que Álvaro, sorprendiéndote, entró a tu alcoba usando una llave, que tomó sin tu consentimiento.

—Perdónalo, él no es tan culpable como parece.

—Lo he perdonado a él como te perdono a ti, si alguna culpa tienes.

—¡Dios mío! –exclamó ella, ocultando el rostro entre los cobertores del lecho, como si aquel exceso de bondad la confundiera.

El señor Guzmán hizo un esfuerzo incorporóse, y sacando un pliego de debajo de los almohadones, dijo:

—Toma, éste es mi testamento, en él te lego la mitad de mi fortuna.

Catalina no pudo contestar una palabra, los sollozos embargaban su voz.

Después de un momento, el señor Guzmán con la voz apagada y la respiración dificultosa, continuó diciendo:

—Aquí hago una declaración de todo lo que ha pasado, y te reconozco inocente del crimen de adulterio que pudieran inculparte. El mundo, que no comprende a las almas grandes como la tuya, se reirá de mis afirmaciones, si las conociera. Esto sólo lo he hecho para ti, para que lo guardes como un recuerdo de mi amor y gratitud.

—No, tú no morirás, –exclamó Catalina, abrazándose al cuello de su esposo.

Hubo un instante de pausa; luego el señor Guzmán tomando nuevamente aliento, dijo:

—Quiero que sigas viviendo en esta casa, para ello te dejo mi nombre y parte de mi fortuna.

—No, permíteme el que me retire al convento de la Encarnación, donde quiero tomar el velo de novicia.

—¿Tú, joven y bella, quieres encerrarte en un convento?

—Sí, lo deseo y si tengo la desgracia de perderte, quiero entrar cumpliendo tu última voluntad.

—No, querida Catalina, no pienses en tales cosas, te lo ruego.

—Sólo allí podré vivir tranquila y feliz.

El señor Guzmán calló un momento, como si meditara sobre lo que debía contestar y dijo:

—Si entras al convento, quiero que me hagas una promesa.

—¿Cuál? Habla y te complaceré.

—Prométeme no profesar antes de cuatro años.

—¿Y por qué me exiges ese largo plazo?

—Porque este deseo de entrar al convento, puede ser el resultado de tu desesperación del momento.

—No, lo he meditado mucho.

—No importa, después de cuatro años tendrás tiempo de meditarlo mejor, –dijo el señor Guzmán, con esa convicción que sólo la experiencia y el profundo conocimiento del corazón humano dan.

Catalina guardó silencio.

Comprendió que la agitación producida por esta conversación, podría producir al enfermo desfavorable efecto, en el estado de aniquilamiento y postración en que se hallaba.

No obstante el señor Guzmán parecía visiblemente reanimado.

Después de largo silencio, queriendo vencer ese sopor de la fiebre que nuevamente iba a embargar su inteligencia, movió la cabeza como si quisiera sacudir un peso enorme que le agobiaba.

—¡Catalina! –dijo– no te alejes de mi lado, me siento muy mal.

—Aquí estoy, duerme tranquilo yo velaré tu sueño.

—¡Gracias! –contestó con la sonrisa inefable que sólo pueden tener los buenos, cuando ven acercare la hora suprema en que se resuelven todas las dudas que acosan la inteligencia del hombre.

El señor Guzmán no era un creyente. Tampoco podía llamársele un ateo. Era lo que son hoy la generalidad de los hombres ilustrados: un ecléctico, y el eclecticismo cuando se adapta a una inteligencia clara y a un corazón bien intencionado, es el mejor guía que se puede elegir en la vida.

Así que, no se vio pues atormentado, ni de los terrores que acosan en esta hora a los fanáticos, ni de las dudas y vacilaciones que atormentan a los escépticos.

Los justos, cualesquiera que sean sus creencias, mueren viendo reflejarse la imagen de Dios, en el límpido cielo de su conciencia.

La noche fue tranquila, aunque la enfermedad parecía tomar a cada momento mayores proporciones.

Catalina no se separó un momento de la cabecera del enfermo.

De vez en cuando, acercábase al lecho, y tomando una de las manos de su esposo la estrechaba contra su corazón, y la llevaba a sus labios con la misma reverencia con que hubiera besado las manos de un santo.

A sus ojos, aquel anciano estaba santificado: santificado sí, por el martirio y por la clemencia.

Recibir una ofensa y perdonar, sufrir y olvidar, es algo tan difícil a la naturaleza humana, que todos los fundadores o reformadores de elevadas y moralizadoras religiones, hanlo preconizado como base de su dogma.

– LVI –

El verdadero padre de Elisa

Tres días después de la partida de Álvaro y Estela, el señor Guzmán dejó de existir, llevando el consuelo de exhalar el último aliento con la frente reclinada en el seno de su adorada Catalina, rehabilitada a sus ojos y embellecida por todas las virtudes de su noble corazón.

Después de completa reclusión, en que sólo dejóse ver de las personas de la familia, pensó volver al convento, donde esperaba hallar el reposo necesario a su alma, atormentada por tantos infortunios.

¿Qué podía hacer en el mundo, cuando para todos no era más que la mujer adúltera, que con su loca pasión había labrado la desventura de dos jóvenes esposos y causado la muerte de un venerable anciano?

Donde quiera que volviera los ojos, no vería sino semblantes huraños, que alejarían de ella la vista o que, sonreirían, sería con la risa del escarnio y de la burla.

El recuerdo de su desgraciada pasión, torturábale de continuo el corazón, y estas angustias, incesantemente sufridas, vigorizaban cada día más su aspiración de encerrarse en un asilo inaccesible a las miradas del mundo.

Aunque Elisa la hija adoptiva de don Lorenzo había sido para ella más bien una enemiga que con frecuencia la dejaba oír sus burlescos cuchicheos, Catalina, la agasajó rogándole que permaneciera en la casa hasta que ella se retirara al convento.

—Sé que tiene Vd. un novio que no se casa con Vd. por falta de recursos, –díjole Catalina un día.

—Sí señora, –dijo Elisa poniéndose roja como una amapola, no porque le hablaran del novio, sino por tener que confesar que era pobre, lo que para la pretenciosa Elisa era la mayor vergüenza que podía sufrir, así que, apresuróse a agregar: —aunque ahora es muy pobre, algún día será rico, pues debe heredar a un tío que es acaudalado, y además pertenece a la clase más distinguida de la sociedad.

Suponemos no se habrá olvidado que el novio de Elisa, aquel que una noche fue causa de los terrores del señor Montiel, no era otro que el hijo del tapicero que renovó el mueblaje de la casa, cuando esperaban al señor Guzmán con su esposa.

Fácil es comprender que el enamorado joven, conociendo la ambición y las pretensiones de Elisa, le forjó aquel tío rico y noble, que le dejaría una fortuna y por ende también un nombre ilustre.

—¿Y quién es su novio, y dónde está ahora?

—Ahora trabaja en el almacén de su padre.

—¿En qué trabaja? ¿qué oficio tiene?

—Es ebanista, –dijo Elisa volviéndose a poner encendida como la primera vez, a pesar de haber dicho ebanista en lugar de *tapicero*.

Elisa pensó que así le daba mayor importancia a su novio, pues que, el trabajo de la ebanistería se prestaba a ser *casi el de un artista*.

¡Qué satisfecha hubiera quedado, si hubiera podido decir: es banquero, propietario o comerciante en alta escala!

¡Un ebanista! ¡qué condición tan triste para la que, como Elisa, tiene aspiraciones desmedidas!

—Dígame Vd. –¿preguntó Catalina con dulzura,– ¿Vd. lo ama? ¿desea Vd. casarse con él?

En otra circunstancia, Elisa hubiera negado que amaba al hijo de un tapicero; pero con la perspicacia que le era característica, comprendió, por el tono de Catalina, que podía esperar alguna protección, y fingiendo un tono melancólico y almibarado. dijo:

—Sí, yo lo amo; pero como es tan pobre, por más que lo deseamos, no podemos casarnos, porque él me dice: —Señorita Elisa, ¿cómo voy a sacarla de esta casa que es un palacio, para llevarla a habitar un cuartito que es todo lo que mi padre me da; en el que apenas tendrá Vd. aire que respirar? Y ya Vd. señora, comprende que, por mucho que una ame a un hombre, no es posible sacrificar sus comodidades, para ir a pasar privaciones y trabajos.

—Pues bien, ustedes se casarán y no pasarán privaciones. Habitarán en esta casa, que les dejo amueblada y con todos sus enseres.

Elisa dio un salto de alegría.

—¡Cómo! –dijo,–¿¡Esta casa me la deja Vd.!? ¿y por cuánto tiempo?

—El señor Guzmán me la ha adjudicado junto con muchos otros bienes; pero como yo me retiro al convento, se la obsequio para que viva Vd. con don Lorenzo y Andrea.

—¿Es verdad lo que está Vd. diciendo? –exclamó Elisa fuera de si de alegría.

—Sí, Elisa, –dijo Catalina,– conozco que mi esposo ha cometido una falta, al olvidarse de ustedes en su testamento. Sin embargo, que de palabra me los recomendó a todos.

Elisa no oía nada, reía y lloraba sin darse cuenta más que de una cosa: que con esa adquisición iba a pasar de pobre a rica. Luego, como si volviera en sí, se acercó a Catalina, y tomando con sus dos manos las de su bienhechora, dijo:

—Perdone Vd., no sé lo que hago ni lo que digo. Yo quisiera arrodillarme a sus pies, para manifestarle mí gratitud, pero yo no tengo palabras para expresarle lo que siento; ya ve Vd., río y lloro al mismo tiempo,—¡Gracias, gracias, señora Catalina, es Vd. un ángel, es Vd.... ¡ay, Dios mío! todo lo que le digo me parece poco, pero Vd. comprenderá ¿no es verdad que comprende cuánto le agradezco?

—Sí, hija mía. Me complazco en verla a Vd. feliz, contribuyendo a esa felicidad, ya que la mía es imposible en esta vida.

Al día siguiente un escribano extendió la escritura de donación, que la señora de Guzmán hacía de la casa con todos sus muebles a la hija de don Lorenzo.

Cuando Elisa se vio propietaria de una casa y poseedora de un gran capital, discurrió que era locura imperdonable, pensar en casarse con el hijo de un tapicero, cuando podía aspirar a algo mejor. Desde ese momento se propuso despreciar a su antiguo novio.

Pocos días después de haber recibido, la magnífica y cuantiosa donación, que le hizo la señora de Guzmán, llegó el padre putativo de Elisa, con una carta en la mano, y con el semblante animado de lozana expresión, y acercándose a Elisa, díjole:

—Dios, con regla torcida hace líneas derechas.

—¿Por qué dice Vd. eso? –preguntó Elisa.

—Porque la donación que te ha hecho la señora Catalina, no es más que la reparación de una falta cometida por su padre.

—No comprendo de qué falta habla Vd.

—Siempre esperé que mis sacrificios tuvieran su recompensa.

—Explíquese Vd. papá Lorenzo, no comprendo una palabra de lo que dice Vd.

—Digo que todos los misterios se revelan, y todas las buenas acciones se premian.

—Bien, y eso ¿a qué viene al caso? –preguntó Elisa, cada vez más asombrada.

—Viene al caso, porque tu madre ha muerto.

—¡Mi madre! pero ¿cómo es que Vd. me dijo hace muchos años que yo no tenía madre; pues que la perdí siendo niña?

—Es decir que entonces murió sólo para ti.

—¿Y ahora ha muerto en realidad? –dijo Elisa con tal serenidad, como si se tratara de una persona extraña.

—Sí, ha muerto, y antes de morir me ha revelado lo que siempre me ocultó.

—¿Es algo que puedo saber?

—Sí, y que te interesa.

—Hable Vd., ¿de qué se trata?

—De que tú eres hija del señor Montiel.

—¡Yo! –exclamó Elisa en el colmo del asombro y llevándose ambas manos al pecho,– ¡yo! ¡hija de ese viejo tan perverso!

—¡Calla! no insultes la memoria de tu padre.

—Calle Vd. papá Lorenzo, y déjese Vd. de bromas.

—Toma, lee esa carta.

Elisa leyó una carta, que no dejaba lugar a duda alguna. Era de su madre y estaba escrita por un escribano público, en la forma de una declaración hecha por ella antes de morir.

—Es decir, –dijo Elisa con cierto aire de satisfacción, que esta casa no es más que una indemnización que me ha hecho la hija por lo que el padre me usurpó, y que no estoy obligada a agradecer este obsequio, puesto que ya no soy la oscura Elisa Mafey, sino la señorita Elisa Montiel.

—Te equivocas, Elisa; tú no eres hija reconocida. El señor Montiel estaba casado cuando tú naciste, así que no puedes llevar su apellido sino el de tu madre, como lo has llevado siempre.

—¡Pist! –exclamó Elisa haciendo un gesto de disgusto,– entonces ¿qué es lo que yo he avanzado con saber que ese viejo pícaro fue mi padre?

—Nada, ciertamente, pero las cosas deben hacerse como conviene.

—Díme, papá, ¿y yo no podría establecer un pleito pidiendo la parte que me corresponde como hija del señor Montiel? ¿tanto derecho no tengo yo como Catalina?

—¡Calla, ingrata!, acaba de enriquecerte la señora Guzmán y estás hablando de entablar una demanda contra ella, las hijas espurias no tienen derecho a heredar.

—¿Qué es eso de espuria? ¿no soy yo tan hija del señor Montiel como Catalina?

—Sí, pero no tienes derecho a heredar.

—Sí, por aquello de que los hijos deben pagar las faltas de los padres. ¡Qué estúpidos son los hombres!

Y Elisa dio a sus palabras indignado y despreciativo acento, que bien merecía ser oído por los legisladores.

—¿Qué sabes tú de esas cosas? –dijo D. Lorenzo.

—¿Qué necesito saber más que lo que mi buen sentido me dice?

—Tú no comprendes el espíritu moralizador que se propone la ley, quitándoles todos los derechos a los hijos espurios.,

—¿Cuál es ese espíritu? –dijo Elisa con sonrisa burlona.

—Evitar el adulterio.

Elisa soltó una estrepitosa carcajada.

—Pues el espíritu de esa ley es como la carabina de Ambrosio[69] –dijo, riéndose a más no poder.

—¡Calla! tonta, ¿quién te lleva a ti a juzgar la obra de hombres sabios?

—¡Ay! papá Lorenzo, por lo mismo que es obra de sabios es que me causa risa.

—Tu risa es la de la ignorancia.

—Pero, papá, si esa ley, en lugar de evitar el mal, lo autoriza, pues el hombre que puede tener hijos sin contraer obligaciones, los tendrá a sus anchas, esto es claro como el agua limpia.

—Un hombre que reconociera hijos de distintas mujeres, sería inmoral y escandaloso, y lo que procuran de acuerdo la sociedad y las leyes es evitar el mal ejemplo y el escándalo.

Elisa quedó pensativa, como si este argumento la hubiera vencido; pero ella no era mujer de dejarse convencer tan fácilmente, y después de meditar largo rato, como si al fin hallara en sí misma un argumento incontestable, dijo:

—¡Ay! querido papacito, todo lo que puedo decirte es que muchas veces he meditado, cuan horrible sería mi suerte y espantosa mi orfandad, si no te hubiera encontrado a ti, que me adoptaste por hija y me prodigaste los cuidados de padre. Lo que si te puedo asegurar es que, cuando yo hubiera llegado a comprender lo que ahora acabo de saber, me hubiera vengado de tan cruel injusticia, escandalizando verdaderamente a los que, por no escandalizar habían contribuido a mi desamparo y perdición. ¿Qué quiere decir evitar el mal de un momento, abriendo la puerta para nuevos y más grandes males? ¡Qué bien los hubiera yo escandalizado a esos señores para quitarles la gana de dejar hijas sin padres por temor del escándalo!

Y Elisa golpeó con su linda mano la mesa al pronunciar esta amenaza.

D. Lorenzo guardó silencio y permaneció profundamente pensativo, en sus adentros hacía esta reflexión. Tal vez esta locuela dice la verdad. ¿Que sería de ella sin mi protección? ¡Cuántas como Elisa van a aumentar por falta de apoyo, la espantosa cifra de las mujeres perdidas!

Elisa creyó, que como siempre, había hablado de cosas insignificantes, sin parar mientes, en que acababa de tocar una cuestión social de inmensas trascendencias.

---

69 *Carabina de Ambrosio*: se aplica a algo que es inútil

– LVII –

RECOMPENSA

Un año hacia que Catalina se había retirado al convento, en pos de la paz apetecida y del aislamiento que sus pasadas, no diremos faltas sino desgracias, la obligaban a buscar.

Un año hacía que sin más compañía que sus amargos recuerdos, ni más consuelo que mirar hacia las celestes lontananzas de sus juveniles años; vivía entregada a las austeridades de la vida religiosa. Ni un punto cedía su voluntad en el constante anhelo que la llevó a aquel retiro, donde esperaba encontrar el bálsamo que ofrece la religión, el cual, si no cura, al menos calma los dolores del alma.

Eran las seis de la mañana de uno de esos días calurosos y hermosos de la primavera.

Catalina como de costumbre había dejado el lecho muy temprano.

Ese día, más que nunca triste, contemplaba con amargura aquel despertar risueño de la naturaleza, aquella alborada que saludan con su cantar matutino las alegres y cantoras aves, y que, sin embargo no alcanzaba a disipar la tristura de su corazón ni a iluminar la tenebrosa noche que circundaba su espíritu.

Hacía pocos días que había recibido una carta de Estela en que le decía:—"¡Soy, feliz: Álvaro me ama y de continuo consagramos un recuerdo de gratitud al ángel que con su sacrificio le salvó la vida. Muy pronto, el fruto de nuestros amores vendrá a colmar esta felicidad; entonces seremos tres en lugar de dos los que le enviaremos nuestras bendiciones a Vd. nuestro ángel de salvación!..."

Al leer este párrafo, Catalina lloró enternecida y levantando los ojos al cielo, dio gracias a Dios, que le permitía saborear estos momentos de inefable satisfacción.

Pero ¡cosa rara! después de un momento, aquellas palabras: *Álvaro me ama*, quedaron clavadas en su corazón como dardo que ahondaba la herida que en vano esperaba ver curada.

"¡Álvaro la ama!" repetía sin atreverse a confesarse ni aun a sí misma, que en su corazón se despertaban los celos y que lejos de sentirse feliz con lo que ella había considerado como la realización de sus nobles aspiraciones; no encontraba sino una nueva tortura que aumentaba las penas de su ya, lacerado corazón.

¡Debilidad y miseria del corazón humano!

Catalina, guiada por un sentimiento de justicia, más que humano, divino, creyó que la felicidad de aquellos por quienes se sacrificara, sería para su corazón la recompensa de ese sacrificio; sería, cuando menos, el consuelo de sus desventuras.

Pero ¡ah! ¡cuántas veces contamos con fuerzas suficientes para realizar un ideal que la mente vislumbra, olvidando, que esta mísera envoltura humana, es débil y se resiste a elevarse allá, donde sólo es dado llegar a ciertas naturalezas privilegiadas!

Y vosotros, los grandes mártires que habéis alcanzado la perfección del sacrificio, ¿acaso os librasteis de la debilidad y del desfallecimiento humano?

Catalina se desesperaba al ver que cuando su corazón debía sentirse más satisfecho, pues que había alcanzado aquello por que se había sacrificado, no alcanzaba ni aun a calmar los celos que eran consecuencia de un amor que ella esperaba ver extinguirse.

Como hemos dicho, aquel día se despertó más triste y abatida que de ordinario.

Todas aquellas ideas, fluctuaban en su mente, como otros tantos puntos tenebrosos que en vano pretendía alejar de su vista.

Después de cumplir con sus deberes religiosos retiróse a las diez del día a su celda a meditar y llorar.

El ruido de unos pasos que se aproximaban la sacó de sus meditaciones.

—¡Señora Guzmán! –dijo la Superiora llamando suavemente a la puerta.

Catalina se apresuró a abrir al reconocer la voz de la Superiora.

—Madre, pase Vd. adelante.

—¡Gracias!, acaban de avisarme que una persona, un joven, solicita permiso para hablar con Vd.

—¡Quién puede ser!, exclamó Catalina, y sin saber por qué; sus mejillas se colorearon con un ligero encarnado.

—Antes de contestar, quiero saber si Vd. espera alguna persona determinada.

—A nadie, –contestó pensativa Catalina.

—Si Vd. gusta puede ir a ver quien es.

Catalina trepidó un momento; nervioso temblor sacudía sus miembros y sin saber por qué, sentíase turbada a la par que ansiosa de saber quién era el joven que solicitaba hablarla.

—Con vuestro permiso, madre, –dijo y se adelantó; dirigiéndose al locutorio.

A medida que se acercaba sentía que algo como un vago terror se apoderaba de ella.

La vida monástica, de suyo tan tranquila y escasa de toda suerte de acontecimientos, habíala acostumbrado a esa inmovilidad de espíritu que remeda la paz de los sepulcros.

No es, pues, extraño que la presencia de un joven, de un desconocido, produjera estos temores, inexplicable para ella.

Cuando llegó al locutorio se detuvo un momento. Miró por entre las cortinas que ocultan a la vista de los curiosos el interior del convento.

Con gran extrañeza sólo vio una mujer con un niño en los brazos, que parecía preocuparse poco de lo que pasaba en torno suyo.

Dirigióse donde la portera y preguntó, si la persona que la buscaba estaba aún allí.

—Acaba de ir al locutorio. –contestó la monja.

Catalina, más temblorosa que antes, dirigióse de nuevo al locutorio, entreabrió la cortina y miró.

—¡Álvaro! –exclamó poniéndose mortalmente pálida y llevándose ambas manos al corazón.

—¡Catalina! sí, soy yo, que vengo a decirle: Estela ha muerto, dígnese usted ser la madre de su hijo.

Un mes después Álvaro y Catalina se unían con los indisolubles lazos del matrimonio.

El recuerdo de Estela no enturbiaba aquella felicidad. Ella había muerto bendiciendo a Catalina y rogándole a Álvaro que diera a su hijo por madre, a la mujer extraordinaria que sacrificó su honor por salvarle a él la vida; y su pasión por salvarle a ella su felicidad.

¿Y Elisa, la ambiciosa hija de don Lorenzo?

Elisa, como sucede con toda joven que no sujeta sus ambiciones a la esfera de su condición; no se casó ni con el hijo del tapicero ni con el coronel Garras, y esperando hallar, un partido digno de su alta posición social, llegó a los treinta años, y exclamó: "funesta edad de amargos desengaños"; bien amargos ciertamente; pues que tuvo que casarse con un solterón pobre y regañón, que le amargó los días de la vida.

En cuanto al coronel Garras; de este personaje tan pasivo como insípido; sólo diremos que continuó hasta edad muy avanzada, desempeñando su misión de amigo de sus amigos; y de adulador de los que podían servirle.

Hay más ¿quién había de creerlo? Don Lorenzo, el recalcitrante solterón, el acérrimo enemigo de las mujeres, se casó también con la virtuosa doña Andrea.

Y cuando pensó tomar tan inesperada resolución, decía: —¿y por qué no he de casarme yo, cuando, hasta el mismo Balzac dobló al fin la cerviz, sin que después diera muestras de arrepentimiento?

Y si alguno le decía: —Pero Vd. el enemigo descarado de las mujeres, ¿va Vd. a casarse?

El buen hombre con sentencioso acento contestaba:

—La experiencia me ha demostrado, que así malas como son las mujeres, son sin embargo, mejores que los hombres.

FIN

Thank you for acquiring

SACRIFICIO Y RECOMPENSA

This book is part of the
Stockcero Spanish & Latin American Studies Library Program.
It was brought back into print following the request of at least one
hundred interested readers –many belonging to the North American
teaching community– who seek a better insight on the culture roots
of Hispanic America.

To complete the full circle and get a better understanding about the actual needs of our readers, we would appreciate if you could be so kind
as to spare some time and register your purchase at:
http://www.stockcero.com/bookregister.htm

The Stockcero Mission:
To enhance the understanding of Latin American issues in North America, while promoting the role of books as culture vectors

The Stockcero Spanish & Latin American Studies Library Goal:
To bring back into print those books that the Teaching Community con-
siders necessary for an in depth understanding of the Latin American
societies and their culture, with special emphasis on history, economy,
politics and literature.

Program mechanics:
- Publishing priorities are assigned through a ranking system, ba-
  sed on the number of nominations received by each title listed in
  our databases
- Registered Users may nominate as many titles as they consider fit
- Reaching 5 votes the title enters a daily updated ranking list
- Upon reaching the 100 votes the title is brought back into print

You may find more information about the Stockcero Programs by vi-
siting www.stockcero.com

Printed in the United States
43060LVS00004B/18